柄谷行人文集

赵京华 主编

日本现代文学的起源

柄谷行人 著
赵京华 译

中央编译出版社
Central Compilation & Translation Press

图书在版编目（CIP）数据

日本现代文学的起源／（日）柄谷行人著；赵京华译．—北京：中央编译出版社，2017.10
ISBN 978-7-5117-3406-8

Ⅰ．①日… Ⅱ．①柄…②赵… Ⅲ．①日本文学-现代文学-文学评论-文集 Ⅳ．①I313.065-53

中国版本图书馆 CIP 数据核字（2017）第 234810 号

『日本近代文学の起源』
ⓒ柄谷行人
Chinese edition copyright ⓒ 2017 Central Compilation & Translation Press.
All rights reserved.
本书中文版由作者授权中央编译出版社出版发行。

日本现代文学的起源

出 版 人：葛海彦
出版统筹：贾宇琰
责任编辑：朱瑞雪
责任印制：刘 慧
出版发行：中央编译出版社
地　　址：北京西城区车公庄大街乙 5 号鸿儒大厦 B 座（100044）
电　　话：（010）52612345（总编室）　（010）52612341（编辑室）
　　　　　（010）52612316（发行部）　（010）52612346（馆配部）
传　　真：（010）66515838
经　　销：全国新华书店
印　　刷：北京中兴印刷有限公司
开　　本：880 毫米×1230 毫米　1/32
字　　数：216 千字
印　　张：11.75
版　　次：2017 年 10 月第 2 版
印　　次：2017 年 10 月第 1 次印刷
定　　价：58.00 元

网　　址：www.cctphome.com　　邮　　箱：cctp@cctphome.com
新浪微博：@中央编译出版社
微　　信：中央编译出版社（ID: cctphome）
淘宝店铺：中央编译出版社直销店（http://shop108367160.taobao.com）
　　　　　（010）55626985

本社常年法律顾问：北京市吴栾赵阎律师事务所律师　闫军　梁勤
凡有印装质量问题，本社负责调换，电话：（010）55626985

目　录

中文版再版作者序（2013）　/ *001*

中文版作者序（2003）　/ *001*

英文版作者序（1991）　/ *001*

一　风景之发现　/ *001*

二　内面之发现　/ *044*

三　所谓自白制度　/ *086*

四　所谓病之意义　/ *114*

五　儿童之发现　/ *136*

六　关于结构力——两个论争　/ *168*

七　文类之死灭　/ *218*

八　书写语言与民族主义（1992）　/ *241*

文库版后记（1988）　/ *264*

德文版序言（1995）　/ *268*

韩文版序言（1997）　/ *275*

译者名词简释　/ 282

译者后记（2002）　/ 302

译者重版后记（2013）　/ 314

《柄谷行人文集》编后记　/ 324

中文版再版作者序（2013）

一

我写作本书中的各篇是在1970年代后期，将其汇集成书出版则是在1980年。到了1980年代末，我又对其内容做了重新思考，直接的原因是美国的日本研究者来信说要翻译此书。我便以需做增补修改为条件答应了他们的请求，因为若将日文版原封不动交他们翻译，可能很难获得英语世界的理解。这也促使我再次去重新思考本书所论述的问题。结果，英文版增加了相当分量的补注和一篇新的论文。顺便一提，到出中文版的时候又增加了一篇新论。

我在本书中，试图要于"明治20年代"所发生的某种认识论"颠倒"中，来考察日本现代文学的起源。"明治20年代"这一词语是个只适用于日本的说法。换成公历来讲，相当于1890年代。不过，这样一来也可能遮蔽掉某些面向。例如，夏目漱石的小说《心》中那个自杀的主人公有个说法，叫"以殉明治之精神"。

这个说法与明治天皇没有关系，指的是一种"时代精神"。若采用公历的话则无法表达。同时，"明治20年代"也确实会把事件的发生限定在日本固有的时空内部。实际上，我在写作此书时的确忘记了"明治20年代"也即1890年代这回事。

1890年代是世界性帝国主义全面扩张的时代。当时的日本亦经历了中日甲午战争（1894）和接下来的日俄战争（1904）。但是，若从"明治"这一视角来观之，则对该过程有了下面这样一种叙述：日本在西方列强支配下，获得产业和军事上的发展并取得了日俄战争的胜利，德川时代所缔结的不平等条约终于被废除。文学领域也是如此，所谓在明治20年代现代文学得以确立，意味着明治维新以来日本的文学经过20年的历程而最终实现了现代化。但是，若从公历来看，1890年代乃是在世界性的帝国主义状况之下，日本开始转向帝国主义国家的时代。由此观之，我在《日本现代文学的起源》中所论述的"颠倒"，正是帝国主义时代所发生的事态。

我注意到这一情况，是在修改本书的1980年代末。这个时期正是昭和天皇病逝而"昭和时代"行将终结的时刻，而且与苏联社会主义阵营的解体、美苏冷战结构终结等同时发生。换言之，以昭和年号所区分的历史和以公历所区分的历史重合在一起了。讨论这两个纪年哪个更重要是没有意义的。对我来说，有意义的是由这两种不同的视角所带来的"视差"。下面,我就是要从这样的"视差"出发,对《日本现代文学的起源》进行再思考。

二

我曾试图在"风景之发现"这一视角之下,来观察"明治20年代"所发生的某种认识论的颠倒。风景,自古以来就存在。特别是在中国和日本,于文学和美术领域曾有对自然风景的描写,可是,这并非作为风景而被描写的。例如,在西方,风景只是作为基督诞生等的背景而被描述的,直到近代才有了把风景作为纯粹风景来描写花鸟器物等静物的做法。实际上,东方也是一样。中国自古以来有自然风景的描写,但那是山水画中的山水,与单纯存在于此的自然对象不同。这是一种宗教的对象。画家们描写的并非实际的自然,而是作为意识的山水。因此,正如欧洲的美术馆充斥着以耶稣或天使为主题的绘画一样,在东亚描写山水的画作不计其数。

然而,我所谓的"风景"并不是这些东西,而是通过还原其背后的宗教、传说或者某种意义而被发现的风景。这也便是把以往认为的事物之主次关系颠倒过来。"风景之发现"便意味着这样的颠倒。具体而言,我在国木田独步的《难忘的人们》中看到了这种颠倒。"难忘的人们"并非那些不能忘记的重要人物,而是无意义也无所谓的人们。在此，他们与其说是人们，不如说是作为"风景"的人而存在着。

这篇作品中，主人公给在旅馆里初次见面的秋山看题为"难忘的人们"这部作品的原稿，并与之聊了起来。两年后，他在原稿上加了一句："难忘的人们乃是指旅馆的主人，而非秋山。"这里存在着一种将主要的和非主要的事物之价值序列颠倒过来的恶意反讽。就是说，风景的被发现并非源自对外在对象的关心，反而是通过无视外在对象之内面①的人而发现的。

那么，为什么会出现这种内面的人呢？简言之，这种内在的人是经过政治上的挫折之后而产生的。但是，这种政治挫折不是发生在"明治 20 年代"，而是"明治 10 年代"。那时，曾有"自由民权运动"蓬勃发展，这是一种使明治维新得以深化的"永久革命"式的运动。可是，随着政府在明治十四年宣布将于 10 年之后开设议会，这场运动便渐趋落潮。尽管其后仍有一些过激派在抵抗，但自由民权的活动家们大都从"民权"派转向了"国权"派（帝国主义者）。

最早获得现代文学之内面性的文学家是北村透谷。明治 10 年代中期，自由民权运动逐渐落潮，北村则在自由党左派开始炸弹斗争的时刻退出了此运动。但是，这之后他面对现实的政治世界，试图通过文学的想象力

---

① 内心、内在的自我、个人心理等。——译注

来与之对抗。用他自己的话说，即以"想象世界"来与现实世界对抗。不过对他来说，内在性并非反讽或逃避，而是以另一种形式持续进行的自由民权运动。他甚至在政治上仍然继续参与着现实斗争。例如，明治20年代，他加入了和平运动。这是以康德"永久和平"之构想为基础的日本最早的和平运动。可惜，他在中日甲午战争爆发的两个月前自杀了。

北村透谷的内面性与国木田独步的完全不同。后者的内面性乃是通过对前者那样的内面性之反讽式的否定而确立起来的。诞生于"明治20年代"的日本现代文学并非通过否定前近代的东西，而主要是通过否定透谷那样的现代性、内面性才得以确立起来的。

清楚地显示了这一点的，是活跃于明治20年代的两个人物。一是最早写作言文一致的小说《当代书生气质》，同时创作了最有影响力的文学理论著作《小说神髓》的坪内逍遥。在《小说神髓》中，作者积极倡导写实主义。逍遥否定了德川时代的小说家泷泽马琴的"劝善惩恶"论，而主张文学应该"没理想"。可是，那个时期里为什么要批判德川时代的小说和理论呢？当然，不是由于要批判那个古老的儒教道德。他讲"劝善惩恶"的时候，暗地里是指自由民权运动时期被广泛阅读的"政治小说"。逍遥要排斥的是这种小说里的"政治"理想。所以，所谓的写实主义意味着对此种理想主义的批判，而所倡导的"没理想"并非单纯的文学论，还包括超越自由民权运动之理念的某种东西。

实际上,坪内逍遥与明治时代的政治家大隈重信深有关系,大隈曾聘请他为东京专门学校(后来的早稻田大学)的讲师。坪内逍遥当然没有倡导帝国主义,因为这亦不过是一个理想而已。但是,身处强调弱肉强食和适者生存的帝国主义现实之中,采取"没理想"的态度便是以旁观者的方式在支持帝国主义。

另一个代表人物就是国木田独步。与北村透谷反对中日甲午战争相反,独步在此次战争中曾作为从军记者活跃一时,在民族主义高涨的氛围中赢得人气。不过,值得注意的是,他参加这场战争并非出于政治动机,而是源自他追求精神上的昂扬感或者某种"震惊"。因此,战后他无事可做,便跑到北海道谋求"新世界"去了。而在此,他发现了"风景"。

他这样陈述说:"何处是社会,人类可以自豪地传颂的'历史'又在哪里?"(《空知川的岸边》)这当然是一种欺瞒。正如空知这个地名所显示的,独步去的地方乃是阿伊奴族居住过的历史性场所。明治维新后的北海道开拓,并非对单纯的"原野"之开拓,而是通过对原住民阿伊奴族的杀戮、同化来实施的。这是日本帝国主义迈出的第一步。然而,正是通过无视这些"不该忘记"的事物,才得以发现"难忘的"风景。

国木田独步带着常住的念头来到北海道,但马上改变主意,又回到了东京。于是,他在东京郊外的武藏野发现了"风景"。他所看到的武藏野现在已经成了东京的繁华街，而当时则是平淡无奇的灌木丛林。自古以来没有任何诗人、画家曾提到这个地方。由于独步的这篇作品，武藏野成了名胜，而当时他称赞此地的反讽乃至所带来的新鲜感觉，如今已经没人知晓了。

三

国木田独步的"风景之发现"，乃是对无视外界存在的内面优越地位的确立。这里的确存在着"颠倒"，但并非透谷那种经过与外界即政治性现实激烈冲突而产生的内面斗争，而是鄙视这样的现实并对内面的优越地位的夸示。

关于"言文一致"也是如此。所谓"言文一致"，是将言（口语）变成文。直到明治20年代，一直是"文"（文言体）受到重视，而"言"（口语体）被置于次要位置。在这种状况下，把口语体置于优越地位的言文一致，乃是对以往的价值序列的颠倒。言文一致，应该是与自由民权的精神相符合的，但实际上并非如此。例如，明治10年代自由民权运动的理论家中江兆民，就一直是用文言体写作的。然而，他却能够将卢梭的《社会契约论》翻译成汉文。

文学领域中，北村透谷写的文章都是文言体的。这难道是透谷受到文言的形式束缚而缺乏打破此束缚的内面性吗？当然不是。他那深刻的内面性乃是口语体所无法承载的东西。不仅透谷,明治20年代的重要作家如樋口一叶、森鸥外、夏目漱石等,他们均拒绝使用言文一致体。而最早用言文一致体写小说《浮云》的二叶亭四迷,后来亦只好搁笔。

其中,在明治20年代用言文一致体写作,并一举得到普及的是国木田独步。而日本现代文学则沿着独步的方向发展下去。原因何在呢?在独步那里,言文一致并不是口语和书面语的地位颠倒了。他所带来的颠倒,乃是在口语或书面语之外,针对外在的语言而将内在的语言(内面)置于优越位置上的。

从此,在浪漫主义文学诞生的同时产生了写实主义的文学,但这种写实主义文学最终还是归结为自然主义文学了。独步则是向这个方向发展的前驱。而对此种文坛给予激烈批判的,是社会主义诗人石川啄木。他在1911年的大逆事件之后,发表了评论《时代闭塞的现状:关于强权、纯粹自然主义之最后及未来的考察》。简言之,大逆事件乃是幸德秋水等众多社会主义者试图暗杀天皇而遭处刑的事件。石川啄木说,初看起来自然主义文学似乎是与国家相对立似的,其实不然:

> 日本的青年至今不曾对强权有任何的反抗,因此,我们也不曾有把国家视为怨敌的机会。……如今已经到了这样的时期:我们青年人为了逃离自灭的状态必须意识到这个"敌人"的存在。这并非

出于我们的希望或者别的什么理由，而是现实的必然结果。我们必须一道奋起，向这样的时代闭塞之現狀宣战。抛弃自然主义，停止盲目的反抗和对元禄的怀念，我们必须倾注全部的精神去进行明日的考察——关于我们自身这个时代的有系统的考察。

啄木所谓的"敌人"，即帝国主义。他在此所强调的，是日本的自然主义文学并非针对帝国主义的反抗。实际上，明治20年代不仅有对"强权固执反抗"的运动，而且正如透谷那样曾经有过试图以文学来实现这种反抗的意志。然而，明治20年代以后的日本现代文学或自然主义文学，并没有沿着这个方向前进，而是通过对此加以否定才确立起来的。其前驱者便是国木田独步。独步所具有的内面性和写实主义，并非单纯的现代之产物。那是对现代的放弃或者屈服。但是，那又使人觉得仿佛是挑战性的革新之物似的。

四

如上所述，对自然主义者所统治的文坛予以抵抗的并非只有社会主义者石川啄木，还有夏目漱石，他也曾提出质疑。如本书"文类之死灭"一章所论述的那样，漱石写作了被现代小说所蔑视和排斥掉的多种类型的作品。他最初的作品《漾虚集》是罗曼司，《我是猫》则是源自俳句的"写生文"。从这个意义上讲，他追求的并非写实主义小说，而是多样化的"文"之可能性。其结果是，他虽然博得了一般读者的喜爱，但被文坛所承认的只有晚年所作自然主义小说《道草》。

然而，漱石所质疑的并非仅仅是文学性的问题，还与明治10年代的经验有联系。他并没有直接参与什么政治性的运动，但可以说他深刻感受到了自由民权运动的败北。在《文学论》的序言中，漱石谈到他于明治10年代觉得花一生的时间来做"汉文学"也无妨，后来却去搞英国文学了，而且有受到英国文学之骗的感觉。他所说的"汉文学"，并非明治以前的学问，相反，乃是与明治10年代的政治运动直接关联的某种东西。

例如，同时代的西田几多郎和铃木大拙，曾抗议学制改革而从高中退学。正是在这样的苦境中，他们才转向禅的。另一方面，如上所述，北村透谷则转向了基督教。漱石多多少少也应该是处于这样的状况之下的。他的小说《心》中那个自杀的友人K，便一面热心于佛教一面读着圣经。这样的人物，反而是明治10年代的青年典型。我觉得，漱石在写作K这个人物时或许曾想到北村透谷也说不定。

我在前面讲到，《心》中那个自杀掉的主人公所谓的"殉明治之精神"与明治天皇无关，指的应该是一种"时代精神"。不过更准确地讲，"明治精神"意味着存在于明治10年代的多种可能性。这乃是在明治20

年代与帝国主义同时确立起来的现代国家体制中被排除掉的多种可能性。漱石写作被现代小说排斥掉的多种类型的作品，那正是企图要恢复曾经存在于明治 10 年代的可能性。

曾抵抗过由国木田独步所代表的日本现代文学的另一个人物，我想举出柳田国男。关于柳田，我曾经在"儿童之发现"一章里有详细的论述，这里只谈下面一点。柳田作为浪漫派诗人曾与国木田独步和岛崎藤村有密切的交往，但后来渐渐远离了现代文学。他最初刊行的作品是《远野物语》（1910），收集了在日本岩手县远野地区流传的有关妖怪和山人等的民间传说。柳田在记录这些民众的传说时把它们"文言体"化了。这与"言文一致"正相反。我们透过柳田，得以获得接近无法还原于现代人"内面"的世界之途径。

五

我曾指出，自明治 20 年代，日本开始转向帝国主义，而这一时期日本现代文学的基本形态得以形成。阿伦特说，帝国主义的显在化是从英国 1882 年占领埃及开始的。那么由此来看日本的状况，则可以理解到底发生了什么。自由民权运动随着 1881 年（明治十四年）发布开设国会的谕旨而渐趋落潮。实际上帝国宪法的颁布是在 1889 年，次年召开了帝国议会。但是，这个时期与其说是日本具有现代国家雏形的时期，不如说是它开始跻身于"帝国"行列（列强）的准备期。为此，必须清除掉"自由民权"。而"日本现代文学"正是在这样的时期确立起来的。

我强调这一点，是因为这绝非已经过时的老话。一般认为，所谓帝国主义乃是19世纪末出现的资本主义之一阶段。如果以这样的观点来看，此时期的帝国主义就成了过时的老话。而于这个时期出现的日本现代文学，也同样成了陈年旧账。

但是，我并没有把帝国主义视为19世纪后半自由主义之后的一个阶段。我认为，自由主义也好，帝国主义也好，都是反复出现的东西。我受到沃勒斯坦的启发，认为"自由主义式的"和"帝国主义式的"阶段乃是交替出现的。沃勒斯坦认为，自由主义乃是霸权国家的某种状态，而帝国主义则是霸权国家没落而新的霸权国家还未产生、各国正为此而争夺的状态。

沃勒斯坦说，在现代世界经济中只出现过三个霸权国家，即荷兰、英国和美国。例如，16世纪后期到17世纪前期，荷兰是自由主义的，政治上采取的也非绝对王政而是共和制。荷兰没落之后成为霸权国家的是英国，那是在19世纪前期。美国成为霸权国家，则是在1930年前后。

根据沃勒斯坦的说法，霸权国家的确立是先在制造领域，然后在商业和金融领域取得优势的时候。而在这三个领域同时占优势是困难的，即使占优势也只能维持比较短的时间。这意味着,霸权国家就是失去了制造领域的霸权,也会在金融和商业领域维持一段时间。例如,荷兰和英国都是在制造领域失去优势后依然在商业和金融领域保持相当长时期的霸权。实际上,1990年代之后的美国也是如此。

如果将"自由主义式的"视为具有绝对优势的霸权国家之经济政策的特点的话,那么,很清楚美国作为自由主义是在1970年以前。正如美元的金本位制结束所显示的那样,美国自1970年代以后在经济上开始走向衰落。这与荷兰和英国曾经经历的过程一样。就是说,美国在制造领域没落了,但在金融和商业(石油、谷物、能源等)方面依然掌握着霸权。

另一方面,所谓"帝国主义式的"并非仅仅意味着19世纪末的状态。荷兰没落后的时代也是如此。19世纪末的帝国主义也并不是列宁说的"资本主义的最高阶段",而应该视为英国霸权失去后美国、日本等试图称霸而开始争斗的阶段。这样看来,美国在成为霸权的1930年以后是"自由主义式的"的阶段,而1990年以后开始没落,则是"帝国主义式的"的阶段。"自由主义式的"阶段和"帝国主义式的"阶段正是以这种持续交替的形式发生的。在我看来,它们各自的周期为60年。为此,可以说现代世界史每隔120年会出现类似的反复。(详见我的著作:《世界史的构造》)

六

我注意到上述这种"历史与反复"是在 1989 年前后。如上所述,这正是"昭和时代"的结束与世界冷战结构的终结同时发生的时期。那时,人们普遍开始提倡全球化和新自由主义,我则认为这并非什么新的现象,而是以前曾发生的事态之反复。就是说,这只是帝国主义的一个新的版本而已。进而,我感到明治 20 年代并不是已然过去的一个事件,而是今天依然在反复的现象。

到了明治 20 年代,一种认为自由民权等已成陈腐观念的看法开始流行。对此,曾是明治 10 年代自由民权运动之理论支柱的中江兆民写道:"吾人曾云,世上所谓通人政治家必定得意洋洋地说,此乃十五年前陈腐之民权论,如今欧美强国正盛行帝国主义,若仍抬出民权论,则不合于世界之风潮,必成过时之理论也。然我则以为,所谓民权论作为理论虽已陈腐,作为行动则依然新鲜也。"(《一年有半》附录)

兆民的意思是说,自由民权或许是陈旧的理论,但既然还没有实行,就依然新鲜。这并不是已被实行的陈旧之物。它之所以显得陈腐,其责任在那些阻碍实行的家伙。我们不能说兆民所言已经过时。在此,我想将帝国主义换成新自由主义,把自由民权换成社会主义,来做些思考。例如,1990 年代,人们纷纷讲马克思主义是宏大叙述、所有理念不过幻想而已。此乃后现代主义。然而，这也并非什么新鲜东西。在明治 20 年代就有人说过这样的话。例如，倡导"没理想"的坪内逍遥，还有以反讽来否定既成的重要观念的国木田独步。

这绝非陈旧过时的老话。我注意到，明治 20 年代国木田独步所展示的"颠倒"，在 1970 年以后的日本又得到了反复。例如，村上春树的小说《1973 年的弹子球》中就有这样一段话：

"你 20 岁时做什么来着？"
"追女孩儿啊！"1969 年，我们的岁月。
"和她处得怎样？"
"分手了。"

"1969 年"，这是日本新左翼学生运动最高涨的时期。村上春树也并没有故意隐瞒这一点。然而，当说"追女孩儿啊"之后，立刻加上"我们的岁月"一句。用国木田独步的话说，即这一年很重要且"难以忘记"，但立刻将其与无所谓而"不可忘记"的东西并列起来，并把后者置于优越位置上。

另一个例子是"1960 年"。这是围绕日美安全保障协定的修改而发生重大政治斗争的年份。例如，大江健三郎由此追溯到 100 年前而创作了《万延元年的足球队》。万延元年，即 1860 年。而村上春树则创作了

《1973年的弹子球》。很明显，这是对大江的戏仿。关于1960年，村上则写道：

  1960年，鲍比唱《皮球》那年。

  这个歌手谁也不知道，也没有知道的价值。然而，这样说来，原本重要的东西和无所谓的东西之前后顺序被颠倒过来了。可是，这也并非意味着不重要的东西就变得重要了，而是重要与非重要的区别，或者区别背后存在着的理念本身被否定掉了。这正是后现代主义。如上所述，这与国木田独步的反讽相同。与独步一样，在村上春树的背后曾存在着60年代的新左翼学生运动，而他通过反讽将其非政治化了。由此，村上得以创造出新的"风景"来。我在1989年就指出了这一点（参见中文版《历史与反复》）。然而，这样的"风景"却成了1990年代以后全球性的现象。因此，"明治20年代的风景之发现"绝非过时的老话。

七

  如果说村上春树不知不觉中成了明治20年代国木田独步的再现，那么，对这种"日本现代文学"主流提出根本性质疑的，则是同时代的作家中上健次。从某种意义上讲，中上乃是与北村透谷相仿佛的存在。他曾投身于60年代过激的新左翼运动。后来即使退出了运动,依然在文学上坚持对"强权固执之抵抗"。

与村上春树相反,中上试图解构始于国木田独步的这一"现代文学"装置。他一开始便有意识地这样做。一个原因在于,他出身于被歧视部落并受到不识字的母亲所讲述的口传故事世界的侵染。他亲身接触了无法收回到现代"言—文"这一装置中的丰饶的"言"之世界。如前所述,这正是民俗学家而非小说家柳田国男所把握的世界。中上在小说中试图把被现代文学所排除掉的"物语"搭救出来,并加以活用。

另一个原因是,中上从早期开始就注意到明治四十四年(1911)所发生的无政府主义者因被怀疑暗杀天皇而遭处刑的"大逆事件"。他这样写道:"对于战后出生于纪州新宫的我来说,甚至感到第二次世界大战或太平洋战争不曾存在过。或者不如说,在熊野、纪州新宫所经历过的战争只有那个大逆事件。"(《物语的谱系——佐藤春夫》)

这并非夸张。受到大逆事件牵连的新宫地区出身者八人,其中大石诚之助医生等四名被判死刑,另外四名则是无期徒刑。他们根本没有暗杀天皇的想法。因此,现在已经判明,这是一场冤案。然而,这一事件留给新宫这个村镇的伤痕实在巨大。事件之后,纪州整个成了被歧视的地区,新宫就更不用说了。更为重要的是,新宫被歧视部落的民众遭到了比以往更加严厉的歧视。中上健次就生长在这样的环境中。

中上对大逆事件的关注，不期然地触及日本现代文学的起源。事件的中心人物幸德秋水，曾是中江兆民的弟子兼秘书。随便一提，幸德也一直用文言写作。他的社会主义，乃是承接明治10年代受到挫折的自由民权运动而发展起来的。就是说，这乃是一种反抗成立于明治20年代的国家制度的运动。因此，追究大逆事件必将与日本现代文学的起源相关联。

我最初见到小我5岁的中上健次，是在1968年前后。当时21岁的他说，要以新宫为题材写小说。通过大逆事件，新宫成为日本社会矛盾的凝缩，同时，自南朝的天皇开始，熊野在历史上一直是败者逃难的地方，而新宫又与熊野正重叠在一起。那么，小说该如何写好呢？他在摸索。我听了之后劝他去读福克纳，因为，我觉得他说的事情与福克纳不谋而合。于是，他马上找来《押沙龙，押沙龙！》，读完之后他宣布"我要成为福克纳"。中上从福克纳那里获得了把沉积于新宫社会的东西解放出来的手法。

福克纳的世界是南北战争失败后的南部世界。在此，有被置于屈辱地位的贫穷白人和虽获得了解放但依然受到歧视的黑人。而且，南部与北部的美国人不同，前者拥有与欧洲直接关联的传统，进而与海地那样的拉丁美洲世界联系在一起。总之，南部是充满各种各样矛盾、颠倒、倒错的错综复杂的世界。1955年，福克纳访问日本时，曾说日本人能够理解我的文学，因为我们都败给了美国人。今天想来,他的发言很有启示性。一般认为,美国的南北战争(1861—1865)是为了废除南部的奴隶制而爆发的战争。但实际上,那是北部(美国人)将南部的经济置于自己的支配之下的帝国主义战争。而且,自那以后,美国人消灭了夏威夷王国并越过太平洋而登上了东亚的舞台。而且,他们总是以解放奴隶、维护人权或实现社会的民主化为名而实行帝国主义侵略。今天,依然如此。

访问日本之际,福克纳希望的讲演地不是东京或京都,而是日本的"南部"那样的地方。结果他去了长野,而我以为他应该去中上的故乡新宫的。新宫,在明治维新后的产业资本主义发展中,属于被边缘化的后发展地区,正是"日本的南部"。而且,新宫和熊野是自南朝以来政治上的败北者逃难的地方,拥有作为圣地的传统。在此之上,又发生过大逆事件。中上健次像福克纳那样,以新宫为舞台创作了一系列小说(saga,故事)。

可是,1992年中上健次英年早逝了。其后,日本的当代文学便由村上春树代表了。而且,村上春树能够博得世界性的人气,这一事实正说明当今的世界处于怎样的状况之下。不用说,这是帝国主义(新自由主义)的世界。而于这样的世界中得以繁荣的,只能是石川啄木所说的那种不具有对"强权固执之抵抗"意志的文学。不过,中上那样的文学也绝不会消失。正如他所言,"这个世界上胡同小巷(被歧视部落)无所不在"。

(根据2012年11月6日在中国社会科学院的讲演整理而成)

柄谷行人
2013年1月

中文版作者序（2003）

我写作此书是在1970年代后期，后来才注意到那个时候日本的"现代文学"正在走向末路，换句话说，赋予文学以深刻意义的时代就要过去了。在目前的日本社会状况之下，我大概是不会来写这样一本书的。如今，已经没有必要刻意批判这个"现代文学"了，因为人们几乎不再对文学抱以特别的关切。这种情况并非日本所特有，我想中国也是一样吧：文学似乎已经失去了昔日那种特权地位。不过，我们也不必为此而担忧，我觉得正是在这样的时刻，文学的存在根据将受到质疑，同时文学也会展示出其固有的力量。

我试图从风景的视角来观察"现代文学"。这里所谓的风景与以往被视为名胜古迹的风景不同，可以说这指的是从前人们没有看到的，或者更确切地说是没有勇气去看的风景。当然，在写作的当时，我还没有注意到这其实正是康德所论及的美与崇高的区别问题。根据康德的区分，被视为名胜的风景是一种美，而如原始森林、沙漠、冰河那样的风景则为崇高。美是通过想象力在对象中发现合目的性而获得的一种快感，崇高则相反，是在怎么看都不愉快且超出了想象力之界限的对象中，通过主观能动性来发现其合目的性所获得的一种快感。康德认为，崇高不在对象之中，而存在于超越感性有限性的理智之无限性中。"对于自然之美，我们必须在我们自身之外去寻求其存在的根据，对于崇高则要在我们自身的内部，即我们的心灵中去寻找，是我们的心灵把崇高性带进了自然之表象中的"（《判断力批判》）。这里康德阐释了这样一个问题：崇高来自不能引起快感的对象之中，而将此转化为一种快感的是主观能动性，然而，人们却认为无限性仿佛存在于对象而非主观性之中。

我在本书中写道：风景是通过某种"颠倒"，即对外界不抱关怀的"内面（内在）之人"而发现的。那时，我好像是在阐明这种内在性即是"颠倒"似的。实际上所谓"颠倒"并非意味着由内在性而产生风景之崇高，恰恰相反，是这个"颠倒"使人们感到风景之崇高存在于客观对象之中，由此代替旧有的传统名胜，新的现代名胜得以形成。而这个现代的风景不是美而是不愉快的对象这一点则被忘却了。康德说当把关怀打上引号来观察事物时，美之判断才得以成立。人们习惯把他的这个观念称为主观性美学而置之不理，其实这绝非古老陈腐的观念。比如，杜尚（Marcel Duchamp）将普通的马桶题为"泉"来参加美术展时，实际上是再一次提出了康德的那个问题。我们只关心马桶的日常用途，如果把这个"关心"打上引号来观赏马桶的话，看上去就会很像"泉"。所谓艺术不仅存在于对象物之中，还存在于打破成见开启新思想即除旧布新之中。

据说杜尚的马桶失踪了。假使没有失踪得以保存下来，那一定会华丽地装饰在大美术馆里的吧。这将是一种滑稽。然而，与此相似的滑稽却发生在另外的领域。现代文学就是要在打破旧有思想的同时以新的观念来观察事物。而对习惯了固有文学的人来说，这无疑与杜尚的拿马桶来参加美术展相仿佛。可是，所谓马桶那样的东西不久则成了尊贵之物。往昔立志弄文学的人为数极少且命途多舛，不用说夏目漱石就曾是这样的作家。但是，到了1970年代他则成了"国民文学"作家而受到景仰。我在那时试图要否定的"现代文学"正是这样的文学。这个现代文学已经丧失了其否定性的破坏力量，成了国家钦定教科书中选定的教材，这无疑已是文学的僵尸了。因此，如果说在这个时期里"现代文学"走到了末路，那也没有什么值得担忧的，因为这绝不意味着文学的消亡。如前所述，今后，文学的存在根据将受到真正的质疑，其固有的力量也将发挥出来。

以上对文学的阐述在某种程度上也可以用来说明国民（nation）。1990年年初，《日本现代文学的起源》出版英文本之际，我受到本尼迪克特·安德森《想象的共同体》的刺激，决计从国民的形成这个视角来重新思考自己的研究。安德森指出，以小说为中心的资本化出版业对国民的形成起到了巨大的作用，而我在本书中所考察的言文一致也好，风景的发现也好，其实正是国民的确立过程。不过，现在我有了一些新的想法，简言之，我不满于把国民的问题单纯作为表象的问题来思考。

Nation 在日语中译为国家或民族，但近年来又译为国民，因此所谓 nation state 则译成了国民国家。我觉得"国民"这个译语不好，听起来有"国家之民"的感觉。实际上，人们处在国王或领主之臣下的国家里，是不存在所谓 nation 的。Nation 乃是通过从封建束缚中解放出来的市民而形成的，而且 nation 也无法还原为民族。例如，日本这个国民国家里，既包含了阿伊努族①也包括各种各样的归化人。当然，nation 易生误解并非完全来自翻译的不充分，其实本来的英语 nation 也是很暧昧的。看上去 nation 既有民族也有国家的意思，其实它并不单纯指任何一方面的意义。民族（ethnic）是亲族和族群的延长，乃建立在血缘和地缘上之共同体，而非 nation。所谓 nation 应该理解为由脱离了此种血缘地缘性共同体的诸个人（市民）而构成的。另一方面，在封建或极权主义国家也不会有 nation 的存在，因为 nation 的成立是在经过资产阶级革命等级制度得到民主化之后成立的。民族国家（nation state）成立后，人们

---

① 少数民族。——译注

将以往的历史也视为国民的历史来叙述，这正是对 nation 起源的叙事。nation 的起源并非那么古老遥远，其实，就存在于对旧体制的否定中。然而，在民族主义思想那里这一点却遭到了忘却，古老王朝的历史与国民的历史同化在一起了。

就这样，nation 常常与民族或国家被等同视之。我们只要注意到世界上存在大量由复数的民族而构成的民族国家以及有很多同一民族分裂为不同的民族国家这样的事实，就会清楚将 nation 与民族国家等同视之是错误的。因此，要理解 nation，我们不要取民族同一性色彩强烈的国家为例，而应该观察如美利坚合众国那样的民族同一性色彩比较薄弱的国家。在美国，nationalism（民族主义）也十分强烈，但那不可能是"民族主义"。美国的 nationalism 强调合众国是由每个个人构成的 nation，即以自由为存在的根据。实际上也是如此：nation 不是通过血缘和地缘之共同体（血与土地）而构成，如果没有超越血缘和地缘的普遍性契机，nation 是无以确立的。

同时，nation 也非仅以市民之社会契约这一理性的侧面为唯一的构成根据，它还必须根植于如亲族和族群那样的共同体所具有的相互扶助之同情心（sympathy）。我们甚至可以说，nation 是因资本主义市场经济的扩张而族群共同体遭到解体后，人们通过想象来恢复这种失掉的相互扶助之互惠性（reciprocity）而产生的。这是否可以和民族这一概念联结在一起还没有定论。再以美利坚合众国为例，nation 的社会契约侧面是以星条旗（Stars and Stripes）来表征的。可是，只有这一点是无法建立起共通的感情之基础的，而作为多民族国家又不可能诉诸"血缘"，故只好诉诸"大地"。就是说，这是通过赞美"崇高"风景之准国歌《美丽的亚美利加》（America The Beautiful）来表征的。

康德认为感性的东西和悟性的东西是以想象力为媒介的。在这个意义上，也可以说共同体性和社会契约性的理想状态乃是以想象为媒介的。也因此，称 nation 为"想象的共同体"是正确的。但这并不意味着 nation 只是单纯的想象之物，而应该说想象自有其必然性存在的。

由于货币经济的渗透，封建的或者极权主义的国家经济遭到了解体，在此，现代国家和资本主义市场经济得以确立。但这是不充分的，在这个过程中被解体的乡村农业共同体，即互酬的相互扶助性的理想状态还必须通过想象重新恢复起来。这就是 nation。所谓民族国家正是 nation 和 state 这两种异质物的结合。不过，严密地讲，资产阶级革命之后的国家乃是由资本制市场经济、国家和民族以三位一体的形式综合而成的。三者构成相互补充相互强化的关系。比如，在经济上大刀阔斧地行动，如果走向了阶级之对立，则可以通过国民的相互扶助之感情加以超越，通过国家制定规则实现财富的再分配，如此等等。这三位一体的圆环力量极其强大。例如，在这里要打倒资本主义则国家的权力会得到强化，或者在民族的感情基础上资本主义会得到拯救。因此，不应该以三位一体的一个方面为打倒的目标，我们必须寻求一种走出资本制＝民族＝国家三位一体的圆环的办法。

其中，nation 一般受到具有世界主义倾向的知识分子的否定，但是，通过启蒙是无法消解掉 nation 的。针对以启蒙来批判宗教的哲学家，马克思说：如果不解决产生宗教的现实之不幸则无法消解其宗教。这同样也可以用来解释民族主义，不管怎样强调 nation 都只是表象而已，都不可能将此消解掉。Nation 并非植根于血缘和土地，而是植根于相互扶助的感情，进而根植于需要这种相互扶助的社会现实。如果不顾及资本制市场经济和国家，单纯去消解 nation 是做不到的。为了真正"扬弃"nation，必须走出那个资本制＝民族＝国家三位一体的圆环。从写作《日本现代文学的起源》一书以来，我一直在思考这个走出圆环的办法。关于这个问题，我无法在此详加论述，唯希望诸位能参阅我最近的著作：《跨越性批判——康德与马克思》（MIT Press，2002）一书。

柄谷行人
2002 年 10 月

英文版作者序（1991）

我对本书抱有各种各样的不满，然而在出英文版时我并没有加以修改，其理由已在日文的"文库版后记"里有了说明。不过，文库版的说明和英文版之不做改动，其理由还不完全一样。这本书不是面向外国读者写的，也不是学术性的东西。这是1970年代后期，我在新闻媒体领域里做的一项工作，不用说这自有其历史意义。如果是面向外国读者来写的话，我可能会换另一种写法，如不了解日本文学的读者也能读懂的方式。可是那样一来，便要迎合外国人而做出有意识或无意识的调整与省略，结果恐怕要变成一本常见的关于日本文学的概要书了。这样的书将不能展示日本人实际上在自己的内部是如何思考的这一问题。但是，我相信，本书有的部分虽然只有对日本某一时期的文化语境有所了解的人才会懂，但基本上还是一本对外国人"敞开"的书。因此，我最终决意对英文版不加修改，只是在书的最后附上了另外写的《夏目漱石与文学类型》① 一篇。这样，

---

① 即本书第七章"文类之死灭"。——译注

本书就成了一本以理论家漱石开篇，又以小说家漱石结尾的书。另外，又在各章后面附加了简单的补记，在某种程度上体现了我目前的一些想法。

我在本书中所要做的对于现代文学的"批判"，在日本的语境里并不是什么新的东西。比如，1970 年代前期这种现代批判已多见于世，它与 1960 年代的经济成长及新左翼运动相关联。进而言之，就连这个 1970 年代的"现代批判"也不是什么新鲜的事情，因为，在某种意义上这可以视为 30 年代后期"近代的超克"论之变奏。大体说来，战前的"近代的超克"论是由西田几多郎、小林秀雄、保田与重郎为代表的三个群体的批评家和哲学家们所提起的。他们认为笛卡尔的二元论、历史主义、产业资本主义，以及民族国家等都必须被超越。不用说，这不过是一种与志在和西洋列强发起战争，并建立"大东亚共荣圈"之日本帝国主义相呼应的意识形态而已，但又无法这样简单地弃之了事。他们之中除了众多二三流的空想理论家外，还有一些杰出的批评家、哲学家，而非清一色的战争意识形态理论家。在他们的议论中，凝缩着有关明治维新以来日本的话语中的诸种矛盾。可以说，在形式上，这是 70 年代前后的"现代批判"乃至 80 年代兴盛起来的后现代主义的先驱。

例如，1970 年因向自卫队吁请政变而自杀的三岛由纪夫，就曾是战前日本浪漫派的成员之一，如果不考虑到历史上浪漫派式的反讽就无法理解他的行动和作品。同时代的激进主义也是如此，正像"毛主义"那样，其泛亚洲主义与现代文明批判是结合在一起的。不过，这一时期的"现代批判"与1930年代的有着微妙的联系，这事并非日本的特殊情况，欧洲也是一样。存在于1960年代末激进主义思想根底里的"现代批判"，其知性核心，特别是后来被称为法国后结构主义或者后现代主义的话语核心里，沉潜着某位思辨型哲学家所给予的"现代批判"的强烈影响。那位哲学家就是积极参与过法西斯的海德格尔。众所周知，这一事情伴随1980年代后现代主义的发展而又成了问题。在美国这则是以保罗·德曼问题而浮出表面的。煽动起保罗·德曼问题的是提倡现代主义和新启蒙主义者们的一种反动的复活。而我们不能因为与法西斯主义有关联就否定其"现代批判"，相反，我们应该重新对包括这个问题在内的"现代"提出质疑。

"现代"这个概念十分暧昧。不仅日本，包括非西洋国家的人们，在他们之间"现代"总是和"西洋"相混同。当然，这种混同是有理由的。既然在西洋也有现代与前现代之别，现代与西洋当然应该是不一样的概念，可是现代的"起源"在西洋，所以两者不容易简单地分开。因此在非西洋国家有着把现代批判与西洋批判混同起来的倾向，并由此产生各种各样的错觉。其中有一种观点认为：因为日本不是西洋的，故其现代文学并非充分现代化的。另一个观点正好相反：认为其题材和观念如果是非西洋的，则作品一定是反近代的。这两种观点同时存在于日本的批评家和西洋的日本学学者之间。

但是，假如文学是"作家"的"自我""表现"，那么，这不管是怎样反现代的或怎样反西洋的，都已经是在现代文学这一装置里了。例如，三岛由纪夫和川端康成这样的作家根本就不"传统"，而是明明白白的"现代"作家。真正对"现代"抱有怀疑，就不能不质疑"作家""自我""表现"等概念装置及其不证自明性。日本的"近代的超克"是缺乏这种怀疑的。然而，当我们追问其起源时，可能会落入另一个陷阱，因为这些都产生于现代西洋。这样，我们会再次回到如"影响"这一词语所集中反映出来的那种懒惰浅薄的议论上去。所谓"影响"乃是表示"特有"和"复制"关系的一个观念。实际上，日本人写的也好，西洋人写的也好，以日本人如何吸收西洋—现代的特点，又如何抵抗西洋—现代这样的视角写作的书籍，已是数不胜数了。

但是，如果要探讨这个特有里所隐含着的"颠倒"之特征，会怎样呢？我们得像尼采那样必须追溯到古代西洋吗？我是从另外的角度这样认为的：如果现代文学是西洋所固有的"颠倒"的产物,我觉得其性质与其说在本来的西洋(在这里其起源被掩盖了),可以说在非西洋国家里更能得到戏剧性的清晰展示。我将焦点集中于明治20年代这10年间的文学上,其理由正在于此。

首先,我在"言文一致"的形成过程中寻找促使现代文学成为不证自明的那种基础条件。言文一致运动与其命名的意义相反,乃是某种"文"的创立。同时,这个"文"对内在的观念来说不过是一种透明的手段,在此意义上,这也是文字、书面语的消失。这个"文"的创立是内在主体的创生,同时也是客观对象的创出,由此产生了自我表现及写实,等等。这种情况只要看一看言文一致确立前夜的明治20年代作家的文章,就会清晰可见。比如,在日本前现代的文学中,风景如此被主题化,然而人们却没有像我们那样去观看那些风景。他们所看到的风景是前代的文本(文学)中的风景。我们所说的"风景"是在收敛到言文一致里的认识论式的颠倒中被发现的,或者更确切地说是被发明的。在本书中,把曾经不存在的东西变成不证自明的、仿佛从前就有了的东西这样一种颠倒,我把它称为"风景之发现"。当然,这是对现代的物质性装置的一个讽喻。

另外,言文一致不是由国家或国家意识形态理论家,而主要是由小说家来实现的,这一点很重要。本尼迪克特·安德森在《想象的共同体》中指出,一般说来，国家的形成需要语言的本国化（本土化），报纸和小说则起到了这个作用。这也可以用来说明日本的情况。明治维新20年后，虽然在政治经济等制度上颁布了宪法，开设了议会，其现代化有了进展，但在国家形成上似乎还有些不足。认为小说家完成了填补这一不足的任务也不为过。因此，现代批判必须从现代文学批判开始，其理由也正在于此。再者，这一时期开始形成了作为学问的"国文学"，即对《万叶集》以来的民族文学历史进行重组，也就是用现代性的透视法对过去的文学实行重构。这是与江户时代的"国学"性质不同的。

因此，本书并非文学史，而是对包括古典在内的文学史之批判。通过追溯"起源"的方式进行的批判，同时也是对"起源"进行的批判。比如，民族主义者跑到现代以前的时代里追寻日本文学的特殊性，实际上是对起源的忘却。上述的"言文一致"基本上在哪个国家都会发生，至少在中国和朝鲜确实发生过。这与其说是在西洋的压力下，不如说是在日本帝国主义的侵略下发生的。不过，无论在哪个国家，对"起源"的追寻都暗藏着陷阱。如在西洋，"言文一致"运动经历了相当长的时间，如果对此进行严密的溯源就会像德里达那样，不得不追溯到古希腊以来的"声音中心主义"。

不过，我觉得做谱系学的溯源即对起源的追溯不能走得太远。比如，许多学者上溯到中世纪乃至古代去追溯反犹太主义的起源；对此，汉娜·阿伦特（Hannah Arendt）则只对19世纪后期国家经济得以确立的时期做考察。她看到，那时不是因为犹太人的经济强大，而是相反，因为变得无力化了，故反犹太主义得到了扩大（《极权主义》）。象征着这种国家性优势的是1871年普鲁士对法国的胜利。对此，尼采写了《不合时宜的思想》，说这里的胜利不是对文化的胜利而仅仅是对国家的胜利。尼采本身，不管在哪里或者在所有层面上都要对被掩盖起来的起源加以追溯。然而，在他所生存并且对立着的时代里，正在发生的"颠倒"难道不是更具有决定性的意义吗？作为"欧洲人"，他带着清醒的自我意识并与之斗争的，不正是那个民族国家及其相呼应的文学吗？不管他怎样在柏拉图和基督教中寻求其颠倒的起源。

对起源的追溯不能走得太远，这最好看看批评尼采仍停留在西洋形而上学圈子内的海德格尔对起源的追溯归结为何，就可以了。这就是对发生于尼采与之对立的"时代"的民族主义和反犹太主义的彻底肯定！而对于我在本书中所做的考察，追溯起源不能走得太远则具有更重要的意义。1870年前后是世界史的转折时期，即各民族国家崭露头角的时期。不仅德国，还有美利坚合众国、意大利以及战败后的法国。十年之后，这些国家转化成了帝国主义，接下来在世界各地诞生了民族主义。

日本的明治维新（1868）也应该放在这个世界史

的语境中来观察。观普法战争的结果，日本的革命政府终于做出了以普鲁士为模式的选择。于是，避免了殖民地化的日本反过来经过日清战争（1894）和日俄战争（1904），开始挤进西洋列强的行列。日本的明治时代（1868—1911）便在如此短的时期里展示了这一变貌的过程。我所集中观察的1890年前后十年间，在西洋长期以来发生的事情（如文言一致和风景的发现），在这一时期集中地发生了，从某种意义上说，这亦反映了与西洋的同时代性。福柯说"文学"的成立在西洋不过是19世纪后期的事情。"文学"的规范化则大概与民族国家的确立相关联，这种规范化是对18世纪英国小说所显示的那种多样性的一种压抑。如果是这样的话，那么现代文学的"起源"只有在这个19世纪后期中才能寻找到。若再往19世纪以前的时代追溯过去，仿佛可以发现根源性的东西似的，却会忽视19世纪里所产生的颠倒，结果成了对此颠倒的强化和补充。因此，我想自己对日本现代文学起源的追寻不会单单是日本的问题。

1991年9月

一　风景之发现

1

夏目漱石（1867—1916）把讲义稿命名为"文学论"出版，是在他从伦敦回到日本刚刚三年之际，而且，那时他已作为小说家，引起了人们的注目，他自己亦正埋头于小说创作中。假如"文学论"的构想是个"十年计划"，那么，那时他一定是放弃了这一计划的。就是说，从他构想的宏大计划来看，《文学论》不过是其中的一小部分而已。在所附序言中，漱石流露出一种复杂交错的心情：一方面对已经埋头于创作活动的自己来说，因这不过是一种"空想式的闲适文字"而感到隔膜，另一方面又抱有一种难以真正放弃之感。这两种心情当然都真实无疑，他正是在这复杂交错的心情下从事创作活动的。

从相反的角度说，漱石在序言中意识到，对当时的读者来讲，《文学论》只能是一种令人感到唐突奇妙的东西。其实，不仅对当时的读者，就是放在今天，人们可能也会这样认为。我们不得不说，写作《文学论》虽然有作者个人的必然性，但是在日本（包括在西洋）却没有一定要写这一类书籍的必然性。这是一朵忽然之间绽开的花，没有留下种子，恐怕漱石自身也深深地意识到了这一点。他一定对下面这样的情况感到一种困惑：当初的"文学论"构想，无论在日本还是在西洋都是孤立无援、唐突贸然的东西。在序言中漱石如《心》里的教书先生写遗书那样，诉说着为什么一定要写这本如此奇妙的书。正因此序言与正文格调相反，表达了更多个人性的东西，他不得不解释自己的热情为何物、从何而来。

> 我于此决意从根本上解释文学为何物之问题。同时产生举一年之时为研究此问题第一阶段之念。
>
> 我闭寓所之门，将所有文学书籍藏之行李，相信欲借文学书而知文学为何物正如以血洗血为手段者同然。我立誓欲究明文学于心理上何以必要，为何于此世界生成、发达、颓败；又于社会上何以必要，且存在、兴隆、衰亡。

漱石把"文学为何物"视为问题。实际上正因为这一点使他的企图与热情变得非常个人化而难以与他人共有。这"问题"本身太新了。对于同时代的英国人来说，文学就是文学，只要居于文学之中，这样的问题是无以发生的。但是，如米歇尔·福柯所说，所谓"文学"充其量不过是到了19世纪才得以确立起来的观念。漱石则身居文学之中而未能避开这一疑问，因此，在"文学"观念已经固定下来的明治四十年（1907）的日本，此一疑问就显得更为奇异。这与其说是反时代的，不如说是太奇特了。毫无疑问，促使漱石的理论思考欲望萎谢的原因正在于此。

《文学论》初看起来，仿佛是"文学的理论"，就是说仿佛是在"文学"的内部写作的。但是，正如当初的"文学论"计划由"文学评论"及其他一些随笔来构成那样，应该属于包含着一些更为根本性问题的东西。

漱石首先怀疑英国文学是普遍的这一观念。当然他并不是要将英国文学与汉文学相对置，使之相对化。他着重指出：这种普遍性不是先验的而是历史的，正因为隐蔽了其历史性（起源）才出现了这种普遍性的观念。

> 以我之经验，莎士比亚所确立之诗国，并非如欧洲评家一致主张者具有其普遍之性质。我等相应得以品味此诗文，乃积年修养之结果，大半为有意识捕捉其意境后之鉴赏。（《坪内博士与哈姆莱特》）

若将漱石的说法加以引申，可以说莎士比亚在其生存的时代曾经被"普遍的"有拉丁文化教养的戏剧诗人们所轻蔑,之后亦遭到默杀,直到19世纪初才经由德国浪漫派,与发现"文学"的同时被重新发掘出来。这时才出现了作为天才的个人之莎士比亚,以及作为自我表现的诗人、浪漫的或者现实的诗人之莎士比亚。然而,莎士比亚的戏剧实际上与上述的定义相异质,在某种意义上可以说与近松门左卫门(1653—1724)类似。漱石批评坪内逍遥的翻译时已经指出了这一点。莎士比亚并非现实主义的,也不曾要表现什么"人性"。所谓"普遍的"这一观念在19世纪的西欧得以确立的同时,其自身的历史性也被掩盖起来了。

漱石不得不否定"文学史"及对文学的历史主义研究,这首先在于他怀疑"文学"本身的历史性。所谓历史主义是同"文学"一样于19世纪确立起来的支配性观念,是历史主义地观察过去,本身便是以"普遍性"为不证自明的前提的。

漱石对"文学史"持抵触态度。不过,这并不是因为日本人可以有独自的阅读方法。他所说的"自我本位",正在于对当时很有势力的所谓"文学的""历史的"观念本身提出了根本的质疑。

> 我们不能说风俗、习惯、情操只出现于西洋的历史之中,西洋的历史以外则没有。还有西洋人在自己的历史发展中经历多次变迁而达到今天的最后

地步,这未必就是普遍的历史标准(对他们来说大概是标准的)。特别是在文学上更是如此。许多人都说日本文学是幼稚的。很可悲我也这么认为。但是,我自认我国的文学幼稚,与视今天的西洋文学为标准不同。我坚信不能断言当今幼稚的日本文学不断发展便一定要成为现代的俄罗斯文学,而且我不认为日本文学一定要沿着与从雨果到巴尔扎克再到左拉这样的法兰西文学同样性质的道路而发展。幼稚的文学之发展未必只有一条道路,既然理论上无法证明发展的终点一定只是一个,那么,断定现代西洋文学的发展倾向必是幼稚的日本文学之发展方向则过于轻率。另外也很难得出结论说西洋文学的倾向就一定是绝对正确的。虽然某种程度上或许可以说在直线发展的科学中新的即是正确的,然而既然发展的道路是复杂多样的,那么,西洋的新对日本人未必就是正确的。文学并非只有一条发展道路,这不必从道理上论证,只比较地看现今各国文学,尤其是进步文学的发展,便最清楚明白了……

观西洋绘画史之今日的状态,应该说实在是经历了重重难关,如走钢丝一样发展而来的结果。若稍有失之平衡便会发展成另外一种的历史。我的议论恐怕还很不充分,实际上,由前面所说的意义归纳起来,可以说绘画史的发展有其多种无限的可能性,西洋绘画史是其中之一,日本风俗画的历史也仅仅是其中之一条发展道路。这里我仅举绘画为例来说明，其实这种情况未必仅限于绘画。文学大概也是一样。那么，以所接受来的西洋文学史为唯一之真，万事诉诸此而加以衡量决断则恐怕过于偏狭了吧。既为历史当不应与事实相左。我相信可以做出如下主张：未被给予的历史也是可以在头脑中进行多种发展可能性的组合，只要条件具备，总有实现的可能……

到此我叙述了诸种弊端：如上面所讲三事①被认为是文学史上连续发展而来的，极其不合情理的弃旧追新之弊；又如把偶然出现的作品冠以某种主义之名，一定要将其视为此主义的代表来对待，结果失之妥当却将此看作是难以打破的 whole，而且随着时间逐渐推移，其主义的意义发生变化而引起混乱之弊，等等。我觉得这里所述的事情虽与历史有关，但与历史的发展并没有那么深的交涉。就是说，不应该以基于某个时代、某一个人的特性来区分作品，而是应该以适用于古今东西的，离开作家与时代的，仅在作品上表现出来的特性来区分作品。既然应该如此，那么，我们只好以作品的形式和主题来区分作品了。(《创作家的态度》)

---

① 浪漫、现实、自然主义。——译注

从以上引文可见,漱石对历史主义所隐含着的西欧中心主义,或者视历史为必然的、连续性发展的观念提出了异议。而且,他拒绝把作品还原于"时代精神"或"作者"这种 whole(全体),而关注于"仅在作品上表现出来的特性"。这样的思考是形式主义的,当然早于形式主义思潮出现之前。《文学论》中的 F + f 定式①也是基于他这一根本性态度的。

例如,浪漫主义和自然主义是历史性的概念,乃作为发展的先后顺序而出现。可是,漱石则欲将此视为两个"要素"。

> 两种文学的特性如上所述。正因为如此,两者都是应该被珍视的。绝不是只有一方的存在而另一方可以被驱逐出文坛那样肤浅的东西。另外,正因为名称有两样,使自然派和浪漫派相对立,筑垒掘壕,似乎两相对垒虎视眈眈,其实可以使之敌对的不过名称而已,内容实在是相互交叉、你中有我中有你的。因此,若详细加以区分,可以说在纯客观态度与纯主观态度之间不仅发生无数的变化,而且变化各方与他方相结合又会生出无数的第二次变化,故不能笼统说谁的作品是自然派、谁的作品是

---

① F 指认识要素;f 指情绪要素。夏目漱石认为,客观认识和主观情绪是不能完全分开的,艺术要实现的是情绪但并不排除认识要素。他试图把两者结合在一起来观察文学。——译注

浪漫派。与其如此，不如解剖作品——指出其哪些地方具有如此这般的浪漫派或自然派的趣味，不仅如此还要避免仅以浪漫、自然两语简单律之，再进而说明其中有多少不同的成分以怎样的比重相互交织着。我想如此这般或者可以解救今日之弊端。（《创作家的态度》）

无疑这是形式主义的思考方法。漱石在语言表现的深层发现了隐喻和明喻，这两种要素是以浪漫主义和自然主义的形式得以表现的。罗曼·雅格布森（Roman Jakobsen）曾把隐喻与转喻作为对比性的两个要素，提出根据这两个要素的程度不同观察文学作品倾向性的视角，而漱石则早于罗曼·雅格布森注意到了这个问题。

两人的相通之处在于，都是作为身处西欧之中的异邦人试图观察西欧的"文学"。俄国形式主义批评为了得到人们的评价，必然要在西欧这一内部发起对"西欧中心主义"的怀疑。如果确是这样的话，那么，漱石的尝试不用说乃是非常孤立的行为。不过，漱石最终放弃"文学论"，并不仅仅在于这种孤立感。

漱石所拒绝的是西欧的自我认同（identity）。在他看来，这里有可能"代替"的、可以重组的结构。当偶然选取的某一个结构被视为"普遍性的东西"时，历史的发展必然要成为直线性的。漱石不是要树立起相对于西洋文学的日本文学，主张其差异性或相对性，对他来说日本文学的自我认同也是可疑的。但是，发现这种可以重组的结构便会立刻唤起"为什么历史是这样的而不是那样的"，"我为什么存在于此而非彼"（帕斯卡尔）这样的疑问。自不待言，形式主义、结构主义忽略了这个疑问。

漱石幼年时代当过养子，直到一定的年龄，他一直把养父养母视为亲生父母。他是被"取代"了的。对他来说，父子关系绝非自然的，而只能是可以"取代"的。一般来说，如果是血统纯然的人，就会无视那里存在着的残酷的命运之捉弄。但是，漱石的疑问在于：即便如此，为什么自己存在于此而非彼？因为现在已是作为不可"取代"之物而存在的了。恐怕漱石的创作活动正是建立在这样的疑问之上的。并非讨厌理论而转向创作，创作本身乃是由他的理论派生而来的。漱石是很理论性的，换句话说，他并没有以所谓"文学的理论"那样的东西为目的。他只能是理论性的，只能对"文学"保持一定距离。

2

《文学论》序言讲的主要是个人的事情，夏目漱石告诉读者，理论性对他来说并非情愿的，而不得已为之。他这样交代了自己为什么关注"文学为何物之问题"。

少时曾喜读汉籍。学习时间虽短,然蓦然冥冥之中由《左传》《战国策》《史记》《汉书》而略知何为文学之定义。暗中思忖英国文学亦当如此也,若果真如此则举有生之年而习之,亦当无悔。……春秋十载于吾有之,不敢言无学习之余暇,只恨难能彻底习之。然毕业后不知为何脑中竟有被英国文学所欺而生不安之感念。(《文学论·序》)

漱石所说"有被英国文学所欺而生不安之感念"是有其根据的。在已经习惯"文学"的人们眼里,只不过是看不到被欺骗这一事实罢了。我们不应该把漱石这种感念笼统称为接触到非本民族文化者的认同危机。因为这样说时,我们已经是将"文学"视为不证自明的东西,而看不到"文学"之意识形态性了。漱石不期然地看到这一点,不用说是因为他熟谙汉文学之故。固然他所谓"汉文学"并非中国文学,也非与西欧文学可以对置的。他并没有生活在可以悠闲地做汉文学与西欧文学之比较的时代里。对他来说,"汉文学"并非实体性的,而是被设想在"文学"的彼岸,无以回归且不确定的某种东西。

比如,与漱石所说的"汉文学"相对应的是山水画,而所谓山水画乃由于风景画的存在而得以存在,这一点值得注意。

山水画这一名称并不存在于这里展示的绘画所实际描述的时代里，在那个时代人们称之为四季绘或月并①。山水画是由指导过明治日本现代化的芬尼罗萨②命名，并放在绘画表现的范畴中给予一席之地的。因此可以说山水画这一命名本身，乃是由于西洋现代意识与日本文化之间的乖离而出现的。（宇佐见圭司：《于"山水画"中看到绝望》，载《现代思想》1977年5月号）

同样的道理也可以用于说明"汉文学"。"汉文学"已经存在于"文学"这一意识之上，而且是仅仅存在于"文学"意识之上的。将汉文学对象化已经在"文学"上得到了实行。如果这样，那么，对汉文学和英国文学

进行比较时便会无视"文学"＝"风景"其自身的历史性。就是说，我们会忽视"文学"或"风景"的出现使我们的认识装置本身发生了变化这一事实。

我认为"风景"在日本被发现是在明治20年代。当然，或许应该说在被发现之前已经有风景的存在了。但是作为风景之风景③却在此前不曾存在过。也仅限于这样思考时，我们才可以看到"风景之发现"包含着

---

① 一年12月之风俗绘画。——译注
② Fenollosa，美国哲学家、美术家。——译注
③ 文学这一概念装置。——译注

怎样的多层意义。

可以说漱石正生存于这一过渡时期。当然称其为过渡时期仅仅是一种历史主义的观点而已。实际上，漱石注意到，在他选择英国文学之后自身的认识装置已发生了根本的变化。英国文学和汉文学在他的心目中绝没有成为静止的三角关系。正如小说《此后》中的人物代助一样，漱石在某一时刻突然发现自己已经做出了选择。就是说，"风景之发现"并不是存在于由过去至现在的直线性历史之中，而是存在于某种扭曲的、颠倒了的时间性中。已经习惯风景的人看不到这种扭曲。漱石的怀疑正是由此开始，"有被英国文学所欺而生不安之感念"，即生存于此种"风景"里的不安。

颇有意味的是漱石不谈日本的文学而谈汉文学。汉文学虽然遭到国学家的抗议，但仍然是日本文学的正统。正如吉本隆明（1924—2012）所强调的，甚至《万叶集》也是汉文学或因汉字的冲击而得以成立的《（初期歌谣论）》。花鸟风月自不待言，就连国学家所想象的纯粹本土的东西亦基于汉文学的"意识"而得以存在。古代日本人开始"叙景"即发现风景时，汉文学的意识已经存在了。在追溯文学起源时，我们只是在那里寻找文学、文字而已。

问题的复杂性在于，明治20年代的"风景"之发现与此相似，换言之，这里累积着同样的颠倒。这个问题我不想在此论及，我只想指出下面这样一种逻辑背反：正如国学家想象汉文学以前的日本文学时，是因为有了汉文学的意识才要这样做一样，谈论"风景"以前的风景时，乃是在通过已有的"风景"概念来观察的。比如，我们应该意识到：在质问山水画为何物时，这个质问已是基于颠倒的关系之上了。

下面所引宇佐见圭司的"比较"，正是在清楚地了解到这一困难之后的比较。

> 为了说明山水画的空间，我们先来讨论一下山水画的场和时间。山水画所有的"场"的意象是不能被还原到西欧的透视法所说的位置上去的。
>
> 透视法的位置乃是由一个持有固定视角的人综合把握的结果。在某一瞬间对应于此视角的所有东西将投射到坐标的网眼上，其相互关系得到客观的决定。而我们现在的视觉亦在默默地进行这种透视法式的对象把握。
>
> 与此相对，山水画的场不具有个人对事物的关系，那是一种作为先验的形而上学的模式而存在着的东西。
>
> 这个场与中世纪欧洲的场的状态在先验性上有其相通性。所谓先验的山水画式的场乃是中国哲人彻悟的理想境界，在中世纪欧洲则是圣书及神。

就是说，在山水画那里，画家观察的不是"事物",而是某种先验的概念。同样说来,源实朝(1192—1219)也好,松尾芭蕉(1644—1694)也好,他们并没有看到"风景"。对于他们来说,风景不过是语言,是过去的文学。正如柳田国男(1875—1962)所说:《奥州小道》中一行"描写"也没有。看似"描写"的东西亦非"描写"。如果看不到这种微妙的、决定性的差异,则不仅看不到"风景之发现"这一事态,反而会造成用"风景"之眼光所看到的"文学史"。

比如,所谓井原西鹤(1642—1693)的现实主义是在"写实主义"和否定曲亭马琴(1767—1848)的潮流中被发现的。实际上,他到底是不是我们所说的现实主义者实在可疑。正如莎士比亚在先验的"道德剧"框架中,以古典为基础来写作戏剧一样,西鹤并没有观察"事物"。同样,正冈子规(1867—1902)对与谢芜村(1716—1783)俳句的绘画性大加赞赏时也是如此。芜村的俳句是与他的山水画同位的,而与倡导"写生"的子规的感受性性质不同。当然,芜村和芭蕉不同,不过,他们的不同存在于我们今天的观察视点之外。实际上子规自己也这样讲过,如他认为芜村俳句的绘画性与芭蕉风格不同,在于大胆采用了汉文。芜村的"五月梅雨大河前,人家两幢"这一句中,不是大河(おおかわ)而是大河(たいが)之故,才活生生地"描写"出激烈动荡的状态。这个例子正好标示出芜村不是被风景而是被文字所吸引所魅惑的。

明治20年代所建立起来的"国文学"无疑是在"文学"这一观念之上被规定被解释的。当然，我在此并不是要论述"国文学史"。我只想指出，对于我们来说，那个不证自明的"国文学史"其实是在"风景之发现"中形成的。对"国文学史"表示怀疑的大概只有漱石一人。如果"风景之发现"是这样一种东西的话，那么，我们则无法以所谓"文学史"的顺序来谈论"风景之发现"。"明治文学史"似乎是在时间上不断发展前进的。但是，为了考察"风景之发现"这一被忘却的颠倒，我们必须扭转这个时间上的顺序。

3

所谓风景乃是一种认识性的装置，这个装置一旦成形出现，其起源便被掩盖起来了。在明治20年代的"写实主义"中已经有了风景的萌芽，但还没有决定性的颠倒。它主要以作为江户文学之延长的文体来创作的。典型地显示出与江户文学之断绝的，是国木田独步（1871—1908）的《武藏野》和《难忘的人们》。特别是在《难忘的人们》（1898）中，如实地显示了风景在成为写生对象之前首先是一种价值颠倒这一道理。

这篇作品的情节构成是，无名文学家大津这一人物向在多摩川沿岸的客店偶尔相识的名叫秋山的人讲述"难忘的人们"。大津拿出自己的标题为"难忘的人未必是不可忘记之人"的手稿，对秋山加以说明。所谓

"不可忘记之人"是"朋友知己及给自己以帮助的师长同辈等";所谓"难忘的人"则是一般来说忘了也没关系但忘不了的人们。

大津以从大阪坐小火轮渡过濑户内海时发生的一事为例,这样说明道:

> 不过那时身体不怎么好,一定是心情沉郁,常常陷入沉思。我只记得不断地走上甲板,在心里描绘将来的梦想,不断思考起此世界中人的身世境遇。当然,这乃是年轻人胡思乱想的脾性,没有什么奇怪的。那时,春日和暖的阳光如油彩一般融解于海面,船首划开几乎没有一点涟漪的海面撞起悦耳的声音,徐徐前行的火轮迎来又送走薄雾缠绵的岛屿,我眺望着那船舷左右的景色。如同用菜花和麦叶铺成的岛屿宛如浮在雾里一般。其时,火船从离我不到一里远的地方通过一个小岛,我依着船栏漫无心意地望着。山脚下各处只有成片矮矮的松树林,所见之处看不到农田和人家。潮水退去后的寂寞的岸石辉映着日光,小小的波涛拍打着岸边,长长的海岸线如同白刃一样,其光辉渐渐消失。听到云雀在比山还高的上空鸣叫,使人们知道这并非无人岛。云雀不知岛上有田地,这是我老父的诗句,可是我觉得山的对面一定有人家。看着看着,夕阳照耀着的沿岸有一个人影映入我的眼帘。确实是一

个男人,且不是小孩,每走三两步便蹲下,好像在不断地拾起什么然后放到筐或桶里。我略微望了一下这个在寂寞的岛上岸边捕鱼的人。随着火轮的行进那人影渐渐变成一个黑点。不久那岸那山乃至整个岛屿便消失在雾里了。那以后至今的十年间,我多次回忆起岛上那不曾相识的人。这就是我"难忘的人们"中的一位。

我引用这么长的一段,是因为这段文字展示了作品中的人物大津所看到的。那岛上的男人与其说是"人",不如说是一个"风景"。大津说:"当时油然浮上心头的就是这些人,啊,不对,是站在我看到这些人时的周围光景中的人们。"大津对"难忘的人们"还举了很多例子,然而,这些例子都同上面引文一样是作为风景的人。当然,这种描写本身看似没有什么出奇的,但是,独步在作品的最后几行里鲜明地表现了不能忘记作为风景的人之主人公的离奇古怪。

作品结尾是大津和秋山在客店谈天的两年之后。

其后经过了两年。

大津因故去了东北的某地,完全与在沟口客店初识的秋山中断了联系。

这恰好是大津住在沟口的时候,发生于雨夜的事情。大津一个人面对书桌陷入了沉思冥想。书桌上放着两年前展示给秋山的同一本手稿"难忘的人们",其手稿最后添加上去的是"龟屋主人",而不是"秋山"。

就是说,从《难忘的人们》这篇作品所看到的不单是风景,还有某种根本性的倒错。进而言之,在这种倒错中被发现的正是风景。如前所述,风景不仅仅存在于外部。为了风景的出现,必须改变所谓知觉的形态,为此,需要某种反转。

《难忘的人们》的主人公这样说道:

> 简而言之,我是一个不断苦恼于人生问题,又为自己将来的期望所压迫自找苦吃的不幸男人。
>
> 在此,如同今夜这样,我独自一人对着夜灯,便催生起感此生之孤独而不堪忍受的哀情。这时我的自我之头角"嘎巴"一下折断了,不知怎的人也变得令人怀念起来,想起各种各样的旧事和友人。其时油然浮上心来的即是这些人,不,是站在看到这些人时的周围光景中的人们。我与他人有何不同,不都是在天之一角得其此生而匆匆行路,携手共归无穷天国的人吗?当这样的感想由心里升起时我便常常会泪流满面。那时,实际上乃是无我无他的,什么人都变得令人怀念起来。

这里表明，风景是和孤独的内心状态紧密连接在一起的。这个人物对无所谓的他人感到了"无我无他"的一体感，但也可以说他对眼前的他者表示的是冷淡。换言之，只有在对周围外部的东西没有关心的"内在的人"（inner man）那里，风景才能得以发现。风景乃是被无视"外部"的人发现的。

4

保罗·瓦莱里（Paul Valery）抓住风景画对绘画的渗透和支配过程来观察西洋绘画史，他指出：

> 风景给画家提供的兴趣正是这样逐渐变迁的。最初是作为绘画主题的陪衬而从属于主题的，后来变成了用以表现仿佛妖精也住在里边的幻想新天地的手段——最后迎来的是印象的胜利，素材或光线支配了一切。
>
> 后来数年之中，绘画在无人存在的世界诸像里终至泛滥的程度。这意味着这样一种倾向：大海、森林、原野等仅仅作为大海、森林、原野使多数人得到观赏的满足。而这一倾向成为多种重要变化的原因。第一，因为我们的眼睛对树木、原野等不像对生物那么敏感，所以画家通过专心致志描摹这些景物可以做到比较随便地任意模仿，其结果是在绘画上这种狂乱独断的画法成为理所当然。比如，画

家若是以画一根树枝同样粗暴的画法来画人的手脚，那么我们一定会惊讶的。但是，我们的眼睛不容易分辨那些属于植物界和矿物界的事物的实际形态，因此，在这个意义上，风景描写得到了更多的方便。这样，就变得谁都可以作画了。（《Degas, Danse, Dessin》）

保罗当然是对风景画持否定态度的，他认为受到风景画支配的结果是"艺术的理智性内容的减少"，艺术失去了作为"完整的人类行为"的性格。与此同时，他还这样指出："我有关绘画的论述，可以非常准确地适用于文学。就是说，所谓描写对文学的侵犯，与风景画对于绘画的侵犯几乎是同时进行，采取同一方向，产生同样结果的。"

明治 20 年代，正冈子规所谓的"写生"，其含意正如文字所示。他提倡带着笔记本到野外，以俳句的形式进行"写生"。那时，他抛弃了俳句传统的主题，"写生"是以不能成为此前诗的主题的东西为主题的。当然，这里没有我们所感到的《难忘的人们》那样扭曲了的恶意，显示的是一种平板的写实主义。但我们不能忽视写生本身实际上潜藏着与国木田独步同样性质的颠倒。这在高滨虚子那里更为明显，而写生文具有影响力的秘密正在于此。所谓"描写"是与单纯地描写外界有着某种本质区别的，因为我们必须去发现这个"外界"本身。

不过,这并不是视觉问题。使知觉形态发生改变的这个颠倒并不在于"内"或"外"的颠倒,而是符号论式的认识装置的颠倒。

正如宇佐美圭司所示,西欧中世纪的绘画与"山水画",比与"风景画"更有共通之处,即西欧中世纪的绘画与"山水画",其"场"都是超越论式的非实在的。山水画家描写松林时,乃是把松林作为一个概念(所指)来描写,而非实在的松林。为了看得到作为对象的实在的松林,超越论式的"场"必须颠倒过来。正是在这里出现了透视法。严密地说,所谓透视法已经作为透视法式的颠倒出现了。

不过,值得注意的是,从风景画看来,虽然西欧中世纪的绘画和"山水画"有其类似性,但两者仍是性质不同的东西。前者之中存在着导致"风景画"出现的要素,而后者则没有。关于这一点,我们可以以批判山水画的"场"为"汉意"[①] 所侵蚀的本居宣长(1730—1801)为例观之。宣长认为日本人观察事物时已经到了只有通过汉文学的概念才能观察的程度,只是在《源氏物语》中还存在着自然地观察事物的视角。当然我们必须考虑到宣长已经在某种程度上意识到了近代西欧的存在,他的批判一定意义上确实与西欧现代的

---

① 对中国思想文化的景仰之心。——译注

同类批判有其相似性。尽管如此,这仍然不能成为"风景之发现"。坪内逍遥(1859—1935)的《小说神髓》(1885)曾把西欧的"写实主义"和宣长的源氏物语论相提并论,但从逍遥和宣长的文体仍然看不出"风景"来。因此,我们只能说"风景画"虽为中世纪绘画的颠倒,其源泉仍在西欧,是西欧某种固有的东西促成了"风景画"的诞生。关于这个问题我会另外论述。

现在需要说明的是,上面引用的保罗的观点有一个盲点。那就是他忽略了自己是在西洋绘画史的内部来观察这一点。例如,即使是作为"完整的人类行为"而被保罗理想化了的达·芬奇的作品,对子规来说恐怕亦只是风景画而已。要质疑风景画就必须质疑达·芬奇,否则,是无法理解在世界范围内发生的"风景画的侵犯"之必然性的。

荷兰精神病理学家梵·丹尼·伯杰(Van den berg)指出,在西欧最初把风景作为风景来描写的作品是《蒙娜丽莎》。他在对此做出说明之前,举路德的《基督教者的自由》(1520年)为例,认为其中只承认对一切外在性物质的拒绝、仅根据神的话语而生存的"内在的人"的存在。意味深长的是达·芬奇正好死于路德说这一番话的前一年。正如里尔克(Rilke)所暗示的那样,蒙娜丽莎的神秘微笑封存着内在的自我,但这个自我并非来自所谓新教,而是由新教使其明朗化的。梵·丹尼·伯杰说路德的草稿与蒙娜丽莎本质上一样,进而又指出：

> 同时，蒙娜丽莎又不可避免地属于被风景疏远化了的最初的人物（在绘画上）。她背后的风景如此有名是当然的，这正是风景作为风景而被描写的最初的风景。这是纯粹的风景，而非仅仅是人的行为之单纯背景。这种风景是中世纪的人们不曾知道的自然，自给自足的外在自然，其中原则上消除了人的要素，是通过人的眼睛看到的最为奇妙的风景（根据英译本 The Changing Nature of Man 译出）

当然，这只不过是风景的萌芽而已，风景画在各种意义上成为支配性的则要等到 19 世纪的来临。但上述分析至少正确地把握住了风景通过对外界的疏远化，即极端的内心化而被发现的过程。这种现象的大量发生则是在浪漫派那里。卢梭在《忏悔录》中描写了自己在 1728 年与阿尔卑斯的大自然合一的体验。此前的阿尔卑斯不过是讨厌的障碍物，可是，人们为了观赏卢梭所看到的大自然纷纷来到瑞士。Alpinist（登山家）如字义所示乃诞生于"文学"。而日本的"阿尔卑斯"亦是由外国人发现的，日本人也由此才开始了登山运动。正如柳田国男所说，如果没有对从前由禁忌和价值所区别的实质空间的变形及均质化，那么，登山是不可想象的。

风景一旦成为可视的，便仿佛从一开始就存在于外部似的。人们由此开始摹写风景。如果将此称为写实主义，这写实主义实在是产生于浪漫派式的颠倒之中。

现代文学中的写实主义很明显是在风景中确立起来的。因为写实主义所描写的虽然是风景以及作为风景的平凡的人，但这样的风景并不是一开始就存在于外部的，而须通过对"作为与人类疏远化了的风景之风景"的发现才得以存在。

例如，什克洛夫斯基（Shklovsky）说，写实主义的本质在于非亲和化，即为了使眼睛熟悉某种事物而让你看没有看到过的东西。因此，写实主义没有一定的方法。这正是不断地把亲和性的东西非亲和化的过程。在这个意义上，所谓反写实主义的，如卡夫卡的作品亦属于写实主义。写实主义并非仅仅描写风景，还要时时创造出风景，要使此前作为事实存在着的但谁也没有看到的风景得以存在。也因此，写实主义者永远是"内在的人"。

明治二十六年（1893），北村透谷（1868—1894）这样写道：

> 写实主义毕竟应予肯定，只是所谓写实者各自的关注点大有不同。即有只专注于描写人类丑恶部分的，亦有执意进行病态心理解剖的，这些偏颇之弊逐渐加重则不利于人生，亦于宇宙之进步无益。

> 我等不该厌弃写实主义，然出于卑俗目的之写实，不能说为好。写实若不置满腔热情于根底，则难免为写实而写实之弊。（《热情》）

透谷于写实之根底上所见的"热情"意味着什么已是非常明的了。就是说，在他所谓的"思想世界"即内在自我的优势之下，写实才能成为可能。这正是坪内逍遥所缺乏的。

这样，把浪漫派与写实主义机械地对立起来便没有意义了。如果仅注意其对立，我们便会看不清楚派生出对立的那一事态。漱石则欲将此视为两个要素"平均"地看待。不必说这种形式主义者的视角对此种对立的历史性不予理睬。漱石至少不想以通常的文学史视角来思考这种对立。

中村光夫（1911—1988）说："我国的自然主义文学具有浪漫的性格，自然主义者发挥了外国文学中浪漫派所发挥的作用。"（《明治文学史》）不过，讨论国木田独步这样的作家是浪漫主义还是自然主义，那将是愚蠢的。他的两重性只是如实地显示了浪漫派与写实主义的内在联系而已。如果仅以西洋的"文学史"为标准观之，则在短时间内接受了西洋文学影响的日本明治时期，只能显出混乱的状态，然而，这里有打开在西洋长期直线发展过程中隐藏着的颠倒，抑或西洋固有之颠倒性之门的钥匙。

为了理解发生于明治20年代的这种事态，我们必须放弃写实主义和浪漫派等概念。可是实际上，人们一直以漱石所欲否定的"文学史之分类法"来论述明治文学。其中例外的是江藤淳（1933—1999）的文章《写实主义源流》（载《新潮》杂志1971年10月号），它通过对子规与虚子"写生文"的分析试图对抗上述"分类法"。该文认为，在明治文学中"描写"并不是要描写事物，而是要表现"事物"本身的出现，由此我们可以看到这里发生了"事物"与"语言"新的关系。

这是一种认识的努力，一种对崩溃之后出现的难以命名的新事物试图给出一个名称的尝试。换言之，这亦是试图在人的感受性或者语言与事物之间，建立一种新鲜而具有活力的关系之"渴望"的表现。写实主义这一新理论由西洋输入进来以后，人们并非马上要以它来创作。正如子规所主张："或许，两人提出的新方案，乃是要在不能停息的灯火上加上一滴油。"他们是处在不得不直视新事物的时代而提出新方案的。

因此，虚子也好，碧梧桐也好，都只能抛弃"自古以来所习见的俳句"，而奔向"写生"。由芭蕉所确立经芜村而繁盛起来的俳谐世界，仿佛同江户时代的世界一起到了"寿命将尽"的时候。除

了革新，还有其他使俳句乃至文学再生之法吗？我感到子规一定是在不断拼命地这样反问着的。（《写实主义源流》）

当然，如江藤淳所说，在子规和虚子之间有着微妙的不同。对于子规来说，"写生"的客观性与自然科学相近，在那里"语言被剥夺了作为语言的自律性，变成一种无限近乎透明的符号"。但是，子规与虚子的"对立"只存在于"风景"——江藤淳所谓的事物——出现的情况下，并且具有同时性。

不用说，国木田独步接受了"写生文"的影响。但是，如果抛弃"文学史"上所谓"影响"的概念观之，无疑他们在明治20年代分别遇到的正是"风景"这一问题。江藤淳所说的"写实主义源流"同时也可以说是"浪漫主义源流"，我把此称为"风景之发现"而论之，不仅为了要排除文学史＝文坛史上的党派性，而且要追寻已经习惯了这种"风景"所造成的认识装置之我们自身的起源。

5

如上所述，写实主义和浪漫主义都是从某种事态中派生出来的，从这个意义上讲，它们不可能成为"文学史"的概念。比如，哈罗德·布鲁姆（Harold Bloom）说，我们身处浪漫派之中，要否定浪漫派本身正是浪漫派式的行为。T. S. 艾略特、萨特、列维-斯特劳斯等也属于浪漫派。反浪漫派的是属于浪漫派的一些人，这只要看华兹华斯《序曲》，哲学上与此相当的黑格尔《精神现象学》即可知道。在他们那里，表现了从浪漫派式的主观精神走向客观精神的"意识的经验"或"成熟"。就是说，我们依然处于反浪漫派本身又是浪漫派这样一种"浪漫派的两难境地"，而也可以将此称为"写实主义的两难境地"。因为写实主义是不断地非和睦化的运动，反写实主义正是写实主义的一个环节。为了考察这种困难复杂的情况，我们必须脱离开狭义的浪漫主义和写实主义等概念。

比如，在《难忘的人们》中，从前看似重要的人被忘记了，无关紧要的人却成为"难忘的"了。这与风景画中的背景取代了宗教的、历史的主题是一样的。值得注意的是，这时看似平凡而无意义的人作为意味深长的东西而被我们所看到。昭和时代（1926—1989），柳田国男称为"常民"的，绝不是 common people，而是经过了上述的价值颠倒而看得到的风景。同时正因为如此，柳田不得不排除当初所使用的平民、农民等指涉具体性事物的语词。

中村光夫正确地指出了这一点："在他（柳田）立志于民俗学研究的动机中，感到了书写'凡人之传'的诗意，我感到这和发出如下惊呼的国木田独步有其共通之处：'坐落在这河边的茅屋，其一家的历史是怎样的?那老人的传记如何?老人那里的一块石头难道不能成为人情的纪念吗?……我要在此记存下自然、人和神留下的记录'。"(《明治文学史》)

为了使民俗学得以诞生,必须有其对象存在。而这个作为对象的常民就是如此被发现的。在柳田国男那里,风景论和民俗学总是联系在一起的原因正在于此。柳田国男的民俗学涉及的几乎都是"语言"问题,这正如高滨虚子(1874—1958)所感到的那样:所谓风景不是别的正是语言的问题。

柳田的风景论当另当别论,这里值得注意的是,对他来说,"民"在作为"风景"的"民"出现之前,乃是作为儒教的"经世济民"的"民"而存在的。这种二重性给柳田的思想带来了两义性。这个两义性则在"柳田主义"者那里被忽视了。柳田确实是十足的"明治时代的人"(漱石),换句话说,他属于"风景"以前的世界。

可以说是小林秀雄(1902—1983)发现了作为纯粹风景的大众、平凡的生活者。毋庸置疑,马克思主义者所说的无产阶级乃是一个浪漫的风景。而与此相对的,不被观念和意识形态所欺骗的、难以对付的生活者形象,即使是反浪漫的,也还是浪漫派式的。如果无产阶级并非实有,那么,这样的大众也就不存在。在这一点上,吉本隆明所谓"大众的原像"也是一样,这乃是作为"像"而存在的。

小林秀雄的批评全面显示了"浪漫派的两难境地"。对他来说"时代意识比起自我意识来,既不太大也不太小"(《各种各样的匠心》)。换句话说,我们称为"现实"者,已经成了内在化的风景,也即是"自我意识"。可以说小林秀雄不断反复强调的不是"客观之物",而是达到"客观"这一行动,即"粉碎自我意识之球体"这一行动。不过,小林秀雄比谁都知道这事的不可能性。比如,他的《近代绘画》既是风景画论,同时也是欲摆脱"透视法"而进行的没有完结的认识论式的格斗。然而,不仅小林秀雄,《近代绘画》中的画家们亦没能走出"风景",就连他们对日本浮世绘及非洲原始艺术的注目也是在"风景"的架构之下进行的。谁也无法说自己从那里走出来了。在这里,我想做的不是从风景这一球体走出来,而是阐明这个"球体"本身的起源。

6

风景一旦确立之后,其起源就被忘却了。这个风景从一开始便仿佛像是存在于外部的客观之物似的。其实,毋宁说这个客观之物是在风景之中确立起来的。主观或者自我亦然。主观(主体)、客观(客体)这一认识论的场也是确立在风景之上的。就是说,并不是一开始就存在着的,而是在风景中派生出来的。

江户时代的绘画缺乏透视法或者距离的意识,这是因为他们没有风景的意识,同样,西欧中世纪的绘画亦然,如上所述,虽然这两者之间的不同亦很重要。故而,发生于绘画领域中的事情同样也在哲学领域发生了。笛卡尔的"思"(cogito)即是所谓透视法的产物。"我思"的主体是于透视法上不可避免地被推出来的东西。那时,思考的对象乃是作为均质的、物理学式的东西,即作为延伸而出现的。这和"蒙娜丽莎"的背景成为非人化的风景之风景是一样的。

苏珊·朗格(Susanne K. Langer)对现代哲学在这个风景之上转圈而不能走出来的一筹莫展状态,做了如下简要的概括。

> 数世纪以来,传统结不出果实,道理被反复纠缠而不清,哲学上的党派根性不曾断绝,不久,从文艺复兴产生出来的多为无名异端的、常常又是前后不一致的思想观点,结晶出普遍终极性的问题。一个新的人生观开始对人的精神、对这个混沌的世界,追求合情合理的解释。这样,"自然哲学及精神哲学"之笛卡尔时代承接了哲学的领域。
>
> 这个新时代获得了下列两分法的强有力的革命式创造性概念,即把所有的实在分为内在经验与外部世界、主观与客观、个人实在与公共真理等概念。今天已经成了传统的认识论用语,其本身明示着这一根本性概念的秘密。当我们说"已知的"

一　风景之发现

"感觉的已知条件""现象""他我"的时候,我们当然是预想到内在经验的直接性与外部世界的连续性的。下面所示的基本设问便是由这样的用语组建起来的。"由现实所给予人类精神的是什么?""是什么保证感觉的已知条件为真实的东西?""在关于现象之观察的可能性秩序的背后隐藏着什么?""精神与头脑的关系是怎样的?""我们怎样得以认识他我的关系?"——这一切同样也是今天的问题。为了给这些问题以精巧的解答,一些各自不同的综合思想体系被建立起来,即所谓经验论、观念论、实在论、现象学、存在主义哲学、逻辑实证主义等。这些学说中,最完整而有特色的是最早期的经验论和观念论。这些学说都是经验(experience)这一创造性概念最大限度的强有力的定式化。这些学说的倡导者都是从笛卡尔式的方法获得灵感的狂热者,而且,他们的学说都是从这样的出发点出发,运用笛卡尔的原理,把那里明显存在着的东西推导出来而这样形成的。各学派相继使知识阶级着了迷。不单是大学,而且各种文人团体都感到了一种从古老陈旧的概念,从使人们颓丧的探索极限中获得了解放的感觉,同时抱着对生活、艺术、行动可以给出进一步真实定位的希望,并迎来新的世界像。

可是不久,内在于这个新的世界像中的混乱和阴影渐渐清楚地显示出来。于是，这之后的学说便开始试图在主观—客观两分法所生两难境地的对角——怀特黑德教授称此为"自然之两分歧"——之间逃避。其后，各种学说变得愈发精练，小心慎重而巧妙。谁也不可能成为无所畏惧的观念论者，谁也不能全面地赞同经验论。早期的实在论今天成了"朴素"的实在论，被"批判的"乃至"新"的实在论所取代。多数哲学家激烈地否定所有体系化世界观，在原则上否认形而上学。（《象征的哲学》）

然而，只要今天的哲学身处"风景"之中而欲走出风景，则绝难成功。如现代画家吸取原始艺术一样，即使吸收了"野性的思维"（列维-斯特劳斯），结果还是一样。在列维-斯特劳斯那里有着最先进的技术与卢梭式浪漫主义的绝妙结合，但这些依然是"风景"的产物。现在有必要阐明这个"风景"本身的起源（历史性）问题。

在西欧，将此"问题化"的——当然是在各自不同的意义上——可以说是马克思、尼采、弗洛伊德。例如，尼采称认识论式的构图为"透视法的倒错"。他认为透视法本身即是透视法式的倒错，是"内在化"的产物。这就是说自我、思想、意识、内在之物都是在内向的颠倒中确立起来的。

当然，与要阐明西欧思想的历史性必须追溯到早期希腊的尼采不同，夏目漱石还保持着"现代文学"或"风景"以前的存在感觉。他就处在"风景之发现"的现场，而且目击了在一定期间内一举发生的这种"风景之发现"的状况。因经历了几个世纪的时间这一状况在西欧的发生已被人们所忘却。

明治20年代是自钦定宪法发布始，现代国家的诸种制度初步确立起来的时期。中村光夫说："如果以明治10年代为一种疾风骤起怒涛澎湃的时期，那么，20年代则是统制与安定的时期。"对于明治以后成长起来的人们来说，这种秩序已是非常坚固的，或者他们已感到明治维新后的可塑性已经成了凝固性的东西。

关于明治10年代的自由民权运动，中村光夫这样叙述道：

> 总之，这个运动乃是维新这一大改革的逻辑发展结果，因为这里寄托了由这场社会革命而被唤醒了的民众之远大希望。通过这一运动，以前属于士族专有的维新精神终于渗透到了民众之中，故其挫折作为引起所有革命的要素包含于运动之中，成为革命中途被篡改了的理想主义之破灭。士族的穷困潦倒成为一大社会问题是在明治初年，但这时在他们中间出现了得意的少数者和陷入失意境地的多数者。而政治和文化的支配权仍然毫无问题地掌握在

士族的手里。经过西南战争，到了明治十七、十八年左右，士族作为一个阶级开始走向没落的倾向才渐渐清晰起来，故在学生中平民子女的人数开始增多，明治社会是由武士出身者建立起来的町人国家的形象终于明显化了。这里不久出现了实利和出人头地主义支配下的军国主义国家，对此自由民权的幻想成为接受了维新风气的青年不惜牺牲生命而坚信的最后之理想，而这个幻想消失之后，则以不易消去的形式留下精神的空白，稍后这个精神空白终于找到了与政治小说完全不同的表现方式。（《明治文学史》）

这种情况在某种意义上大概也适用于说明夏目漱石。在正冈子规、二叶亭四迷、北村透谷、国木田独步等同时代人致力于艰苦的实践时，漱石则走上了"洋学队队长"的道路，而且又有着总是想从其中逃出来的冲动。他所能做的就是对自己已经选择的"英国文学"做一个了结，这只能是一个"理论性的"了结。不过，作为小说家的漱石好像很固执于这一时期的"选择"和"落后"的问题。由此观之，或者可以说关注"汉文学"的漱石象征了现代诸种制度确立以前的时代气氛。这正相当于"政治小说"流行的时期，而漱石所说的仿佛"有被英国文学所欺"之感，可以说只能是对应着已经确立起来的诸种制度的欺瞒性而言的。

但是,关于"风景之发现"的问题,则不能把"政治性挫折"或基督教影响等问题带进来。这些都是心理性的理由,然而,实际上"心理的人"正出现于这个时期。在明治20年代里,重要的是现代的制度已经确立起来,而"风景"不单是作为反制度的东西,相反其本身正是作为制度而出现的。

处理现代文学的文学史家们觉得,"现代的自我"好像只是在头脑里建立起来的。然而,如上所述,自我作为自我而得以存在,是需要别的条件的。例如,弗洛伊德和尼采一样,他们持这一观察视角:"意识"并非一开始就存在,而是经由"内面化"的派生物。弗洛伊德认为,从前没有内面也没有外界,在外界是内部的投影的情况下蒙受外伤的性欲内向化时,内面作为内面,外界作为外界才开始出现。不过,弗洛伊德又这样补充说:"抽象的思考语言被创造出来之后,语言表象的感觉残留物才与内在的事像结合起来,由此,内在的事像本身渐渐被感知到了。"(《图腾与禁忌》)

模仿弗洛伊德式的说法,可以说当被引向政治小说及自由民权运动的性之冲动失掉其对象而内向化的时候,"内面""风景"便出现了。不过,再说一遍,弗洛伊德没有看到心理学是历史性的,换言之,心理学本身同"风景"一样是在某种制度中出现的。比如,森鸥外在"历史小说"中写的是非"心理化的人"。晚年的鸥外则尽最大的可能要回溯到"风景"和"心理"

出现以前的时期。我们得以用心理学的方式来观察的只有明治20年代以后的文学家们。但是，据此却不能观察促使"心理化的人"出现的这个事态本身。

弗洛伊德学说中最重要的，是"内部"（进而作为外界的外界）的存在始于"抽象的思考语言被创造出来之后"这一观点。那么，在我们的思考理路下，"抽象的思考语言"意味着什么呢？大概可以说是"言文一致"吧。言文一致乃是明治20年前后现代诸种制度的确立在语言层面的表现。毫无疑问，言文一致既不是言从于文，也不是文从于言，而是新的言＝文之创造。

当然，言文一致与宪法制度一样是现代化的努力，限于此，它则无法足以成为"内部"的语言。而像森鸥外（1863—1922）、北村透谷那样，这一时期的"内向的"作家们则走向了文言体，"言文一致"运动本身也立刻成了火种。到了开始再燃的时候，已是高滨虚子、国木田独步的时期，即明治20年代末了。

不过，作为例外，可以举出二叶亭四迷（1864—1909）的《浮云》（1887—1889）来。然而，他只是在以俄语写作时才有其"内部""风景"，然而一到要用日语来创作时，则立刻落入了人情本或马琴文体①的旧套。他的痛苦就在于虽然发现了"风景"，但放在日语

---

① 江户后期流行的一种通俗小说文体，曲亭马琴的作品是其代表。——译注

里则无法找到。到了独步的时期，这样的辛苦已经不必要了。实际上，影响独步的不是《浮云》，而是屠格涅夫的《约会》译本等文体。对独步来说，所谓内面乃是言（声音），表现则是其声音的外化。实际上，这时"表现"这一思考才开始得以存在。对于此前的文学是不能作为"表现"来论述的。"表现"通过言＝文的一致才有可能存在。独步没能感受到二叶亭四迷那样的痛苦，是因为对他来说"言文一致"乃现代的制度这一事实已被忘却了。在这里，"内面"本身的制度性、历史性已经被忘记。不用说，我们仍处在这个地层之上，为了弄清楚将我们封闭在内的是什么，我们必须追究这个起源，关键在于更进一步探讨"语言"刚一露头又被隐蔽起来的这个时期。

英文版第一章补记（1991）

在"风景之发现"之中，不仅有着内面的颠倒，而且还伴随着现实上新的风景，即古典文本中根本不曾有过的全新风景的发现。这就是直到明治时期除其南端外没有日本人居住的北方岛屿——北海道。北海道是以驱赶土著阿伊努族实行强制性同化而开拓出来的新的殖民场所。对于明治政府来说，这意味着可以把大量失业武士当作农业开拓者而使其获得新生。另外，以设立在札幌的农业学校为核心，形成了其后实施于中国台湾、朝鲜的殖民地农业政策的原型。同时，作为与本土传统切断了联系的移民们生存的场所，在北海道推行了各种各样的宗教改革。就上述意义而言，明治时期的北海道无论在风土气候还是在政治作用上都与新英格兰有类似之处。例如，从美国阿默斯特邀请来的作为札幌农业学校第一任校长克拉克（Clark）博士，其给予日本的影响与其说在农业科学方面，不如说是在基督教新教的传教方面。正是从那时起，出现了明治时期代表性的基督教教徒内村鉴三。在这一章中论到的国木田独步亦作为移民及基督教教徒在北海道度过一段时期。

按照康德"美与崇高"的区分来讲，这种"风景之发现"不是"美"而是一种"崇高"的发现。因为，与为文学性文本所遮蔽，经历了多少个世纪经营的本土不同，北海道是一片广阔的令人生畏的荒原。如内村鉴三所说，将北海道作为"崇高"来把握，需要把这种自然视为神的创造，其基督教的精神是不可缺少的。至少，这个"崇高"是我们到此为止的思考链条中不曾有的东西。

内村鉴三抛弃了自己的儒教（阳明学）背景而转向了基督教，与此相反，夏目漱石则固执于汉文学。但是，我们不能将此视为单纯的文学趣味问题。漱石所说"欲举其一生钻研汉文学"，其"汉文学"内含着政治性的意义。那时正是明治10年前后自由民权运动兴盛的时期，但是，到了明治20年代，现代性的诸种制度确立起来后这一运动则遭到了压制。对于漱石，可以说所谓"汉文学"意味着现代诸种制度建立起来以前的某种时代气氛,或者明治维新的某种可塑性。明治10年前后受到广泛阅读的自由民权派的"政治小说"乃是用汉文腔调而非口语所写。尤其重要的是,自由民权运动亦一面高举西洋思想家特别是卢梭的旗帜,一面仍背负着"汉文"的背景。民主主义与汉文学的结合,这看上去仿佛一种悖论,其实正是明治维新本身所蕴含着的悖论。

人们常常以国学派的复古主义和西洋派的启蒙主义来谈论明治的革命,然而,对于大多数知识人来说,中国文学与哲学依然是起规范性作用的东西。明治维新的指导思想——尊皇思想也是由朱子学派中之一派水户学派所提出的,维新运动指导者西乡隆盛的思想原理则出自阳明学。就是说,明治维新一方面也是在中国思想的语境下实行的。而且,对西乡隆盛来说,如果没有中国及朝鲜的革命同时进行,日本的明治维新则是不能成立的。他像托洛茨基和切·格瓦拉①那样,试图将日本的革命输出到中国和朝鲜去。从表面上看,输出革命与侵略是难以区分的。另一方面,革命的发展扩大将危及国家的安定,对此十分恐怖的革命政府便驱逐西乡,由此引发了西南战争(1877)。可是,镇压西乡的政府,其后则开始了对朝鲜的侵略,这就是日清战争。这样,西乡的悲剧性之死,

---

① Ernesto "Che" Guevara,拉美革命家。——译注

后来一方面使他成了自由民权主义和亚洲主义的象征，另一方面又成了日本对外扩张的象征。

实际上，日清战争（或者日俄战争）也是一样，依然内含着这样一种两义性。因此，不仅国家主义者，包括启蒙主义者（福泽谕吉）、基督教教徒（内村鉴三）和自由民权派的人士均同声支持这场战争。不过，狂热之后的幻灭也十分巨大。例如，以英文出版《正义之事业》热烈声援战争的内村鉴三，在次年觉悟到这战争正是帝国主义行径，故转而对此持批判态度。众所周知，他对接下来的日俄战争表示反对并提倡非战论，其思想的形成乃始于日清战争。

随着日清战争的发生，日本与中国文化的连带关系完全断裂了，正如早在1885年福泽谕吉提出"脱亚论"所象征的那样。我们应该把漱石对汉文学的固执放在这种语境中观察。为了弄清这个背景，我们可以以冈仓天心（1862—1913）为例，他以"universe"的丧失来表示日本从自己所属的东亚文化圈断裂开来的事实。作为与美国人费诺罗萨（Ernest Fenollosa）一起从事美术运动的美术史学者及美术批评家的冈仓，不仅要在美术领域恢复这个 universe，还在日俄战争以前便参与了印度的独立运动，用英文写了《亚洲的觉醒》等著作。该书的第一句话便是"亚洲是一个整体"（Asia is One）。这种泛亚洲主义给泰戈尔以很大的影响。

冈仓并没有止步于对这个不断被西洋殖民地化的亚

洲命运之整体的追求。东洋既不是被西洋所规定的表象，也不是由于共有一个被殖民地化命运而成为同一客体的。他试图从原理上在亚洲的内部寻找这个整体性，试图颠覆黑格尔的历史哲学或美学。也就是说，他不仅要颠覆黑格尔的西洋中心主义，而且要颠覆其辩证法。在黑格尔那里，矛盾是重要的，矛盾产生斗争并推动历史的发展。而冈仓则对此引入了印度佛教的非二元论（advatism）观念。换言之，他的亚洲是一个多样不同的整体。这样，他超越了西洋的普遍性（universality）而发现了东洋的普遍性。

把漱石对普遍性的追求与冈仓天心及内村鉴三的相比较，会清晰地展现出其独特性。比如，内村极力将基督教普遍化，并将此从西洋的历史特殊性中分离开来。然而，到了晚年，他完全退缩到几乎与历史的现实脱离开来的"信仰"世界。冈仓的泛亚洲主义则与他个人的意志相违，为后来的日本帝国主义所利用。漱石是不承认西洋的普遍性的，但也不想将"东洋"作为普遍性而理念化。他谋求一种超越东西方的普遍性。因此，他的思想既不是冈仓那样"诗化"的，也不是内村那样"信仰"的，而是"科学的"。漱石没有提出任何有积极意义的东西，但他没有逃遁到任何一个极端里去，他只是在东洋和西洋"之间"不停地思考。

因政治的挫折而逃回到内面＝文学，这一行动模式在后来亦被不断地反复着。实际上,我在这一章里已经暗示:即使在1970年代,人们仍然在重复着这个模式。这样的内面化已经是无法避免的了。但是,既然这只能是一种向作为文学的叙事、稳定而无可置疑的结构之回归,那么,这种行动模式只能是一种凡俗的行为。不用说,这个模式成形于明治20年代,它将上述的政治性结构消解掉了。

二　内面之发现

1

所谓言文一致运动，一般认为始于幕府末期前岛蜜（1835—1919）提出《汉字御废止之义》的进言。前岛蜜为幕府开成所反译方①，据说其进言起因于长崎游学途中结识的美国传教士的建议，该传教士认为，"难解多谬的汉字"不利于教育。

  国家宗旨在国民之教育，其教育当不论士民之别而普及于全国民也。予普及之则当尽其可能用简易之文字文章。知其文字方得知其事理，故深邃高远之百科学问亦当避其晦涩迂远之教授法，一切学问在于理解领悟其事理也。

---

① 开成所：江户幕府所设教授荷英法德俄语等西洋学的学校；反译方，即翻译。——译注

这一最早的进言非常鲜明地显示了言文一致运动的性格。第一，一般认为言文一致是为建立现代国家所不可或缺的事项，事实上也正如此。这个进言当初虽然未得到重视，然而到了明治10年代后期开始准备建立作为现代国家的诸种制度时，却成为重大问题被提到日程上来。"日语假名学会"（1883年7月）、"罗马字学会"（1885年1月）的结成正是在所谓鹿鸣馆①时代。这一时期出现了"戏剧改良""诗歌改良"，还有接踵而来的"小说改良"。不过，可以说在广义上这些都包含在"言文一致"运动中。

第二，前岛蜜的进言具有深远意义之处在于，与一般所想的言文一致不同，这个进言是以"汉字御废止"为主旨的。它明确标示了言文一致运动其根本在于文字改革和对汉字的否定。前岛蜜有关言文一致的议论，只有下面这一条陈：

> 钦定国文创制文典，并无必复古文而用"ハベル"、"ケル"、"カナ"之理，使用今日普通之"ツカマツル"、"ゴザル"，而置一定之法则即可。语言随时代而转变，此乃内外皆然之理。而口舌为谈话，笔书则成文章，吾辈当勿使口语笔记之两事

---

① 明治时代官设社交场所，1883年建于东京，被视为欧化主义时代的象征。——译注

相乖离也。

如果仅以此作为言文一致的思想主旨恐怕会看不到"言文一致"运动的本质吧。其实,重要的是文字改革,上述意见不过是派生性的论述。本来,口语与书面语是不同的,这只是因为"说话"和"书写"是性质不同的行为。因此,两者相互一致的语言乃是不可能有的事。我们也不能说日语在这方面有什么特别之处。如前岛密所言,问题在于文字表记。

"言文一致"运动主要始于有关"文字"的新概念。引起幕府反译方前岛密注目的是声音性的文字所具有的经济性、直接性和民主性。他感到西欧的优越在于声音性的文字,因此,认为实现日语的声音文字化乃是紧迫的课题。一般认为声音性文字是对声音的书写记号。然而实际上,索绪尔在考虑语言问题时,是把文字作为次要的问题而排除在考虑之外的。我们从《汉字御废止之义》的进言所能看到的是文字必须服务于声音这一思考。这必然地会把注意力转向口语。这样一来,实际上要保留还是要"废除"汉字则是一回事。因为汉字也被认为是服务于声音的,故选用汉字还是选用假名不过是选择的问题而已。

因此,这样看待文字时,前岛密当然要关注口语,同时这里便出现了口语和书面语的乖离问题。此前这并未成为一个"问题",重要的是由对声音性文字的重视产生了对口语的意识。

不过，值得注意的是前岛蜜首先把"ツカマツル""ゴザル"等语尾视为问题。从一开始"言文一致"便仿佛像是一个语尾问题似的，这是由日语的性质而产生的必然结果。日语总是到了语尾才显示说话者和听话者的"关系"，因此，没有主语也知道说的是谁的事情。这不仅仅是作为语言的敬语问题。正如时枝诚记（1900—1967）所说，日语本质上乃"敬语性"的语言。前岛蜜建议使用"ツカマツル""ゴザル"等，是与武士的身份及其"关系"问题分不开的。

二叶亭四迷这样回忆说：

> 要说对言文一致的意见，我可还没有什么了不起的研究，咱们就说说悔过的话吧，也就是老实地讲讲我自己当初写言文一致的文章之由来——凄惨得很，实在是一个写不出好文章的前后经过。
>
> 不知是多少年前，总是很早很早以前的事儿了吧。我想试试写一篇什么，可本来就愚，根本不懂那文章的写法，于是就到坪内先生那里去拜访，询问怎么办好。先生说你知道元朝①的落语吧，就按元朝落语的样儿写如何？
>
> 好，就按先生说的做了。不用说我自己是东京

---

① 三笑亭元朝，落语家。——译注

人用的是东京土话,写出来的乃是一篇东京方言味的作品。我及早带了这作品去先生那儿,先生认真地过了目,忽的一拍大腿说道:好,就这么着,什么也无须改动。

我觉得不太是滋味,可先生说好咱又没生气的道理,心理当然也有点儿喜滋滋的。总之,模仿元朝落语的样儿自然成了言文一致体,可这儿还有个问题,就是用"私が……でございます"的调子,还是用"俺はいやだ"的调子。坪内先生的说法是没有敬语为好。我自己还有点儿不服,不过先生都说了,我也就先照此做了。这就是自己开始写言文一致体的缘起。

不久,山田美妙的言文一致体发表了。一看,是"私は……です"的敬语调,和自己不是一派。我是"だ"主义,山田君则是"です"主义。后来听说山田君一开始也试着用过"だ"调,可怎么也弄不好,最后选定了"です"调。就是说我们做法刚好相反。(《我之言文一致体的由来》)

二叶亭四迷虽然尝试用了"不带敬语"的"だ调",但是"だ"还是一种表示与对方的某种关系的用法,因此,依然是广义上的"敬语"。我们于口语上使用"だ"时,往往是在同等以及下属关系的情况下。

无论是"です"还是"だ",其实是一样的,并非超越了关系的中性表现。而"だ"调之所以成为支配性的语体,则是因为我们觉得"だ"调好像接近所谓"不带敬语"的状态。二叶亭四迷说自己与山田美妙(1868—1910)的"做法完全相反",是因为即使采用口语,二叶亭四迷也试图将此往书面语方面抽象化。换言之,二叶亭四迷懂得什么是"文"。

但是,我们是无法把言文一致运动如此这般地还原为"语尾"问题的。仅从这个角度来看言文一致运动乃是对根源性问题的无视。二叶亭四迷和山田美妙的实验,到了如森鸥外《舞姬》那样的文言体博得好评时,便中断了。因此,一般把明治二十三年(1890)至二十七年(1894)这个时期视为言文一致运动的停滞期。不过,让我们先来看看《舞姬》吧。

或る日の夕暮なりしが、余は獸苑を漫歩して、ウンテル、デン、リンデンを過ぎ、我がモンビシュウ街の喬居に帰らんと、クロステル港の古寺の前に来ぬ。余は彼の灯火の海を渡り来て、この狭く薄暗き港に入り、楼上の木欄に干したる敷布、襦袢などまだ取り入れぬ人家、頬鬚長き猶太教徒の翁が戸前に佇みたる居酒屋、一つの梯は直ちに楼に達し、他の梯は窖住まひの鍛冶が家に通じたる貸家などに向ひて、凹字の形に引き籠みて立てられたる、此三百年前の遺跡を望む毎に、心の恍惚となりて暫し佇みしこと幾度なるを知らず。

［意译：某日黄昏，我慢步兽苑，途径温德尔、登莱、林登等街欲返回梦庇希街之侨居寓所，不期来到克罗斯迪尔港的古寺前。我由灯火之彼岸渡海而来，入此狭长薄暗之港，楼上栏杆挂着抹布、内衣的住户人家，门前胡须修长的犹太教徒坐着休憩的酒店，楼梯直达高楼顶层，另外的梯子则伸展到地下室通往下面的住家。我面对此种风景，每眺望那围在凹字形中三百年前的遗迹，常停下脚步心神恍惚。］

可以将此与所谓"言文一致"体的《浮云》开头一段相比。

　　千早振る神無月も最早跡二日の余波となツた廿八日の午後三時頃に、神田見付の内より、塗渡る蟻、散る蜘蛛の子とうようようぞよぞよ沸出で来るのは、孰れも頤を気にし給ふ方々。しかし熟々見て篤と点検すると、是れにも種々種類のあるもので、まづ髭から書き立てれば、口髭、頬髭、顎の髭、暴に興起した拿破崙髭に、狆の口めいた比斯馬克髭、そのほか矮鶏髭、貉髭、ありやなしやの幻の髭と、濃くも淡くもいろいろに生分る。……

［意译：离千早振神无月（神氏名）只剩下两日的 28 日午后三时顷，从神田见付街内涌动出来的过街蚂蚁似的蜘蛛仔，都是很讲究下巴胡须的。不过，仔细观察检点你会发现它们的下巴各种各样，若从胡须说起则有口髭、颊髭、颚髭、突起之拿破仑髭和巴儿狗嘴似的比斯马克髭，还有短腿鸡髭、貂髭、似有似无之髭，各自生得浓淡不一。］

《舞姬》译成英文并不困难，虽是文言体，然其骨架乃是彻底的翻译文体，且具"写实性"。可是，《浮云》则几乎不能翻译，其中列举了各种各样的胡须却完全不是"写实性"的。这样看来，所谓二叶亭四迷搁笔"言文一致"运动遂进入停滞期的说法不过是一种世俗之见。《浮云》大半以人情本和马琴文体写成，虽然用了"だ"语尾，却不能说是"言文一致"体。事实上应该是他对自己的文体十分不满，故《浮云》的第二编首先用俄语写就，再译成日语口语。这种做法对于今人来说实在是难以想象的。

不过，这事透露了两层意义。第一，二叶亭四迷通过俄国文学所获得的自我意识，并未能有效地抵挡住人情本或马琴文体的诱惑力。他的文章只能成为一种文言体,而存在于与口语相异的相位上。第二,二叶亭四迷为了写"言文一致"必须同时摆脱日语以往的口语和书面语。在"言文一致"上所找到的口语已经是与实际的口语不同的某种语言了。

森鸥外的文体只要把语尾改动一下就可以立即变成现今的文章体,而且,这未必就是倒退到"言文一致"体以前。相反,从"言文一致"的本质上来看,可以说《舞姬》比《浮云》更前进了一大步。重要的是要在这里考察"言文一致"这一问题。

2

我在上面说到言文一致的本质在于文字改革,即在于"汉字御废止"。当然,实际上是否要废除汉字并非问题。问题的实质在于这里"文"(汉字)的优越地位遭到了根本的颠覆,而且是在声音文字优越的思想指导下被颠覆的。所谓"文"(汉字)的优越地位问题可以在多种语境中来思考。因此,表面看来仿佛是在非相关的不同领域发生的变化,都可以视为广义的"言文一致"之展开。

柳田国男在《纪行文集》(帝国文库版,1930)中编选了"自己少年时代以来不断阅读,今后有时间亦想再读的若干近世著名旅行家游记",其中他这样写道:

> 统称为游记,然一方面是诗歌美文的排列,另

一方面作为单纯的记述，不过是旅行者基于事实的自然记录而已，将这些笼统地综合起来实在要使读者的思绪变得纷乱。以纪（贯之）氏的土佐日记为始，古来行于世间的游记书可以说以诗歌美文为多。后世新出现的观察风土之类的书籍往往被文学爱好者视为意想之外的低俗文字而摈弃之，同时，以为这种书籍不为世间所用，故甚而导致作者们苦心于无益的雕啄。

柳田国男讲的"风景之发现"实际上乃游记"文"的变化。这暂时可以视为意味着从"诗歌美文的排列"，即"文"的束缚中获得解放。但是，日本人为什么在相当长的时间里仅把名胜古迹视为风景而眺望欣赏呢？无疑，这风景是通过与汉文学的接触而被给予的，《古今集》则是其基本的典范。在这一点上，本居宣长与他人没有什么两样。当然与喊出"纪贯之以拙劣之吟诗使古今集成为无聊之文集"（《再论歌咏书》，1898）的正冈子规有性质上的不同。

反过来可以说，人们丝毫不厌弃"诗歌美文的排列"乃是因为比起实际的风景来"文"的风景更具现实性。前面我讲过"山水画家描写松林时，乃是把松林作为一个概念（所指）来描写，而非实在的松林。为了看得到作为对象的实在的松林，超越论式的'场'必须颠倒过来"。在这样的"场"中，比如"松林"这一概念并不是空疏无物的东西，而应该是活生生的感性化的。

T. S. 艾略特这样论及但丁：

> 但丁的想象力是一种视觉性的东西。但是，与今天描写静物画的画家的想象力之视觉性有着不同的意义，因为但丁乃生活在人们被幻想所浸润的时代。（《但丁》）

就是说，中世纪的人们是形象思维的，在那里基督教之先验性的概念存在于视觉性（visual）之中。可以说"言文一致"以前的日本诗人在某一方面与此有其类似性。芜村的俳句不管怎样有其"绘画性"（正冈子规语），依然不是如子规所思考的那种"绘画性"，而与子规的"写生"之视觉性的性质完全不同。

坪内逍遥摒弃了马琴作品的"劝善惩恶"寓意。可是，甚至二叶亭四迷亦为马琴的文体所束缚，这意味着什么呢？对于今天的我们来说实在难以想象，然而在马琴处于支配地位的时代里，应该说他的寓意即使是概念性的也仍然具有充分的视觉性。比如，前岛蜜说松平这两个字有"マッタイラ""マッヒラ""マッヘイ""シャウヘイ""シャウヒラ"等读法，不知怎么读为好，这种不方便之弊在世界上也是难得其例的。但是松平二字即使没有声音也可直接唤起意义。同样，"五月

梅雨大河前，人家两幢"（与谢芜村）之句也可如此观之。我们可以对此句做所谓视觉性的理解。与子规所说的不同，芜村这句诗的绘画性是由声音和形象的两重性构成的。如果取前岛蜜所谓"众人明了的一词一音之利"则芜村的诗无以成立。

不仅如此，从"形象"解放出来也即是从音韵解放出来。如后面将要论述的那样，日本的诗歌是以汉字为媒介而成立的，因为韵律亦与形象纠缠在一起。

> 我想可以说今天的写生文是从我们这一派开始的。而且，我相信世人也会允许这样说的。极力促进了明治文学新发展的坪内逍遥之《当世书生气质》乃是最早的一种写生文，但还保留着受束缚于七五调，拘泥古典形式的气味。其后掀起的砚友社一派的新运动，也具有写生文的倾向，然终不能摆脱旧有的游戏文人的系统。今天回顾起当时的文学界来，会感到那时一面要摆脱古老的铸型，一面摆脱出来却仍写不出小说来。
>
> 正是在这个时候，西洋画家——我们直接接触的是中村不折——提出了写生的口号。若观传统日本画家之说，则女郎花之下必有鹌鹑，芦苇必配雁阵，一定要尊重古人创出的范型，与能乐和歌舞伎等一样，偏于墨守成规。然而，西洋画家与此相反，认为蹈袭古人范型乃是陈腐，必须摹写以目所

见的自然界，由此提取新的事物。（高滨虚子：《写生文的由来及其意义》）

在高滨虚子的文章中值得注意的，首先是他所指出的"受束缚于七五调，拘泥古典形式"这一点。二叶亭四迷的《浮云》便是其好例。他仍被有生命力的韵律所支配，说明他还没有获得作为"写生"所有的视觉性。反之亦可以说，"言文一致"如果不否定韵律的先验性则不可能有"言文一致"。进而，如高滨虚子所示，这种情况也适用于"能乐和歌舞伎"。如上所述，可以把"戏剧改良""诗歌改良"在共时性上放入"言文一致"运动中去，这样才能够理解"言文一致"运动的性质。

3

在观察明治文学史时，如果不偏重于小说，我们就会感到"戏剧改良"才是最为重要的事件，因为，所谓偏重于小说的眼光乃是由此产生的。在称为鹿鸣馆时代的欧化主义全盛期，于明治十九年（1886），以伊藤博文（1841—1909）、井上馨（1835—1925）等为发起人组织了戏剧改良会。在文学艺术领域里，不必说值得注意的是"戏剧改良"乃是在明治政府的后援之下得以推进的。这种后援是不可缺少的，正如前岛蜜所谓"言文一致"对日本现代制度的确立是不可缺少的一样。"小说改良"即"现代小说"也只有在这样的相互关联中才得以存在。中村光夫说,"改良会的实际工作几乎没有什么值得注目的成就,不久便销声匿迹了。在我国这样的社会里要通过改良来提高艺术的社会地位的趋向,不仅对戏剧,还对明治时期其他艺术部门的勃兴都产生了巨大的推动作用。坪内逍遥的小说革新正是乘这一大的时代潮流,对此给予了充实的内容"。(《明治文学史》)

不过,在"戏剧改良"露骨地走上欧化主义道路之前,戏剧的改良已经在明治10年代开始了。承担此改革之任的是新富座①的演员市川团十郎(1838—1903),及座付②的作者河竹默阿弥(1816—1893)。

> 市川团十郎当时被嘲讽为不入流的演员,因为他的演技太新潮了。他抛弃古典夸张的科白,活用日常会话的形式,比起大幅度转动身体之艳丽演技,他更苦心摸索把神情印象传达给观众的表现手法。这正与守田勘弥策划的演剧改良相一致。明治时代的新知识阶级群体渐渐习惯了市川团十郎这种写实性的具有现实人之魄力的演技,最终承

---

① 能乐等戏剧剧团名称。——译注
② 剧团专职人员。——译注

认他为当代首屈一指的演员。(伊藤整《日本文坛史I》)

市川团十郎的演技是写实的,即"言文一致"的。本来歌舞伎源于人形净琉璃①,后来取代人形而使用人即演员来演出。所谓"古典夸张的科白""大幅度转动身体之艳丽演技",乃是为了在舞台上把人即演员非人化、"人形"化所不可缺少的。歌舞伎演员的以厚重化装所勾脸谱乃是"假面"。可以说由市川团十郎所创出,后来经话剧确定下来的,正是这个非脸谱化的所谓"素颜"②。

但是,对从前的人们来说正是这个化了装的脸谱才有其真实感。换言之,作为"概念"的脸谱才能给人以美感。这与作为"概念"的风景才是充足的,道理同然。因此,"风景之发现"即是作为"素颜"的风景之发现,上面有关风景的论述也可以适用于戏剧。

关于素颜和化装、文身的关系,列维-斯特劳斯这样认为:"正如已经看到的那样,在土著的思想中装饰即是脸面,可以说是装饰创造了脸面。使脸面具有了社会性、人的尊严及其精神性意义的,正是装饰"(《结构人类学》)。脸面本来作为一种形象乃是如"汉字"

---

① 说唱木偶戏。——译注
② 自然的本来面目。——译注

那样的一种存在。作为脸面的脸和"作为风景的风景"（梵·丹尼·伯杰）一样，只有在某种颠倒中才能看得见。

正如风景从前就存在一样，素颜本来就是存在的。但是，这个素颜作为自然的存在而成为可视的并不在于视觉。为此，需要把作为概念（所指）的风景和脸面处于优越位置的"场"颠倒过来。只有这个时候，素颜和作为素颜的风景才能成为"能指"。以前被视为无意义的东西才能见出深远的意义。例如，柳田国男在《山人生活》一书的开头，引用山中的杀子事件，这样写道："比起我们以空想所描写的世界来，不为世人所知的现实更为深刻，亦促使我们思考。这和现在我想说的问题没有直接的关系，不过如果没有这样的机会我也不会想起这事件来，而且有一些人也想听听这件事，因此我把这个事件记录于此，并当作本书的序言。"

正是这样的颠倒我称之为"风景之发现"。顺便说一句，据说柳田国男读了《浮云》后对小说里的主人公不是才子佳人而是平凡的人物感到惊讶。所谓平凡的人（国木田独步）是无意义的人物。然而，这个时候，无处不在的素颜开始具有了意义。

伊藤整说市川团十郎"苦心摸索把神情印象传达给观众的表现手法"，而实际上是无所不在的素颜（写实性的）作为具有意义的某种东西出现了，"内面"正是这个"某种东西"。"内面"并不是从一开始就存在着的。它不过是在符号论式的装置之颠倒中最终出现的。可是,"内面"一旦出现,素颜恐怕就要成为"表现"这个"内面"的东西了。演技的意义在这里被反转过来,市川团十郎当初被称为不入流的演员具有象征意义。这与二叶亭四迷因"写不好文章"而开始"言文一致"体的写作有相似之处。从前的观众在演员的"人形"式的身体姿态中,在"假面"化的脸面上,换句话说在作为形象的脸面里感受到了活生生的意义。可是,现在则必须于无所不在的身影姿态和面孔的"背后"寻找其意义(所指)。市川团十郎们的"改良"绝不是彻底的改革,但却取得了足以促使不久之后坪内逍遥"小说改良"计划出现的实际成就。

很显然,这种戏剧改良的本质与"言文一致"相同。我说过"言文一致"在于文字改革,在于"汉字御废止"。文字与声音本来是互不相同的,正如勒儒瓦高汉(André Leroi-Gourhan)所说,并不是由绘画产生了文字,而是由表意文字产生了绘画。使人们看不到这种文字之根源性的,在于声音和文字以声音性的文字方式结合在一起的缘故。但我们日本人具有从独得的与中国人不同的汉字经验来思考这一问题的依据。在汉字上,形象直接构成意义,这和作为形象的脸面直接构成意义是相同的。可是,到了表音主义,即使带着汉字,这汉字也只能从属于声音。同样,现在"脸面"作为所谓的素颜变成了一种声音性的文字。这使得所应该摹写（表现）的内在声音＝意义得以存在。作为"言文一致"的表音主义是与"写实""内面"的发现等在根源上相互关联的。

4

"诗歌改良"更明确地显示了表音主义（语音中心主义）的倾向。特别值得注意的是山田美妙的《日本韵文论》（1890）。他分析日语的音韵，试图给韵文的方法打下一个基础。简言之，他试图在以往只考虑拍子（五七调等）的地方引入高低音调的视角，认为如果高低音调配合得不好，即使押上五七调也不能算作"韵文"。十分明显，这不过是西洋诗歌思想的引进而已。然而，重要的一点是，他此时试图把历来视为不证自明不可动摇的韵律相对化，或者可以说这里被相对化了的是作为声律的身体。正如被装饰的脸面才是脸面一样，具有声律的身体才是身体，那么，这时所发现的身体便是笛卡尔所思考过的作为机械的身体了。

这一点在正冈子规《獭祭书屋俳话》（1892）中的《俳句之前途》一文里表现得更为明显。

> 习数学之当今学者曰：如日本和歌俳句者，一首之字音仅二三十，以排列法计算之当知其数之有限。换言之，和歌（尤以短歌为重）俳句迟早将达其极限，最终将至无以再创新句之地。

而愈至近世则多出平庸师匠凡俗歌人，虽罪在其人，然不得不咎其和歌俳句界域之狭窄。有人或问：若如此和歌俳句之命数何时穷悉？答曰：其穷尽之时本不可知，然概而言之，思来俳句当早已尽其命数。至今虽未全尽亦不必待明治年间。和歌字数较之俳句为多，虽说由数理上算出之命数远在俳句之上，然所用言词皆为雅言其数尤少，故较之俳句其界域尤狭窄耳。藉此想来和歌已于明治之前尽其命数也。

上述子规以"短歌命数论"著名的意见，反而从反面揭示了何为支撑短歌型文学的秘密，这个秘密即在韵律。较之散文，内容单薄的短歌之所以有其"意义"乃源于韵律。不过，在子规看来，韵律即是字数问题。换句话说，那时短歌和俳句被视为线性的声音文字，子规的"写生"主张与此不无关系。因为，"写生"只有在从作为形象与旋律的身体解放出来时才成为可能。高滨虚子所说"坪内逍遥之《当世书生气质》乃是最早的一种写生文，但还保留着受束缚于七五调，拘泥古典形式的气味……"正是这一问题。子规所谓"写生"不限于俳句和短歌，还扩大到"写生文"，其原因也在于本来这是从韵律解放出来而获得自由，即使是韵律性的也已经成为可操作的对象了。当"短歌命数论"夺了传统韵律之命后，诗何以为诗这一根本性的诘问便成了需要讨论的问题。

那么，和歌的韵律与"文字"问题是怎样一种关系呢？可以说，自荷田在满（1706—1751）发表"国歌八论"以来，国学家一直视所吟之歌与所写之歌的不同为大问题。本居宣长认为《古事记》中的歌谣所唱，可看做歌谣的原型。吉本隆明则认为，正如贺茂真渊（1679—1769）所指出，这些歌谣不仅不是所唱之歌的原型，反而是已经达到了"高度"水准的诗歌。

现今，可以在《祝词》中找到"言ひ排く"、"神直び"、"大直び"等陌生的词语。最初存在着"いひそく"、"かむなほひ"、"おほなほひ"等语，成文文化确立之时借用汉字，写成"言排"、"神直备"、"大直备"。而以用日语语序读汉文的方法读之则成为"言ひ排く"、"神直び"、"大直び"。在这个过程中，好像什么也没有发生似的，然而实际上在一个方面象征着：通过表意或表音的汉字形象，最初的韵文文化受到了巨大的影响。"いひそく"、"かむなほひ"、"おほなほひ"等语，至少到《祝词》成立时为止，乃是在郑重其事的祭礼仪式上使用过的固有日语。"いひそく"的"そく"大概是作为常用的词语广为流传过的。"なほび"一词乃指神事或者与神有关的场所，"かむ"、"おほ"等则表示尊称。当时的固有日语似乎适当

重叠便可以使之表达相当自在的意义。可是，借用了汉字如"言排"、"神直备"、"大直备"那样的表记而作为公用祭礼仪式的用语后，则因汉字的象形形态使这些词语附加了某种别的意义。这是固有日语"圣化"的开始，如果把这种"圣化"理解为向韵律化发展的一个契机，可以说，这里已经有了诗之诞生的萌芽。

　　成为惯用语或成文文章，韵律化的契机便进一步深化了，因为语句的排列本身便是一种韵律化。（《初期诗歌论》）

依据吉本隆明这个值得注目的观点，诗歌的发生或者韵律化原来是以汉字为契机的。而被本居宣长视为原型的《古事记》《日本书纪》中的歌谣则处在没有文字的媒介便不可能存在的高度发展阶段。这些歌谣即使是口唱之歌也已经具备了只有通过文字才有可能构成的结构。"恐怕本居宣长对'书写语言'与'声音语言'之本质不同缺乏认识。他并不懂得书面语以后和书面语以前的声音语言是完全不同的东西。"（《初期诗歌论》）

由此观之，可以清楚地看到子规所立足的位置。对他来说，所谓文字已是声音性的文字，即文字不过是复写的手段，汉字仅仅是其复写的手段之一而已。可另一方面，不管国学家如何试图排斥"汉字"，其实正是韵律乃处于汉字的支配之下。本居宣长没有跳出以《古今集》为典范的传统诗歌学，也正是为此。对子规说来，这根本没有成为问题，相反他完全丢掉了关于"书写"的问题意识。"书写"问题被还原到"复写"上去了。

然而，我一直视为问题的是，复写在怎样的符号论式的装置下成为可能？先有事物，而后观察之，"写生"之，为了使这种看似不证自明的事情成为可能，首先必须发现"事物"。但是，为此我们必须把先于事物而存在的"概念"或者形象化语言（汉字）消解掉，语言不得不以所谓透明的东西而存在。而"内面"作为"内面"成为一种存在，正是在这个时刻。

5

关于日本现代文学有各种各样的说法，而将其作为"现代的自我"之深化过程来讨论的方法则是最常见的。然而，这种把"现代的自我"视为就好像存在于大脑之中似的看法是滑稽的。"现代的自我"只有通过某种物质性或可以称为"制度"性的东西，其存在才是可能的。就是说，与制度相对抗的"内面"之制度性乃是问题的所在。"政治与文学"这个思考——概而言之，明治20年代的文学也可以由此得到说明——如果不追究其起源的话，将是毫无结论的。

因此，我并不是要从"内面"来观察"言文一致"运动，相反，是想通过"言文一致"这一制度的确立来看"内面的发现"问题。不如此观之，则我们只会越发强调已被视为不证自明且自然而然的"内面"及其"表现"之形而上学性,而看不到其历史性。比如,说到《浮云》《舞姬》的"内心格斗"时,人们往往无视其文字表现问题,仿佛"内面"是可以和文字表现问题脱离开来而存在似的。总之,"内面"本身好像自然存在着的这一幻想正是通过"言文一致"而得以确立起来的。

我在前面讲到,风景不是由对所谓外界具有关心的人,而是通过背对外界的"内在的人"发现的。这不是说先有了"内在的人",其人发现了风景,而且我也并非在作心理学式的考察。比如,即使在江户时代当然也存在着"内向的人"或具有过剩自我意识的人。我所说的"内面的发现"不可能是指这样的东西。

梵·丹尼·伯杰认为,在西欧最初把风景作为风景来描写的是达·芬奇的《蒙娜丽莎》。在那里有从风景疏远开来的最初的人,和从人性疏远开来的最初的风景。不过,我们不能追问蒙娜丽莎这个人物的微笑表现了什么,也不能由此去观察"内面性"的表现。恐怕事情刚好相反。在《蒙娜丽莎》中出现的并不是作为概念的脸面,而是第一次展现了素颜。正因为如此,这个素颜作为"能指"不断地显示着内面性的某种东西。不是"内面"在那里得到了表现,而是突然露出的素颜开始象征着"内面"。这种颠倒是与风景从形象中被解放出来而作为"纯粹的风景"存在这一事情同时发生的，亦是同一性质的东西。

不用说，达·芬奇是一个科学家。不过，这与他同时又是画家这件事没有任何矛盾，因为内面性和现代科学乃是深深地连接在一起的。例如，笛卡尔所说的"延伸"（思维对象）正是这样一种从人性疏远开来的风景，它与中世纪具有质料性意义的形象化空间毫无关系，他所说的"思"只存在于这里。

"内面的发现"应该和单纯的自我意识及"实存"的意识区别开来。存在主义者在帕斯卡尔那里找到他们自己的祖先，然而，说"无限的空间之寂静使我感到恐怖"（《思想录》）时，帕斯卡尔——他本身即杰出的科学家——所恐怖的是由现代天文学所发现的空间。中世纪的人不曾知道什么"无限的空间"。还有，帕斯卡尔追问"我为何在此而非彼"，这一追问也是现代性的。因为，在这里（此）与那里（彼）是异质性空间的中世纪爵位等级制世界里，这样的追问是不可能存在的。在中世纪，人们有着在此而非彼的"理由"，正如江户时代的人们对于自己是平民百姓而非武士这一事实丝毫不感到奇怪一样。这种追问只有在均质化的空间里，以及市民社会中才可能存在。

因此，帕斯卡尔的"实存"是与现代科学之世界认识密切相关的，而与奥古斯丁（St. Augustine）的"实存"性质不同。当今的"存在主义"从"实存"出发开始思考时，恰恰忘记了缘何这种思考才能成为可能的问题。就是说,从"内面"出发思考的人忘记了其历史性(起源)。

可以说晚年的胡塞尔(Husserl)正是要从"内面"逆行去追溯其起源的。比如,"太阳从东方升起而沉入西方"在经验上仿佛是当然的,因为这与我们的知觉相一致。但是,哥白尼提出地动说,是因为所观察到的行星之运动若以太阳为中心来思考的话则更具有整合性。这样,通过伽利略的解析几何之导入,"背向"日常性的、经验性的事实之观察方法被确立起来了。客观性已不再是由知觉,而只能是由数学的超越论来证明的了。就是说,当我们说"客观上地球围绕太阳运转"的时候,对此做出证明的不是经验而是数学。不过,如果这一点被忘记了,我们便会觉得好像"客观物"就是这样存在着似的。这正是胡塞尔所说的"欧洲科学的危机"。

> 然而,在伽利略那里,以数学为根基的理性世界,偷梁换柱取代了我们的日常性生活世界,即这是唯一的,通过知觉所给予所经验的,而且是可经验的日常世界。这种取代作为一个重要事件应该引起我们的注意。(《欧洲科学的危机与超越论的现象学》)

这里,胡塞尔对数学的先验性及其"起源"提出了怀疑。本来这个问题并不是历史学的问题，因为历史学也不过是"诸科学"的一种而由所谓数学所支撑着的。简单说来，本来是一种实践性的测量术的图形，作为几何学被超越化后，出现了数学的超越论性质。换言之，正是在"形象"的压抑中有着超越论的起源。

但是，问题并不在于数学本身。正如雅克·德里达（Jacques Derrida）所说，因为所谓形象的压抑即在于声音的优越地位，声音中心主义才是内在于胡塞尔"现象学"中的东西。由此观之，我们大概可以明白，比起明治时期一目了然的现代科学和现代国家制度的导入来，"文言一致"更是根本性的，而且其实质的本来面目依然没有弄清楚。

上文所引柳田国男的文章认为，日本的游记多为"诗歌美文的排列"，缺乏事实的记述因而没有"学术的价值"，在后来的坂口安吾（1906—1955）那里也有与此类似的说法。准备写织田信长（1534—1582）的坂口安吾在查阅资料时发现，以弗罗伊斯为首的传教士们的报告乃是客观精确的描写性的，相比之下，日本人的历史记载则是抽象的一般性的，没有一件具体的史实是明了的。

> 与这样的观察方法相比较，欧洲人对于事物的看法往往是只对每个具体的事物中独自存在的个性进行客观的观察和真实的记录，正因为如此，其资

料价值非常之高。(《欧洲的性格,日本的性格》)

无疑,柳田国男说"学术的价值",坂口安吾讲"资料价值",他们是处在现代的"知识"(科学)之中。大概可以说,比起数学来"记述"更反映着西欧知识(科学)的本质。动物学家康拉德·劳伦兹(Konrad Lorenz)下面的一段话,从反面证明了这一点:

> 所谓自然科学的严密性与对象的复杂性及综合水准没有任何关系,这个严密性最终取决于研究者的自我批判和其方法的明晰性。物理和化学一般被称为"精密科学",这实际上是对其他自然科学的中伤。比如,说自然研究包含数学的成分因而是科学的,科学的本质在于"测定可以测量的事物,以及使不可测量的东西成为可测定的",这样的说法乃是出自在认识论上和人性上本应对科学有深入理解的人们之口的最愚蠢而无意义的见解。
>
> 这种以无知为知的错误现在是可以揭穿的,然而这一错误至今依然影响着科学研究。现在流行的是尽可能近似于物理学的方法,并且不管其方法能否针对研究对象获得预期的成果。然而,包括物理学在内,一切科学都是通过记述开始的,都是通过整理所记述的现象,然后从中推导出某种法则性。(《文明人的八大罪状》)

如果抛弃劳伦兹所批判的那种偏见，来观察正冈子规和高滨虚子手持笔记本到野外"写生"，就会发现他们正是"科学的"。而反过来也可以说，在钻心致志于"记述"中，隐含了一个颠倒，一个超越论式的导致"内面"出现的颠倒。他们并不是所谓内面的人，然而，"内面"在那里获得了存在的基础。

明治时代的人接受了西欧的诸种观念，不用说这种影响是重要的。但比起这些观念来更为重要的是作为物质材料的形式。明治20年代末"言文一致"制度确立起来之时，这一制度得到巩固，仿佛连"言文一致"的意识都要消失了似的，这时候，"内面"则典型地表现出来了。

6

把风景与名胜古迹分离开来，使国木田独步的《武藏野》（1898）显示了鲜明的特征。所谓名胜古迹乃是笼罩着历史、文学意义（概念）的场所。不过，这种分离在反映明治二十八年出征开拓北海道的经验之《空知川的岸边》（1902）一书中表现得更为彻底。

> 在我国本土中亦有像中国那样的，在人口稠密的地方山野为人力所化为平地的风景，看惯了这种风景的我即使是东北的原野也使我感到有回归到大自然的感动了。待看到北海道时，我的心情是怎样

的跃动啊！札幌是北海道的东京，然而，那满目的光景真使我着了迷。

当感到林子黑暗下来时，从高高的树枝上飒飒地下起雨来。感到雨真的来了，可不久又停了，山林重归于寂静。

我目不转睛地向林子的深奥处望了片刻。

哪里有社会？哪里有人们骄傲地传咏着的历史啊？在这里，于此刻，我感到人不过是一个"生存"之物，寄附在大自然的一呼一吸中。俄国诗人曾静坐于森林中，感到死亡之影向自己逼来，实在是如此这般的感觉。诗人还说"即使到了人类最后一个人消失之时，那树叶之一片也不会为此而颤动"。

由此观之，如马克思所说，我们所看到的"自然"已经是人化了的自然，亦如柳田国男所说，风景乃是"人类创造"出来的。这里的视野不是把"历史"视为政治的人类的创造，而是通过"人类与自然的交涉"（柳田国男语）而发现的视野。这是通过"文"之外的风景之发现所获得的。正是这种彻底的切断使《武藏野》下面的视角成为可能。

武藏野里绝没有秃山，有的是如大海波涛一样的高低起伏。由外面看去仿佛是一片平原似的，其实可以说是高冈上时时凹进去形成的浅浅的低谷更合适。低谷处大概是水田，而田地则在高冈上。高冈上树林与田地构成林林总总的区域。田地也即是原野，树林面积不出数里，田地一眼望去亦不很辽远，往往是一顷之地三面环林，农家则散见其间。也就是说，原野也好树林也好，只是杂然组合，你仿佛是进了林子，可一转眼又走上了田地。这样的地势形态给武藏野带来了一种特色，这里有自然，这里有生活，与北海道大自然中的大原野大森林相异其趣。

国木田独步说："树林与原野杂然相间，何处有这样的生活与自然密切相接之处呢？"这样的"生活"正是柳田国男所谓的"被隐蔽了的现实"，即"常民"的生活。柳田的民俗学不是西洋民俗学的移植，而是由这种"风景之发现"所建立起来的。

国木田独步《武藏野》的另一个特征在于"观察与记述"。他对武藏野做了地理性的划定。重要的是下面一段："东京在我划定的武藏野范围中，但必须将此省略掉，因为我们从有着农商务省巍峨的官衙门，发生过铁管事件裁判的蔬菜果品商店街是无法想象那昔日的面影的。"这意味着东京这一政治性的历史不过是武藏野作为"人与自然之关系"历史的一部分而已。换言之，"风景之发现"也即是"历史的发现"。

国木田独步的新鲜之处在于如此这般的"切断"。对此他做了如下说明:"我既没有受到德川时代文学的感化,也没有接受尾崎红叶(1867—1903)、幸田露伴(1867—1947)两氏的影响,而是以与以往文坛全然不同的构想、手法和作风开始了自己的文学创作,然而应该说必有其基本渊源的。我自问这个渊源是什么呢?便想到了华兹华斯。"(《神秘的大自然》)

然而,重要的不是"头脑"而是"手笔"。正如二叶亭四迷那样,无论从西欧文学接受了什么影响,实际"写作"起来则又是另外一回事。在《武藏野》中,作者反复引用了屠格涅夫的风景描写,这正是二叶亭四迷的翻译。

风景只有通过新的书写表现才能成为可能。与《浮云》(1888)、《舞姬》(1890)相比明显不同的是,国木田独步似已与"文"没有什么距离了,他已经习惯了新的"文"。这种习惯从另一个角度说,意味着他已具有了能够"表现"的"内面"。在他那里,语言已不是可以分为口语和书面语什么的,而是深深浸透到"内面"里的东西了。或者可以说,正是这个时候,"内面"开始作为直接的显现于眼前的东西而自立起来。同时,从这时起"内面"的起源将被忘却。

比如,卢梭带给明治10年代的自由民权运动以决定性的影响。但是,卢梭的"影响"是什么?进而可以问:卢梭是何人?例如,有着从对以往的旅行者不过是障碍物的阿尔卑斯山中发现了"风景"的卢梭，还有写了《忏悔录》的卢梭和作为政治思想家的卢梭。卢梭本身是一个充满矛盾的具有多重意义的存在。

斯塔罗宾斯基（Starobinski）在《透明与障碍》中，对多重意义的卢梭文本给出了一个明确的视角。这个视角与"透明"相关。他认为对卢梭来说只有自我意识才是透明的。就是说只有对自己是直接的可视的东西才是透明的，此外都是从属的暧昧的不透明的。对这种不透明之物的愤怒，以及对具有透明的直接性的（他所相信的）原始人之赞美，构成了他的政治、文化论。另一方面，对于这种不透明性的攻击当然首先对准了文字表现。文字表现是从属的，背叛直接的透明性之物。而且对于卢梭来说声音表现本身也不是重要的，重要的是自己所听到的声音，内面的声音，只有这个声音才是透明的。这里"主体和语言已经不是相互外在的东西。主体即是感动，感动立刻变成语言。主体、感动、语言已经不再区别开来。"（《透明与障碍》）在这里，斯塔罗宾斯基看到了卢梭的"新鲜之处"。

可以说正是在这里卢梭作品产生了无限的新鲜感。语言活动依然是媒介性的工具，也是直接的经验之场。语言活动既是存在于作者内面的"根源"中的固有之物，同时又是直面于审判，即证明由普遍性而被正当化了的欲求。这种语言活动与古典的

"语言表现"没有任何相通之处,有的只是无限的傲慢和不稳定性。语言作为真正的自我而存在着,另一方面,完全的真正性还有些欠缺,还需要充分的获取。如果证人不同意,则什么也不能得到保证。文学作品不再谋求读者对介于作家与一般大众之间的真实之赞同,而是谋求对作家通过作品展示自我,即个人体验的真实之赞同。卢梭发现了这个问题,并且正是他创造了成为现代文学之态度的这种新态度(在他所背负的感伤的浪漫主义的彼岸),可以说他是以典型的方法实践了自我与语言的危险约会,即人类把自己变成语言这一"新的结合"之第一个作家。(《透明与障碍》)

恐怕国木田独步的"新鲜之处"正与此类似。他的根本性"障碍"孕育在他的"透明"即"主体与语言不再相互外在"之"新的结合"中。描写友人自杀之后的《死》(1898)已经昭示了其"障碍"是什么。

> 医生对死极为冷淡,诸位朋友亦不过是五十步笑百步,我们如果懂得了由生至死的物质性过程,那么死便不再是不可思议的了。知道了自杀之原因时,自杀也不再是不可思议的事了。
> 如此思考起来,我便渐渐感到自己仿佛完全被封闭在一种薄膜之中,对于天地万物自己的感觉好

像是隔着一层皮似的无法忍受。

至今仍然感到烦闷的我,坚信面孔与面孔如果能够直接成为事实与万物,那么,"神"、"美"、"真"最终都不过是一种追逐幻影的游戏,我准备这样坚信下去。

这种感觉在《牛肉与马铃薯》中表现得更为极端。主人公冈本有一种"想使自己震惊一下"的"不可思议的愿望"。这个愿望"不是要知道宇宙之谜,而是要为不可思议的宇宙"震惊一下,"不是要知道死的秘密,而是要震惊于死这一事实";还有,不是想烦恼于信仰本身,而是要"被不能片刻没有信仰的这个宇宙人生之神秘意义所烦恼,这才是我的愿望"。

国木田独步感到似乎自己被自己所隔绝了似的,那里存在着"一层薄膜"。期望震惊一下乃是要突破此薄膜而达到"透明"的境界。在那里埋下了仿佛"真正的自我"真的存在似的幻影之种子。这个幻影的成立乃是在"文"变成从属的东西,于自己最近的声音——即自我意识——处于优越地位之时。这时,始于内面亦终于内面的"心理性的人"诞生了。

7

可以说在现代日本文学中,从国木田独步那里开始获得了写作的自在性,这个自在性与"内面"和"自我表现"概念的不证自明性相关联。至此我是把此作为"言文一致"这一文字表现的问题来思考的。再重申一遍，内面作为内面而存在即是倾听自己的声音这一可视性的确立。德里达认为，这就是西洋的声音中心主义，其根底有声音文字（拉丁字母）的存在。柏拉图以来，文字作为单纯的声音之复写物而遭到贬低，对于意识而言的可视性，即"声音"的优越地位构成了西欧形而上学的特征。

日本的"言文一致"运动蕴含了什么东西已是非常明白的了。正如我反复强调的那样，这就是形象（汉字）的压抑。这样思考时，我们大概就会谅解为什么夏目漱石一方面进入了西洋"文学"的深层，另一方面又固执于"汉文学"而非和歌所代表的古典文学了。漱石已经把全身浸到了封闭的"内面"里了，但仍然在追求线性的声音语言之外的所谓放射状态的多重意义之世界。这对我们来说是很难想象的。

勒儒瓦高汉指出：

> 人类进化的漫长历史是在对我们已经很疏远的思考形式中进行的。尽管如此，这个思考形式仍是我们行动的主要部分的底流。我们一直在进行这样通过与声音结合在一起的书写文字来记录声音的单一的语言活动，因此，以所谓放射状态的结构来记录书写的表现方式之可能性，是很难想象的。

(《姿态与语言》)

勒儒瓦高汉所说的"我们"当然是指西洋人,但我们也已经包含在内了。观察明治20年代的文学时,我们很难设想那时还根本不存在的"内面"。"内面"是作为一个制度而出现的,我们正生存于其中。例如,现代文学史家提到《舞姬》时,总是将此作为"现代的自我"问题来论述,但这篇作品是用文言体写的这一事实却被忘记了。这篇作品到底只是一个文本,而不是"自我表现"。而且,后来的鸥外也并没有进一步使这一内面深化。比如,在《妄想》(1911)中鸥外说,"我"在死亡之际即使考虑到肉体的痛苦,也不会像西洋人那样"为自我的消亡而痛苦"。

> 西洋人说,不惧死亡乃是野蛮人的特性。我想自己说不定就是西洋人所谓的野蛮人。这样想的同时使我回忆起儿时父母的不断教诲:生于武士之家必须做到敢于剖腹自杀;也回想起当时考虑过肉体痛苦的问题,想过其痛苦一定是很难受的,于是越发觉得自己是野蛮人了。但却不能确信西洋人的说法一定最好。
> 这样是不是说关于自我的消亡便是无所谓的事呢?也不是。这所谓自我若还存在的时候,不去认真地思考其为何物,不知不觉中丧失掉了则是很可

惜很遗憾的。如汉学家所说的醉生梦死那样的生活是遗憾的。在觉得遗憾可惜的同时感到了痛切的心灵空虚，感到无以言状的寂寞。

这成了我的烦恼，我的痛苦。

初看起来，这仿佛与独步"想使自己震惊一下"的作品有些相似。不过，如果说在独步那里，那不透明的"薄膜"是存在与内部的话，在鸥外那里则是存在与外部。对鸥外来说，"自我"并不是什么实体性的东西，而是"从各种角度拉到一起的线绳之会合"，用马克思的话说正是"诸种关系的总体"（《德意志意识形态》）。鸥外反而觉得，自己不具有西洋人那样直接地实体性地观察"自我"的幻想是一种"痛苦"。

因此，他在描写"武士"型人物的历史小说中发挥了自己的本领，这里他试图彻底地排除掉"心理性的东西"。这个姿态与晚年的午前写小说午后潜心于汉诗和山水画世界的夏目漱石相通。大概在他们那里存在着不能与"文学"相调和的东西，持有拒绝"表现"的视野。

"文学"的主流并不在鸥外和漱石那里，而是在国木田独步的路线上发展起来的。这位早逝的作家，在某种意义上可以说多方面地预示了下一代文学家的诞生。比如，是他最早写了《不可欺骗记》这样的忏悔录。不用说他与柳田国男有着深厚的关系，田山花袋

(1871—1930）也称"国木田君是写性欲小说的始祖"（《自然的人，独步》），芥川龙之介（1892—1927）在《河童》中把独步与瑞典的斯特林堡（Strindberg）、尼采、托尔斯泰相比，称其为"真正知道来去匆匆的世人之心的诗人"。还有，早期的志贺直哉（1883—1971）明显的是在独步的影响下起步的。正由于这样的多重性，便产生了对他是浪漫派还是自然主义派的议论，而他的多重性——某种意义上与卢梭的多重性相似——可以说是来自他最早站到了新的地平线上的缘故。正如保罗·瓦勒伊所说，在某一事物上开阔了视野的人往往突然可以看到多方面的事物。埃德加·爱伦·坡（Edgar Allan Poe）写尽了推理小说的基本类型，不过，他迈出的"一步"不在于写了犯罪行为，而在于把作诗行为意识化这一未曾有过的尝试。国木田独步的多彩多样不在于文学的流派等问题，而在于他第一次获得了那个"透明"。

英文版第二章补记（1991）

言文一致的问题是一个比起我在这里所论述的远为复杂的问题。举一个例子来说吧，比如，二叶亭四迷只注意到把句尾改成"だ"还是"ます"的问题，其实更重要的是，他使作为过去时态的"た"这一句尾助词固定下来了。当然，准确地说，"た"并非表示过去时态，而是把从前书面语中的各种时态，即英语所谓完成时、过去完成时以及对应于其他时态的复杂的句尾助词——ケ、リ、キ、ツ、ヌ——全部统一于"た"上来了。我在本章中引用过的森鸥外《舞姬》，实际上句尾助词的多样性发挥了统一于"た"的"言文一致"体所没有的效果。

可是，为什么这种多样性消失了呢？例如，《舞姬》是以第三人称来写作的，叙述者便是主人公。这在当时具有划时代的意义，但这并没有达到现代小说所不可缺少的"第三人称客观描写"。也就是说，还没有达到既是叙述者，同时又把这个叙述者隐蔽起来的境界。要达到这种境界句尾的"た"是绝对必要的。比如，"けり"表示传闻，"昔おとこありけり"（《伊势物语》）意思是"听说从前有个男子汉"，表示"这可是个故事呀"，即提示叙述者的存在。而通过使用"た"叙述者虽然还存在却仿佛不存在似的，主人公和叙述者暧昧地同化在一起了。促使现代小说的读者非常熟悉的这种形式得以诞生的是"た"这一句尾。"た"不只是过去时态，还把存在于故事的超维度（meta-level）上的叙述者中性化，而产生"仿佛真的一般"的效果。另外，这个"た"句尾还使从某一点上来回顾故事的发展成为可能。以回忆的方式叙述者与主人公的内面获得了同一性。总之，对于叙述者的中性化或者说叙述者的抹消，"た"句尾是不可缺少的。这个"た"大概与支配了法国现代小说的单纯过去时相对应吧。对此，罗兰·巴特（Roland Barthes）这样写道："单纯过去时在无论怎样暗淡的写实主义成为问题的情况下都会给予我们一种安心感，因为依靠单纯过去时，动词得以表明某种被封闭限制的实体化了的行为，故事带这名字可以从无限的话语恐怖中逃脱出来。现实成了细瘦可亲的东西进入文体，而不会逸出语言的限度之外。"（《零度写作》）在这个意义上，"た"处于现代小说叙述的核心地位。第三人称叙述得以登场全在于这个"た"把叙述者中性化了。

漱石有意识地抵抗这个"た"句尾，因为以"た"结束句子乃是现代小说的基本形态。漱石把小说作为写生文开始了自己的创作，这个写生文基本上是现在进行时的，其叙述者依然存在。写生文的创作首先是通过试图改革俳句的正冈子规之手实现的。因此，我在这一章里有关子规的论述要做大幅度的修改。

子规所说的"写生"观念与当时已经随处可见的写实主义是不同的东西。他的独创性主要在于从最短的诗俳句中发现了"写生"。子规说他自己见习过绘画（油画）的写生，然而实际上，他所讲的有关俳句的"写生性""绘画性"都涉及的是语言问题。例如，子规注意到的芜村俳句和实朝和歌的绘画性，在于他们使用汉语或者少有助词多用名词。关于和歌的腐朽衰微，他指出："此所谓腐朽在其趣向之少变化，而趣向之少变化则在其用语之贫乏"，故主张"依其所需当用雅言俗语洋话汉文"（《七论歌咏书》）。总之，比起"写生"这个观念来，更重要的是语言，是语言的多样性。"写生文"的本质也正在这里。不用说，自觉到这一点的只有善用多种多样文体的漱石一人。然而，一般认为写生文是以平板的语言来"写实"，当初想做小说家的高滨虚子便按这样的方向推进了"写生文"的创作。

　　子规从俳句出发实践"写生文"，这具有重要的意义。漱石这样说过："尽管缺乏充分表达日本国民的文学是很遗憾的一件事，但在某种意义上我们也可以说结果恰恰相反，在使人变得高尚优美这一点上，比西洋文学更好的文学未必就没有存在过。如俳谐这种文学样式作为日本唯一的文学，便是平民的文学。"《（中学改良策》，1892）在追求"平民的文学"和"足以代表国民的文学"，以及在俳句中发现此种文学这一方面，大学以来便是好友的子规、漱石两人是相通的。子规从俳句的改革出发，进而及于和歌与散文的改革，而在《俳谐大要》（1895）中已经有了对和歌的批判。实际上，在自《万叶集》以来的日本文学传统中，把俳句视为"代表"性的东西也是一种批评性的观念。然而，子规并没有固执于俳句的特殊性。

　　"俳句是文学的一部分，文学是艺术的一部分，故美的标准也就是文学的标准，文学的标准也就是俳句的标准。绘画雕刻音乐戏剧诗歌小说皆应以同一标准评论之。"（《俳谐大要》第一）子规这段话的意思是说，俳句为艺术（美）的一部分，不管东洋还是西洋，只要是艺术则共有同样的原理，虽然各自分别基于不同的感情基础之上，但都是可分析的，也因此是可以批评的。人们不是把俳句视为特殊的东西弃而不顾，就是在其内部闭关自守使之特权化。这种情况也存在于后来子规所激烈批评的"和歌"领域。这些人或者会辩解说理论中有着无法分析的微妙神秘的东西。不仅对俳句或和歌，人们把日本文学也视为不同于西洋文学的性质相异之物而拒绝分析时，同样会做出上述那样的辩解。子规所言，意在首先必须从废弃这种性质相异说做起。大概只有试图追究"古今东西文学之标准"而作《文学论》的漱石继承了子规的意志吧。

这种对普遍性的追求和对特殊性的固执是一点儿也不矛盾的，两者唇齿相依。那么，为什么子规要关注俳句呢？这是因为俳句与和歌不同，它起源于近世，保存着"平民"性格，同时又（可能）是世界上最短的诗歌形式。以这种诗歌形式为对象，意味着要观察其语言成为诗的极限性质，这促使子规的方法具有了形式主义的特性，因为很明显，俳句如此之短，从内容和意义上无法充分展开议论。实际上，就是在同时代的西洋如此把焦点放在"语言"上的批评家也还没有诞生。可以说，正是这种特殊的日本式俳句得以成为探索普遍性问题的出发点。

三　所谓自白制度

1

可以说日本的"现代文学"是与自白形式一起诞生的。这是一个和单纯的所谓自白根本不同的形式，正是这个形式创造出了必须自白的"内面"。因此，狭义的自白不管怎样受到否定和克服，这个形式却毫无损伤地保留下来了。这是一种把应该表现的（内面）和被表现的划分开来的两分法。例如，批评家批评私小说的时候，并没有否定自白本身，只是批判那种把自白的"我"和被自白的"我"混为一谈的做法。即，作品虽然是作者的自我表现，但应该构筑与作者的"我"相异而独立的世界，日本的私小说把"我"和作品中的"我"混同起来，因此未能形成独立的作品空间，等等。按照这样的观点来看，明治20年代初二叶亭四迷的《浮云》比起后来的小说更早地着手实践了西洋意义上的小说创作，接下来是岛崎藤村（1871—1943）的《破戒》显示了这样的创作方向。然而，由于田山花袋

《蒲团》的出现这种创作方向受到了扭曲……这大概就是文学史上的常识吧。

　　但是，这样的远景眺望乃是以某种观念为不证自明的前提的。这个前提认为应该表现的"自我"先于表现而存在，或者说是一种把应该表现的自我与被表现的划分开来的两分法。这种两分法甚至被扩大到对古典文学的考察。例如，说万叶集时代的人们虽然朴素但他们乃直接地实现了自我表现。其实，要在这里找出"自我表现"实在是犯了时代错误。《万叶集》时代的人们并不具有我们所想象的那种"自我"。这个"自我"乃是在某个发展过程中形成的，而在形成的同时其起源则被隐蔽起来了。

　　我在前一章里谈到，应该表现的"内面"或者自我，并不是先验地存在着的，而是通过一种物质性的制度其存在才得以成为可能，同时我试图将此放到"言文一致"这一制度的确立过程中来加以考察。同样这也可以适用于关于自白的考察。自白这个形式，或者自白这个制度生产出了应该自白的内面或"真正的自我"。问题不在于自白什么怎么自白，而在于自白这一制度本身。不是有了应隐蔽的事情而自白，而是自白之义务造出了应隐蔽的事物或"内面"。

　　此与"言文一致"的制度一样，我们已经很少意识到这是一种制度的存在了。我们观察"言文一致"的确立过程就会明白，这个制度形成了一种既不是过去的"言"也不是过去的"文"的"文体",并且这个制度一旦确立起来其确立过程便会被忘却。人们渐渐认为这只是把"言"转移到"文"的一个过程。关于自白也是一样,所谓自白并非只是告白什么罪过,这是一种制度。在一经确立起来的自白制度中,开始产生出隐蔽之事,而且,人们不再意识到这乃是一种制度。

田山花袋这样回忆说:"我也愿走苦难的道路,与人世间斗争的同时也与自己勇敢地斗争。我也想把放着不曾去理会的东西,遮蔽着没有说出来以及说出来会使自己感到精神要崩溃似的东西,都敞开来做一番观察。"(《东京三十年》)可是,在《蒲团》中所自白的却完全是无足轻重的事。大概田山花袋是有比这些更值得惭悔的事可以自白的。但是他没有这样做,他只是自白了那些无足轻重的事,这里有着自白的独特之处。

岛村抱月评论说:"当然时至今日,前面所举在这方面的创作上的诸作家之外,新近作家中着手于此种写作的也不是没有。但是,他们多写丑陋的事情却没有写心理。《蒲团》的作者则相反,写了丑陋的心而没有写事情。"(《评〈蒲团〉》)就是说,花袋自白的不是丑陋的"事"而是"心",实在说来是写了根本就不存在的事情。那么,这怎样会成为"说出来而会使自己感到精神要崩溃似的东西"呢?其实,花袋所要自白的"放置着不曾理会的东西",已经是通过"自白"这一制度才出现的东西。或者所谓"自我的精神"乃是由自白这一制度而得以诞生的亦未可知。

花袋是准备写"真实"的,可是"真实"者在自白这一制度中已经成为一种可视性的东西。正如精神分析的自白技术使深层心理得以存在一样,自白制度是先于自白行为而存在的。"精神"并非存在于先验性之中,这个精神亦是由自白制度而创造出来的。"精神"常常使人们忘记其物质性的起源。

人们说因为花袋的《蒲团》,日本现代小说的发展方向遭到了扭曲,我们即使承认这种说法也无妨。然而,未遭到扭曲会怎样呢?批评家们所梦想的日本小说应有的正常发展,真的正常吗?如果他们视为模范的西洋之正常性其本身是异常的,那该怎么办呢?如果日本"私小说"的异常乃是因为西洋的异常而发生的,那又该怎么办呢?

岛村抱月(1871—1918)说花袋的《蒲团》写了"心"而没有写"事"。但是,这个"心"并不是当初就有的,而是被创造出来的。"你们听见有话说'不可奸淫'。只是我告诉你们,凡看见妇女就动淫念的,这人心里已经与他犯奸淫了。"(《马太福音书》)这里有一种令人恐怖的颠倒。不可奸淫不仅是犹太教的戒律,也是其他宗教的戒律,但是,在视奸淫之"心"而非其"事"为问题这一点上,基督教有着无以类比的倒错性。如果人们有这样的意识,那就是在不断地窥视色情。他们必须时时刻刻注视着"内面",时时监视从

"内面"的什么地方涌现出来的色情。实际上，这个"内面"正是在这种监视下产生的，而更为重要的是，正是因为这样"肉体"或者"性"被发掘出来了。

这个"肉体"已经十分贫困。自然主义者大肆揭发的那个肉体，已是存在于"肉体的压抑"之下的"肉体"了。对于基督教来说，不管怎样解放肉体或者性，这本身已是存在于"肉体的压抑"之下的。比如，安托南·阿尔托（Antonin Artaud）看了《巴厘岛的演剧》后这样说道："……演员们借助服装转动起来形成象形文字。这种三维度的象形文字进而被有固定节奏的动作、神秘的象征所点缀。这种神秘的象征对应着为我们西洋人所彻底压抑了的某种梦幻般的暗淡的现实。"阿尔托谈的是有关西欧的"肉体之压抑"。肉体无论怎样被露骨地暴露出来，这暴露行为本身依然是"肉体之压抑"的结果。而我们则不必像阿尔托那样遥远地向异文化的彼岸望去，只要看看江户时代的演剧就可以了。

花袋的《蒲团》为什么那样使人们受到感动呢？原因在于这篇作品第一次描写了"性"。就是说，这里写了与此前的日本文学中所描写的性完全不同的性，即由于压抑而得以存在的性。这个新奇之处给人们带来了连花袋自己也没有想到的冲击。他说自己想告白"放置着不曾理会的东西"，而实际上正相反，乃是自白这一制度使人们发现了性。

米歇尔·福柯这样写道：

从基督教的扬善惩恶开始至今，性一直是自白的权威性题材。据说这是人们的隐私。然而，万一与此相反，这个性会不会是由完全特殊的方式作为人们告白的东西而存在的呢？偶尔想来，会不会是必须将此隐瞒起来之义务，也就是必须对此自白之义务的另一面呢？（自白越是变得重要，越是要求严密的仪式，成为产生决定性效果的东西，就越要求更巧妙更细心的注意，并把此作为秘密隐藏起来）。这个性会不会是在我们的社会里，存在于几个世纪以来的自白这一正确无误的支配性体制之下的呢？上述的性之成为一套话语，性现象多样化之分散与强化，恐怕是同一个装置的两个零部件吧。这一切乃是作为强迫人们对性之特殊性——无论是怎样极端的东西——作出表白的自白之核心要素，而有机地组合于这个装置中的。在希腊，真理和性被结为一体是由于要以教育的形式通过身体与身体的接触来传承宝贵的知识。性发挥了支撑知识传授的作用，而对于我们来说，真理与性结合在一起其原因在于自白，在于个人秘密之义务性的彻底表白。不过，这回是真理发挥了推动性及性的发现之作用。（《性史》）

田山花袋的《蒲团》比起岛崎藤村的更具西欧式小说形态的《破戒》更有影响力，其理由正在于此。

这是因为自白、真理、性三者被结合在一起而表现的。这能说是对西洋文学的歪曲吗？应该说，这里露骨地展现了组成西洋社会的某种颠倒之力。

2

明治40年代，当花袋和藤村开始自白之前，自白这一制度已经存在了，换言之，创造出"内面"的那种颠倒已经存在了。具体说来，这就是基督教。他们在一个时期里信奉过基督教这一事实是重要的，虽然对他们来说基督教仿佛是梯子一样的东西，而正因为如此才是重要的。当这一事实被忘却的时候，基督教式的颠倒却持续下来了。正宗白鸟（1879—1962）说：

> 在欧洲诸国旅行时引起我注意的一件事是基督教的势力之大。把基督教排除在外则无法理解欧洲过去的艺术与文学，这是早就知道的，然而，真的踏上了那片土地才更深切地感到了这一点。随着科学的进步，据说已经从过去的迷信中解放出来了，结果真的如此吗？我觉得在欧洲除了一部分有识之士外，整体上宗教的投影仍留存于人们的心中。观大量的通俗电影可以感到一股宗教气，而戏剧上的宗教色彩则对我们异邦人更为明显。但是，模仿西洋的明治日本文坛宗教的影响虽也曾清晰可见，然不久则踪迹全无。提倡过"见神实验"的纲岛梁

川氏的思想亦不曾为文坛所接受。温和的人道主义虽带有近似于基督教的色彩，也不过只反映在诸作家的作品里。……我一直这样认为。可是，近来再作思考，却觉得透谷、独步、芦花，还有自然主义时期的人们频频挂在嘴上并劳神思考的怀疑、惭悔、自白等词语，不正是西洋宗教的刺激所致吗？然而精神上的怀疑也好惭悔也好，在已经从宗教解放出来的人们那里是不会发生的。（《明治文坛总评》）

正宗白鸟的冷静回顾表明：即使这是暂时的现象，也无法否定这一事实——在明治时代的文学家之起点上有基督教的冲击存在。另外，他还暗示，初看起来西欧社会仿佛已离开基督教，而实际上社会的各个方面仍是由基督教组织起来的。确实，如果站在基督教的"影响"视角上，视野便只会被局限住。相反，西洋的"文学"作为一个整体乃是通过自白这一制度而形成发展起来的，应当说不管是否接受了基督教，也不管是否受到其感染，西洋文学是形成于这个自白制度之中的。当然，这没有必要一定是"基督教的文学"。

例如，北村透谷在《论风流并及〈伽罗枕〉》中说，尾崎红叶的小说乃至德川时代的文学里有着"风流"，但缺乏"恋爱"。所谓"风流"是在游廊①里生

---

① 艺妓集中的场所。——译注

长起来的概念,"当时的作家概为游廊里的理想家,同时又是写实作家"。因此,所谓"风流",并非如"恋爱"那样深陷其中不能自拔。

其次,风流之道与恋爱相左之点在于,风流乃非相互之爱。风流之旨本在乎相恋而不痴迷,故讲究使对方堕入情网而自己保持清醒之法。若痴迷恋情则风流之价值已受损伤。着迷则成痴,成痴则当思虑如何得以退出风流。痴迷乃风流智慧之丧失,堕入非风流之恋爱正风流之落第也。故假使不欲退出风流则游廊将使不受诱惑者暗中用心于诱惑,而诱惑之后引身而退则最佳之风流也。吾亦不迷彼亦不痴之恋亦为风流,彼痴迷而吾不迷之中亦有风流在,然彼此痴迷之时,则真正之风流不存也。

然而,透谷所说的"恋爱"绝非自然形态的恋爱。"风流"确实是不自然的,而"恋爱"亦同然。在古代日本人那里存在"恋情"而没有恋爱。同样,古希腊人古罗马人亦不曾知道有什么"恋爱",因为"恋爱"乃是发生于西欧的观念。丹尼斯·迪·罗格奈特(Denis de Rougement)在《西欧与恋爱》中的所论多少有些令人怀疑,不过,西欧的"热恋"即使是反基督教的,也是只有在基督教下才会发生的"病态",这一说法则是正确无误的。若如此,已经承认"恋爱"观念的人,在把内面当作"自然"来观察时，则在不知不觉中实际上已把基督教之颠倒的世界作为"自然"接受下来了。事实上，正如北村透谷所言，"恋爱"乃是在基督教内部及周围发展起来的。青年男女聚集于教会，是为了信仰还是为了恋爱已经到了难以区别的程度。

然而，阅读西洋"文学"本身给人们带来了"恋爱"。代替教会，接受了"文学"影响的人们形成了恋爱的现实之场，花袋的《蒲团》中出现的少男少女们正是其例。恋爱不仅不是自然的，相反是一种宗教性的热病。即使没有直接接触基督教，通过文学，这种恋爱也得到了渗透。引起人们注意的不是"恋"而是"爱"这一奇妙的问题。比如，讨厌基督教的漱石亦是通过恋爱进入"爱"这个问题的。

不过，应该说基督教更直接地存在于"现代文学"的源头上。不用说"文学界"同人及田山花袋、国木田独步等曾经是基督教教徒。如正宗白鸟所说，在明治20年代，基督教具有与昭和初期的马克思主义同样的影响力。尼采说，"基督教需要病态，这与希腊精神需要过剩的健康大致一样。——使其成为病态乃是教会救济组织的本来目的"（《反基督教者》）。追溯明治文学史，我们可以发现在明治20年代"病"突然急遽出现，比如在坪内逍遥的《小说神髓》以及福泽谕吉的著作中是看不到"病"的。日本的"现代文学"始于和

"现代化"意志不同的源头。我们可以从字面意义上的"教会"来观察日本的现代文学。

3

再三言之,我并不想在此论述基督教的影响问题。如果没有等待接受影响之精神状态,则所谓影响是不可能存在的。可以说问题在于,为什么这一时期基督教而且是新教具有其影响力呢?为思考这个问题,我们可以注意一下是哪些人倾向于基督教。

平冈敏夫著《日本现代文学的起始》是从山路爱山(1864—1917)的"精神革命出发于时代的阴暗之处"起笔的。爱山注意到包括自己在内,还有植村正久、本多庸一、井深梶之助等明治时期的基督教徒均系旧幕臣的子弟。"表白其新信仰而决心与天下斗争之青年毫无例外要顺应时代之潮流,此乃论当时之历史不能不注意之处。他们享尽现实之荣华却于未来不抱希望。身处尘世有高贵之地位却少有理想。"(《现代日本教会史论》,1905)

平冈敏夫所重视的是下面这个事实:立志"精神革命"的青年们乃是佐幕派士族的子弟而非平民。"精神革命"在与平民一样或更下层的阶层发生,而其精神革命的意识却产生于并非平民的士族阶层而非平民本身。这一观察很重要。

内村鉴三(1861—1930)写道:"在所有宗教中只

有基督教是从心之内部发起运动的。基督教才是异教徒流泪寻找的宗教。"不过,这种情况主要存在于被明治国家体制排除在外的士族那里。对于外来的基督教(新教)做出敏感反应的是那些已经难以成为武士,而且只有依靠武士才能获得自尊心的阶层。吞下基督教的是充满了无力感和冤恨的内心。从新渡户稻造的《武士道》开始,把武士道与基督教直接连接起来而观之的做法并非偶然,因为他们正依靠自己为基督教徒才使其"武士"地位得以维持下来,而且,这也是明治时期的基督教不可能大众化的理由。

> 我是在经历漫长恐惧的苦闷之后最终决心说服自我成为神学之徒的。如前所述,我出生于武士之家。武士与所有重视实际者一样,轻蔑所有种类的玩弄学问、沉溺于感伤之事。一般情况下还有比僧侣更为非实际的东西吗?他们为这个忙碌的世界所提供的商品是他们自己称之为情绪的这个东西——这种意义含糊不清可有可无之物乃世间最懒惰者亦能制造的——他们以此换来食物、衣服以及其他具有现实的实质性价值的物品。因此,人们说僧侣依赖人的慈悲之情而生存。而我们一直相信,作为求生的手段,比起僧侣之依赖于人的慈悲之情,武士之靠剑生存的方法更为有名誉。(内村鉴三英文著作:《我是怎样成为基督教信徒的》)

但是，实际上在江户时代的和平时期，武士已非"靠剑"生存之人了。武士亦成了"含糊不清可有可无"的存在，而正是要确立其存在的理由，"武士道"的理念才成为必要。武士道得以通行于世乃在于封建制度的存在，那时，他们的"名誉"实际上是有物质基础支撑着的。封建制度崩溃后不久，渐渐暴露出武士乃"含糊不清可有可无"的存在这一事实，支撑"名誉"的基础已全然不存在了。他们相信依靠自己可以立身，然而根本就不存在这种根据。

武士的伦理终究是服从"主人"的伦理。当现实中已经没有了"主人"，怎样才能获得"主人"呢？武士道就这样转向了基督教，其转化过程在某种意义上类似于古罗马帝国的贵族、知识阶层浸透于基督教的过程。他们感到某种不安的袭来，这种不安来自韦伯所说的奴隶制经济的行将崩溃，而他们则如斯多葛派、伊壁鸠鲁派即怀疑论那样，"致力于把精神视为对现实世界的一切无所关心之物"（黑格尔语）。

基督教所带来的结果，是通过放弃"主人"而欲成为"主人"（主体）这样一种逆转。他们通过放弃主人，完全服从于上帝而获得了"主体"。基督教使明治时期的没落士族为之震撼的正是这一颠倒。如西田几多郎（1870—1945）、夏目漱石那样的通过参禅即"把精神视为无所关心之物"，而欲超越烦恼的人并非没有，但应该说，主要是基督教使他们的"新生"成为可能的。

值得注意的是这种"主体"确立的辩证法及物力论（dynamism）。现代的"主体"并非一开始就存在，而是作为一个颠倒才得以出现的。无论怎样接受19世纪的西洋现代思想，这样的"主体"也是不可能出现的。平庸的启蒙主义缺乏这种颠倒，用今天的眼光观之可以视为"现代文学"的东西都无一例外是以基督教为媒介的，这绝非所谓的影响问题。这里包含着"精神革命"，而且"精神革命"乃出自"时代"的充满抑郁情结的阴暗心性。谈论"爱"正是从持有这种阴暗心性的人们那里开始的。他们开始了自白，但这并不是因为他们是基督教徒才开始自白的。为什么总是失败者自白而支配者不自白呢？原因在于自白是另一种扭曲了的权力意志。自白绝非悔过，自白是以柔弱的姿态试图获得"主体"即支配力量。

内村鉴三说：

> 我称自己的日记为"航海日记"。因为这日记记录了可怜的小船穿过罪恶、眼泪和无数的悲哀，驶向上苍而每天前行的历程。或者称为"生物学家的写生簿"亦可，因为这里写下了一个灵魂由种子成长为谷物、有关发生学之成长的形态学生理学上的所有变化。这个记录的一部分今天将公布于众，读者们可以从这里得出自己想得到的任何结论。

（内村鉴三英文著作：《我是怎样成为基督教信徒的》）

我们不应将此视为一种谦虚的态度。我没有隐瞒任何东西，这里有的是"真实"……所谓自白就是这样的一种表白形式。它强调：你们在隐瞒真实，而我虽是不足一取的人，但我讲了"真理"。主张基督教为真理乃是神学家的道理，而这里所谓的"真理"是一种不问有无的权力。

支撑自白这一制度的就是这种权力意志。今天的作家说我什么观念思想都不主张，我只是在写作，然而这正是伴随"自白"而来的颠倒。自白这一制度并非来自外在的权力，相反是与这种外在权力相对立而出现的，正因为如此，这个制度无法作为制度被否定。今天的作家即使抛弃了狭义的自白，"文学"之中依然存在着这种自白制度。

4

在内村鉴三那里典型地反映了"主体"确立的动力形态。他在札幌农业学校时受高年级同学逼迫而在"信奉耶稣者誓约"上署名，不过，因此他一举解决了以前令人烦恼的问题。他是一个有虔诚信仰的孩子，愿意对诸神的禁忌忠诚到底，可是，"因为有多种多样的神，诸神的要求发生矛盾冲突，必须同时满足几个神的要求时,善良人的立场会变得悲惨。要满足诸神平息矛盾冲突,我自然变得很焦急,成了一个胆小怕事的孩子。我拼凑了一份可以奉献给任何神的普通的祈祷文"。对这样的少年来说,基督教式一神教所具有的"实际利益"是非常明显的。

以前,当一个神社映入我的眼中时,我习惯中断说话在心中献上自己的祈祷,而现在我可以在登校的途中一边谈笑一边走路了。我对被强迫在"信奉耶稣者"的誓约上署名一事并不感到悲哀,一神教使我成了一个新人,我又开始吃大豆和鸡蛋了。我觉得自己彻底理解了基督教,唯一神这一思想是如此的有灵验。这个新的信仰使我的身心变得健全,使我变得进一步集中精力于学习了。我狂喜于自己身体获得的活力,自由随意地步行于山野,观察着山谷中盛开的花,天空上飞舞的鸟雀,我感到了与自然的沟通并想与自然之神对话。(内村鉴三英文著作:《我是怎样成为基督教信徒的》)

如此这般戏剧性地描写由多神教向一神教转变的文字我不曾见到过。通过一神教,自然开始以单纯的自然展现在人们面前,内村第一次获得了"精神的自由",或者"精神"本身。仅取上一段文字观之,这与其说是基督教的不如说是旧约圣书式的。另外,在某种意义上这亦是一种"风景之发现"。以前的自然曾经蒙上了各种各样的禁忌和意义，而把自然作为唯一神的造化来观察时便成了单纯的自然。这样的自然（风景）只能存在于"精神"之中，换言之，只能存在于"内在世界"中。我在前面谈到国木田独步——他也是基督教徒——的"风景之发现"，其实应该先举内村鉴三为例的。就是说，日本的"风景之发现"乃是由于一种"精神的革命"带来的。有关国木田独步属于浪漫派还是自然主义派的议论之所以空泛无结论，就在于这些都是只在西洋文学史上才有意义的表面化的区分。例如，浪漫派的泛神论乃是一神教的另一面，与多神教不同。前面引用的内村文章中对"自然之神"的赞歌几乎都是泛神论式的，当然转向一神教这是可能的。

对于内村鉴三来说，一神教是绝对重要的。现实中的基督教分成诸派相互斗争，这正与所谓多神论的诸神之纠葛相似，内村则通过信奉一神教而超越了这一矛盾。他那独立于任何宗派的基督教当然是旧约圣书式的，实际上，比起倾心于耶稣来他更倾心于预言者耶利米。

在整个旧约全书中没有做出一件奇迹之事的耶利米，是以人之所有的坚强性与懦弱性的姿态展现在我的眼前。我自语道："所有伟人不就是预言者吗？"我又回忆起信仰佛教的祖国的全部伟人来，

> 将其言行与耶利米比较，得出了下列结论：跟耶利米搭话的那个上帝，也可以跟我们同胞中的某些人搭话。（内村鉴三英文著作：《我是怎样成为基督教信徒的》）

《日本的代表人物》一书便是以这种观点来写作的。另外，"从预言者那里习得关于怎样救国"的道理亦促发了他的非战论。他试图通过站到唯一神一边而独立于日本，同时也独立于"基督教国家"。反过来说，他那拒绝任何意义上之服从的武士独立精神，通过服从于唯一神而获得了绝对的"主体"性。内村的颠倒是极为激烈的，因此他的基督教给下一代带来了绝大的影响。"主体"只有在这样的颠倒中才得以存在，这在明治20年代的文学中得到了充分的显示。主观（主体）—客观（客体）这一对现代性的认识论今天仿佛是不证自明的，原因正在于这个颠倒被掩盖起来了。正如内村鉴三所示，主体（主观）在多神论之多样性的压抑下才得以成立，换言之，这正是"肉体"的压抑。而值得注意的是，这种压抑也是单纯的肉体之发现。明治20年代到30年代初具有基督教背景的人们，不久纷纷转向自然主义，这并不奇怪，因为他们所发现的肉体或欲望，乃是存在于"肉体的压抑"之下的。

例外的是志贺直哉。他是内村鉴三的弟子，经过与内村的抗争成为小说家，这很重要。关于其中的经验志

贺这样写道:

> 在接触基督教以前我是一个精神上和肉体上都健全的孩子。喜欢运动、棒球、网球、划船、机械体操、长曲棍球（lacrosse），样样都做。……然而，只是在学问上却很怠慢。傍晚回到家里腹中空空，饭要吃上六七碗。进了自己的房间便什么也不想做，摆个样子坐在书桌前却马上困得不成样子。这就是我当时每日的生活。
>
> 但接触了基督教之后，这一切都发生了变化。
>
> 说到信基督教的动机，这很简单。因为本家的一位书生在传教运动盛行的时候受了洗礼，这大概就是全部的动机。
>
> 但由此我的日常生活发生了变化。我停止了一切体育运动。这并没有什么大不了的理由，只是因为，1. 渐渐觉得这种运动是如何的没意义；2. 产生了把自己与大家区别开来的情绪……
>
> 于是，那天晚上我找到一位男干事，要求退出体育活动。改革校风这种事，正如今天做出的决议那样，并不是从外部实行求其内心的改良法所能完成的事，应该注入些什么东西然后自然地实行离心的改革。我用了某人在社会改革良策的演说中的话作为理由，终于说服干事让我退出了体育运动。我很得意，感到了未曾有过的自豪。对于当时并没有

什么一定要用宗教来慰藉创伤的我来说,这乃是宗教给予我的可感谢的安慰了。我越发感到众人所做的事情十分愚蠢,于是上完课我便马上回家,开始读各种各样的书籍,翻阅了许多传记、说教集、诗集等。我以前也并非没有读书癖的人,不过读的都是小说之类而讨厌正经的书。

在一段时间里我感到这样的生活很不错,可是不久之后起了苦闷,这便是性欲的压抑。(《浑浊的头脑》,1910)

从以上叙述观之,我们仿佛可以轻而易举地得出这样的结论:志贺并没有接触到"真正的基督教"。而实际上,或许应该说正是"极为健康"的志贺真的了解了基督教世界为何物。是基督教逼迫"精神上肉体上都"健康的男子走向了病态的虚脱状态。"基督教试图支配猛兽,其手段是使其变得病弱不堪——使之弱化正是基督教为驯服、为'文明化'而开出的药方。"(尼采《基督教的叛逆者》)

对于志贺来说,基督教中的"奸淫"问题才是真正的问题。在他那里,"奸淫"不单是"性之放纵",实际上还包含了当时屡见不鲜的同性恋问题。而在基督教中同性恋才第一次被视为性倒错。弗洛伊德认为所有儿童都是多形态性倒错的,不过这个性倒错概念本身亦是从犹太教移用过来的,精神分析的思想架构亦基于这个犹太教。

由基督教看来,"肉体"乃是一种倒错的存在,一个肉体只有在与"精神"对立的情况下才得以成为肉体。志贺对基督教的抵抗并非理论的抵抗,可以说他在此看到了使多形态多样化的肉体(欲望)集约化的专制主义的存在。对他而言,"主体"乃是一种暴力性的压抑,别人是从"意识"出发,而他则觉得"意识"充其量不过是"浑浊的头脑"。

如果"现代文学"起步于一个主体、主观、意识,那么,志贺抵抗的正是这种颠倒,他的抵抗始于对"一个主观"的怀疑。在《克劳缔斯的日记》里,他描写了令人震惊的"杀人"。自己(克劳缔斯)"一次也没有想到要杀害哥哥",可是,在一个秋夜出去打猎兄弟两人同寝于一个野外小棚子里时,却发生了这样的事情:

> 疲惫不堪的我不知何时被睡意缠绕,想着想着便堕入了昏睡状态。自己一边觉得是在梦与现实之间一边走进了梦乡,而在还未睡熟之际,忽然被奇妙的声音所惊醒,睁眼观之不知何时煤油灯熄灭了,哥哥在黑暗中低低呻吟。我马上想到哥哥一定是梦魇了。那么凄惨的声音,仿佛被扼住脖子一样。我自己也觉得心情不快,想坐起来而不能,便半卧着探出上身来,这时不知怎的忽然在脑海里升

起了奇怪的想象。这想象使自己也为之一惊,在哥哥的梦中一定是我扼住了哥哥的喉咙!就这样,黑暗中在脑里浮现出自己各种各样的恐怖之相,同时甚至浮想起那时的杀意。我感到这太残忍了,糟了,已经做了那般残忍的事……

第二天早上我感到很疲惫,可哥哥却根本不知道梦魇一事似的跟我谈起今天的狩猎计划来。我安心了。可其后那可怕的想象不知怎的常常忽然回忆起来,每当这时我便感到一种痛苦。

在自己的梦中杀害哥哥是常见的,这是在梦中还是在现实之中发生的不很清晰,这种情况亦不鲜见。但这里所描写的则性质完全不同,他是在哥哥的梦中杀了哥哥。下面是梅洛-庞蒂(Merleau-Ponty)所举的例子,我觉得可以说明志贺的构想为何物。

那是一个小女孩的故事。她坐在家中女佣人和另一个女孩的旁边,显出有些不安的样子,不一会儿她突然打了旁边女孩一巴掌,当有人问她理由时,她却刁难说因为那个女孩打了她。从这个女孩认真的表情看不像是在说谎。没有什么诱因她便打人,而且打了之后马上说是那个女孩打了她,这明显的是侵入他人的领域。……幼儿本身的人格同时也是他人的人格,正因为两个人格没有区别,所以

才使这个转嫁成为可能。这种人格之无区别乃是以幼儿意识结构的整体为前提的。(《眼睛与精神》)

人们称志贺为具有儿童性格和原始人性格的理由正在于此,但更重要的是志贺感受到了做出我为我、他者为他者这一区别之前的肉体性。身体这个场是作为"向多方向同时生成的关系之网"(市川浩语)而存在的。"精神和肉体之实体性两分法,使两者的关系以及人和物、人和他者的关系变成了一种外在性的关系,隐蔽了作为关系性存在的人类之应有的状态"(市川浩:《人称之世界的结构》)。

根据《哈姆雷特》改写的众多作品越来越倾向于将此解释为表现"自我意识"的戏剧,而志贺则从根本上将此翻了过来。他直觉地感到,与希腊悲剧不同,莎士比亚的"悲剧"只存在于基督教的世界里,他看到了将主体作为主体确立起来的颠倒性。他与内村鉴三的关系并不仅仅是一过了之的麻疹似的关系,而且他抵抗基督教并非出于对基督教的"无知",而是一种本质的抗争。如前所述,志贺看到了内村鉴三内在的专制主义。这个专制主义主要指向"肉体",内村的"主体"是作为对多形态的、多神论的肉体实行专制性支配而存在的。

> 大概不存在把主体设想为只有一个的必然性

吧。设想主体是多数的，恐怕也没有什么关系。这些多数的主观之协调和斗争大概就存在于我们的思考中，总而言之，即存在于我们意识的根底。或者是掌握支配权的"诸细胞"的一种贵族政治？已经习惯了相互统治，懂得了相互命令的同类之间的贵族政治？

以肉体和生理学为出发点。为什么呢？——我们主观的统一是怎样一种东西呢？这可以同时表征为下面两点：主观是代表一个共同体之顶点的统治者（而非"灵魂"或"生命力"）；这个统治者使被统治者及个体可能成为依存阶级秩序和分工的诸条件之整体。活的统一不断生成死灭，这与"主观"并非永远不变之物这一道理是同样的。

主观直接探究有关主观的问题以及精神上的所有自我反省都是危险的事情，这种危险在于将自己伪装起来进行解释，这种做法对解释活动可能是有用的、重要的。所以，我们要质疑肉体，拒绝已经变得敏锐的感官之证词。可以说，我们是在试图弄清楚：隶属者自身是否能达到与我们结成相互交涉的关系。（尼采：《权力意志》）

志贺直哉对内村鉴三做出的反设定大概可以用上述尼采的话做简要的概括。不过，与尼采一样，志贺的认识亦出自基督教这一"病态"。他的作品乃是一种"自白",也因此常常遭到非难。然而,把志贺的作品作为"自我绝对性"来批判则是无的放矢,因为他的作品是一种所谓"自我"之复数性的世界。具有讽刺意味的是,他的作品被冠以"私小说"之名,而实际上这是个与"单数的自我、主体"无缘的世界。如果说想要排除自白的人实际上正处在自白制度之中,那么,志贺则是在自白之中与自白这一制度进行着格斗。

从志贺看来,发生于明治20年代的认识论装置的结构蜕变是清晰可见的。宗教和文学上的主观(主体)之确立,在某种意义上与"现代国家"的确立相对应。比如,使少年内村鉴三苦恼的多神论矛盾存在于明治时代的各种层面。内村说:"君、父、师构成青年的三位一体,在他的思想中不存在三者的优劣等问题。最使他苦恼的是,当这三者同时落入水中时,而且在他只能救出一个人的情况下,他该救谁好呢?"然而这个问题不过是封建时代里形式化了的矛盾而已,在这里并立着天皇、将军、藩国大名①。曾经有过像水户学派那样,试图将这种阶级爵位明确化的尊王思想,但实际上因为暧昧不清而放置下来了。矛盾是存在的,但未能构成现实性的纠葛与斗争。

促使这一矛盾现实化的是在佩利②的来航之后,明

---

① 诸侯。——译注
② 美国海军军人,1853年率舰队登陆日本迫使其开港,标志日本现代化之始。——译注

治维新建立起以天皇为主权的体制。然而,明治政府依然不过是萨长势力①,与对立的集团处于割据状态。这在与少年内村不同的别种意义上,引起了人们的忠诚或同一性之多神论式的纠葛。明治国家作为"现代国家"到了明治 20 年代才得以成立。"现代国家"只有通过集中化、同质化才能够确立起来,当然这是在体制上的确立。而更为重要的是,与此同一时期,在所谓反体制方面的"主体"或"内面"也确立起来,并开始了相互渗透。

今天的文学史家称赞明治时代文学家的勇敢斗争是为了"现代自我的确立",实际上这只能是对渗透于我们之中的意识形态的一种追认而已。例如,把自我、内面的诚实对立于国家、政治的权力这种思考,则忽视了"内面"也是政治、亦为专制权力的一面。追随国家者与追随"内面"者只是相互补充的两个方面而已。发生于明治 20 年代的"国家"与"内面"的确立,乃是处于西洋世界的绝对优势下不可避免的。我们无法对此进行批判。需要批判的是把由那种颠倒所产生的结果视为不证自明之事的今日之思考方法。人们都要追溯到明治时代以确立自己的思考根据,所见到的印象相互对立,然而这些对立既相互补充,同时又隐蔽了各自的起

---

① 萨长指萨摩国与长门国,都是日本西南部的诸侯国,明治维新始于萨长势力推倒幕府运动的成功。——译注

源。单纯地改写"文学史"是不够的,我们应该弄清楚文学作为一种制度是怎样不断自我再生产这一"文学"之历史性。

英文版第三章补记(1991)

内村鉴三向我们展示了一个实例,即在"从属于上帝"(being subjectto Lord)的情况下"主体"如何形成的辩证过程。他是以对基督上帝的忠诚来取代对封建君主的忠诚的。然而,现代性的主体却忘记这个起源,通过将此与心理上的自我相混同而形成。实际上,日本的代表性作家和知识人几乎都舍弃了基督教而成了爱默生(Emason)式的先验论者甚至人道主义者和社会主义者。如我在第五章中所述,明治时期的基督教与16世纪的耶稣会基督教不同,前者并没有渗透到大众层面,只是在知识阶层中,和现代西洋的时代气息一起得到了传播。如果说日本现代文学的构筑基督教起到了不可缺少的作用,那么,这应该归因内村鉴三的影响。应该说只有在内村那里,其主体性得到了彻底的贯彻。对他来讲,主体意味着排除对上帝以外的其他任何东西的从属,不论国家也好教会也好。这使他在与天皇制及帝国主义的激烈对立中,以及晚年对现代人道主义和社会主义的批判方面,受到了双重的孤立。

有岛武郎(1873—1923)、正宗白鸟、小川内熏、志贺直哉等众多现代的代表性作家,都曾有过在内村那里生活一段时间的经历。对这些作家来说，抛弃基督教意味着背叛内村本人。因此，抛弃基督教这一行动不单是随着时代之流行而转向，它需要一种真正思想上的格斗。他们中间的志贺直哉几乎没有引起人们的注目，因为他仿佛对基督教没有表现出什么理解来。在志贺的作品里，"心情"起着支配性的作用，好像这个"心情"游离于自我而独立着似的。例如，志贺说"思う"时，意思不是英语的"I think"而是"I feel"，进一步准确地说应该是"It thinks in me"或"It feels in me"。一般来说，心情是随意的，可是在志贺那里，这却是强制性的东西。对他来说，主体只是作为从属于It（being subject It）的。这个"It"大概可以比之于弗洛伊德的无意识，或者与海德格尔称之为"存在"的非人称主体无意识相近。

志贺被视为私小说作家的典型，可是在其他私小说作家那里却没有这个称为"心情"那样的东西。对其他人来说，私小说只涉及心理上的自我。但志贺的主体因只从属于"It"而存在，故反而仿佛主体不存在似的。值得注意的是，这个主体是对内村的颠倒，在与内村的格斗中才有可能存在。因此，志贺受到了对私小说持否定态度的芥川龙之介和小林秀雄甚至马克思主义作家们的敬畏。

四　所谓病之意义

1

谁都知道下面这首歌:"纯白的富士山峰翠绿的江之岛/仰首望去如今泪潇潇/面对十二位不再归来的雄壮英灵/欲献上祭奠的心意"。而且,说到这首歌所唱的"七里浜事件",谁都会忆起那可嘉而又可怜的故事。这就是发生于明治四十一年(1908)的逗子开成中学学生六人于七里浜乘船遇难事件。不过,在读到宫内寒弥的小说《七里浜——某种命运》(新潮社)之前,我并没有思考过这事件实际上是怎么一回事。

事件发生后,学校宿舍的舍监石塚教谕引咎辞职。小说中这位教谕的儿子后来流落于冈山地区,在那里结婚改从养父之姓,现在是一位老年的无名作家,他来阐明这一事件的真相。据小说讲,事实真相仿佛是六名品行不端的中学生想射杀海鸟当野餐,便乘舍监不在而擅自乘船出海遇难的。追究失职舍监的责任是理所当然的,不过,这一在今天亦常常发生的事件一夜之间变成了神话，必当另有原委。比如，参加示威游行的学生之死一夜之间作为革命行动而被传为神话，当是可以理解的。然而，这一事件被传为神话，其中潜藏着某种不透明的颠倒。

具体说来，在告别仪式上，镰仓女子学校教谕三角锡子作词、配上新教圣歌《当我们回家时》而由女学生们所唱的上面这首歌，使事件忽然变形而转移到另外的层面上去了。这首歌非常巧妙地美化了到处都存在的鲁莽中学生的愚行，而其社会性的神话作用是怎样一种东西呢？眼下可以肯定的是这种神话作用来自基督教圣歌——语言与音乐——的效果。或者可以说构筑起这一事件——除去遇难的"事实"——的是彻头彻尾的"文学"作用。

当然，宫内寒弥对此未必是清醒的，可是他的解释暴露了这种神话化背后潜藏着的淫靡的倒错。该解释基于作词"纯白的富士山峰……"的女教师三角锡子的清教主义与自我欺骗。39岁的锡子为治疗结核病转至镰仓并在此做教师，"为了恢复健康"希望结婚。不用说"为了恢复健康"这个理由是怎样一个自我欺骗的理由，她本人并没有注意到。做媒的学生监督把舍监石塚教谕留在镰仓谈这件事的时候，事件发生了。年少10岁的石塚接受这一婚事后，女方的锡子却不理石塚。他则不单为事件负责，还为不堪忍受此事而辞职隐身而去。上面那首歌产生于锡子的清教徒式的性压抑当是明白无误的，简言之，在锡子和石塚两方都有"文学"在发挥作用。

之后，在哈萨林做中学教师的石塚对儿子严下禁令：到结婚为止不准读小说，并且在院子里烧掉儿子违令偷偷买来的世界文学全集。对此形成反抗心理的儿子则立志于文学，以无名作家从事写作，至今已成老龄。这位无名作家从父亲对小说的异常反应推测到：事件之前父亲曾受到德富芦花（1868—1927）《不如归》的强烈感化，移居逗子与接受年纪大10岁的女教师的求婚，都仿佛和这种浪漫主义有关。后来，无名作家在研究《不如归》的过程中有种种发现，如中学生六人所乘小船是曾经不知何故而沉没了的司令舰"松岛"所属的小艇，《不如归》中的浪子原型陆军元帅大山严的长女的小弟弟曾与"松岛"一起死于沉船等各种各样因果关系相连的事实。这位无名老作家在田地里最后产生了这样的心境：

我觉得不管怎么说，自己生于此世虽非所愿却不得不心怀文学之志度此一生，概由发端于小说《不如归》之因果关系，在田地里我这样坚信起来。由于这个确信，在自己已完全成了人生的落伍者时，我感到对亡父及七里浜遇难事件，于他人所不知的心底不断燃烧着的怨恨之火，突然消逝而去。

对于这位主人公来说，或许这样也就了结此事，而"七里浜事件"也不会有更复杂的问题了。然而，当主人公说自己坚信所有这一切都发端于小说《不如归》，其"冤恨之火"也便消逝时，我感到一种情不自禁的焦躁。他在剥除此事件的神话色彩同时，却没有将存在于神话化源头中的"文学"之神话作用对象化，对自己自始至终纠缠于"文学"的神话里没有感到什么不安和怀疑。当然，不仅是这位主人公，还有绝大部分作家都是这样毫无自觉地安住于这个圆环里的。一开始就有"文学"存在！作为开始的"文学"本是派生性的东西，而正是在仿佛文学就是一切之开始似的地方，存在着"文学"的神话。

　　的确，这个"七里浜事件"是因女教师及女学生以及高兴接受这个事件的社会而被传为神话的。但是，这里的问题不在于当事者及其社会，而在于小说《不如归》本身。这篇小说与泉镜花（1873—1939）的《妇系图》（1907）并列，是明治末期被最为广泛阅读的作品之一。这一作品的流行不仅在于其通俗性，还在于其中凝缩着某种具有感染力的颠倒。

2

　　众所周知，德富芦花的《不如归》（1897—1899）

以患了结核而行将死去的浪子①为女主人公,她的母亲亦死于结核,本人则在严厉的继母虐待下成长起来。在这一点上蹈袭了日本古来"继子受虐"的故事传统。另外,她还受到小姑的虐待,这亦有传统的故事原型。正如柳田国男指出的那样,继子受虐的故事并非现实中有这样的事实而被表现,现实中即使没有亦为人所喜爱。可以想象这个故事原型从父系家族制度成立以来便开始存在了。这个父系制的不自然性——当然不是说母系制就自然——希求继子受虐故事的存在。《不如归》与其说是在否定这个原型的存在,不如说是完全依赖于此。作为"现代文学"作品,它没有二叶亭四迷、北村透谷、国木田独步等的文学作品的尖锐的颠倒性,是完全符合新派文学舞台的作品。

但值得注意的是,使浪子死去的并非继母、小姑和什么坏人,而是结核。对她的丈夫武男来说,使她成为难以接近的人的正是这个结核病。不是人与人之间的矛盾纠葛或者"内面"使她变得孤独,而是所谓眼睛看不见的结核菌带来了她与世界之间的距离。换言之,在这篇作品中,结核乃是一种隐喻。而浪子因结核变得美丽病弱,成了作品的关键之处。

　　粉白消瘦的面容,微微颦蹙的双眉,面颊显出

---

① 女子的名字。——译注

病态或者可算美中不足，而瘦削苗条的体形乃一派温顺的人品。此非笑傲北风的梅花，亦非朝霞之春化为蝴蝶飞翔的樱花，大可称为于夏之夜阑隐约开放的夜来香。

然而，难解难融的恨之块垒深潜在心底，他每夜卧于吊床，伴随着歼灭北洋舰队战死沙场之梦而出现的，是那裹着雪白披肩的病弱浪子的面影。

音信不通已有三月，她是否还活着？如我一日不曾忘记那样，她亦每日在思念我吧，虽不曾誓言同生共死。

武男这般想来，更忆起最后相见之时。十五的月亮爬上松梢，在逗子朦胧的傍晚，送自己出征立于门前说"早日归来"的那个可人现在何处？深情眺望，仿佛感到裹着白披肩的那个身姿又从月光中走过来。

这个浪子形象乃是典型的浪漫主义形象。许多人已指出浪漫派与结核的联系，而苏珊·桑塔格（Susan Sontag）在《作为隐喻的疾病》中写道，在西欧18世纪中叶，结核已经具有了引起浪漫主义联想的性格。结核神话得到广泛传播时，对于俗人和暴发户来说，结核正是高雅、纤细、感性丰富的标志。患有结核的雪莱对同样有此病的济慈写道："这个肺病是更喜欢像你这样写一手好诗的人。"另外，在贵族已非权力而仅仅是一种象征的时代，结核病者的面孔成了贵族面容的新模型。

勒内·杜博斯（René Dubos）指出："当时疾病的空气广为扩散，因此健康几乎成了野蛮趣味的征象。"（《健康的幻想》）希望获得感性者往往向往自己能患有结核。拜伦说"我真期望自己死于肺病"，健壮而充满活力的亚历山大·杜马斯则试图假装患有肺病状。

实际上，蔓延于社会的结核其状况是非常悲惨的。但我们这里讨论的结核则与此社会实际相脱离，并将此颠倒过来而具有了一种"意义"。结核或一般的疾病内含着上述的价值颠倒而成为一种"意义"，这样的事在日本是不曾存在过的。正如我后面要叙述的那样，这种情况只存在于犹太—基督教的历史语境中。西洋的结核神话化确实产生于现代，而其渊源则极为深远。

例如，桑塔格这样分析道：

> 时至18世纪人们的（社会的、地理的）移动重新成为可能，价值与地位等便不再是与生俱来的了，而成了每个人应该主张获得的东西。这种主张乃是通过新的服装观念及对疾病之新的态度来实现的。服装（从外面装饰身体之物）与疾病（装饰身体内面之物）成了对于自我之新态度的比喻象征。（《作为隐喻的疾病》）

可以说，《不如归》所散布的首先是这种流行式样即装饰。陆军中将子爵的长女和海军少尉男爵川岛武男获得了作为一种印象的贵族性，进而与西欧疗养胜地相对应的是逗子①海滨胜地，使"七里浜事件"中的教师着迷的正是这种印象。后来大概是崛辰雄以如此手法使轻井泽②成为一种流行样式的。总之，结核不是因为现实中患此病的人之多，而是由于"文学"而神话化了的。与实际上的结核病之蔓延无关，这里所蔓延的乃是结核这一"意义"。

应该说通过结核这样的服饰人们所主张的是如索塔格所谓"对于自我之新态度"。在发展到"第三种新人"阶段的现代文学里，有着结核与文学的令人羞耻的结合。当然，令人羞耻者不是结核这一事实，而是结核所具有的意义。这个意义的流行正是从《不如归》开始的。

桑塔格前不久访问日本时，不知受了谁的说法的影响，她也认为在19世纪的日本不曾有过浪漫主义。19世纪大半部分属于江户时代，浪漫主义之不存在乃是理所当然的事，相反我们可以举世末日本的浪漫派为例来批判她无知的先入之见。但是，桑塔格的先入之见和我们对此的批判，两者都是以实体论方式来看浪漫主

---

① 地名，在伊豆半岛境内。——译注
② 地名，在群马县境内。——译注

义，以线性历史发展的顺序来观察事物的。这里，确实无疑的只有一个事实，即不管是否称其为浪漫主义，明治三十一年（1898）创作《不如归》时，已经发生了一种根本性的颠倒。可以说，将此颠倒称为浪漫主义了事，乃是对这个颠倒的忽视。因为，这里凝缩了西洋式的某种"颠倒"，浪漫主义则不过是此颠倒的一部分而已。

正如反复强调的那样，我并非以"文学史"而是以"文学"的起源为思考对象的。表现在《不如归》中的结核所具有的意义，或者说与此相关的生死所具有的意义是怎样一种"倒错性"的东西，要对此做出观察，我们可以参照几乎写于同一时期的正冈子规的《六尺病床》。

> 六尺病床，这就是我的世界。然而，仅此六尺的病床对我来说亦是太宽阔了。病魔缠身我只能稍微伸出手来触摸到榻榻米，而无法把脚伸到被褥之外使身体略微舒坦一点。有时甚至为极大的痛苦所折磨，身体一点儿也不能动弹。痛苦、烦闷、哭泣、麻醉剂，不过是在死路一条中寻求仅有的生路，于无可期待中贪得一点儿安乐。即使如此依然希望能多活些时日，每天所读限于报纸杂志，且时常连这一点儿读物也不能阅读而痛苦难言。读之则时有令人生气，搔到痛痒处的时候，偶尔也有不知何故读来高兴忘了病苦之时。年复一年，已是六年

不知世间事的卧床病人的感觉,就是这样的。

这里没有丝毫浪漫派式的结核意象。子规说,"观我国古来文学家艺术家,名扬一世誉载千古者,多为长寿","国外亦无大差别"(《芭蕉杂谈》),他对短命天才之说不屑一顾。当然,子规的短歌俳句改革与为结核所迫的现实和生理问题并非毫无关系,但他始终与作为"意义"的结核无缘。

我在前文说过,国木田独步所发现的"风景"与子规的"写生"性质不同,前者是建立在某种内在的颠倒之上的。关于结核的问题情况也是一样。上引子规的文章是对所谓结核进行"写生",将痛苦当作痛苦、丑恶当作丑恶承认下来,代替"对于死的憧憬",他对生存坚持一种实践的姿态。与此相反,写于同时期的《不如归》则是把结核当作一种隐喻。

3

到此为止,我叙述了有关明治20年代伴随知识制度的确立所隐蔽了的东西。这些隐蔽了的东西相互关联着。讨论这一时期的"颠倒"问题,其困难之处正在于这种相互关联相互规定的复杂状态,绝非从一个视角就可以解释清楚。例如,对于结核的文学性美化不仅与关于结核之知识(科学)不相矛盾,相反是与此相生共存的。如《不如归》中武男的母亲这样说道:

> 武男，你知道好多疾病中就数这病最可怕了。你也听说了吧，那个叫东乡的知事，还有你常和他打架的那孩子的妈妈就是前年四月因肺病死的，那一年的年底老东乡结果也死于肺病的不是？还有那个知事儿子不也是前不久得了肺病死的。这不都是那母亲传染的吗？这种事还有不少呢。武男，所以我说这病可不能疏忽大意，疏忽了可了不得。
> （《不如归》）

这里，结核乃是由结核菌形成的一种传染病，这个医学上的知识已经成了一个前提。另外，科赫（Koch）发现结核菌是在1882年（明治十五年）。正是这一知识成了使浪子离婚、武男疏远于她的原因。换言之，不是结核病本身而是有关结核的知识才是其原因所在。在作品中，结核菌乃是被当作发挥作用的主体（尼采）的。然而，这个知识真的是科学的吗？费耶阿本德（Feyerabend）极力说，在科学史上促使某种学说成为真理的乃是大众宣传（《反方法》）。他以伽利略为例做了讨论，而与结核菌的发现同时出现的事态恐怕更清晰地证实了他的论点。在科赫发现结核菌之前的西洋，结核被认为是一种遗传病，但到了1921年，疫苗（BCG）的试制成功不仅使结核的预防成为可能，而且由于链霉素等的发现使结核病的死亡率大大降低，这些都已经是常识了。不过，这里值得注意的是，结核由于微生物（细菌）而产生，这一发现形成了使从前的医学思想发生变化的新参照系统。这个参照系统是由巴斯德（Pasteur）和科赫所主张的，标志着疾病特殊原因论的胜利。

  病原体说，广而言之疾病特殊原因论几乎经历了一个世纪，终于打破了希波克拉底的传统。每种疾病都有各自明确限定的原因，通过攻击成为原因的作用因子，如果这不可能，则可以通过对身体发病部位进行集中治疗，便可以扑灭疾病，这是该新学说的核心思想。这种学说脱离了重视作为一个整体的患者，进而重视患者的整体环境的古代医学。在巴斯德于巴黎医学学会上发言时的论争中，这两种观点的不同得到了戏剧性的展现。（勒内·杜博斯：《健康的幻想》）

"病原体"的发现，给人们以这样的幻觉：就好像以往各种传染病都可以通过医学来治疗似的。然而，西洋中世纪及近代的传染病实际上在发现"病原体"的时候就已经被消灭了。这乃是包括下水道设施等城市改造的结果，不用说，推进城市改造的人们根本不知道什么细菌或卫生学。关于结核的情况也是一样。

  比如，结核广为流行期间，最容易受其感染者往往年纪轻轻便死去了而没有留下子孙。相反，生存下来的大多数人往往在遗传上具有高度的自然抵抗力,并将此传给其子孙。现代西欧社会结核死亡率的降低,一部分是由于使受感染性高的亲族大量消灭的19世纪大流行病所导致的淘汰结果。(勒内·杜博斯:《健康的幻想》)

就是说,结核菌并非结核的原因。几乎所有的人都受到结核菌以及其他微生物病原体的感染。我们与微生物同生共存,如果没有微生物便不可能消化,人们将无法生存。体内有病原体与发病完全是两回事,西洋16至19世纪结核的蔓延绝非结核菌造成的,而结核菌的减少亦非受益于医学的发达。我们不应该去追问什么是其终极的原因,其实要找到一个"原因"这样的思想正是神学、形而上学的思想。

正如杜博斯所指出的那样,"人与微生物的斗争"这一印象完全是神学式的,所谓细菌乃是肉眼看不见的无所不在的"恶"。比如,关于虫牙往往被说成是小恶魔的活动,而给人们造成一种错觉。虫牙几乎完全是遗传性的,因此刷牙也无济于事。而刷牙只不过有其另外的文化价值而已。科赫确实发现了结核菌。然而,认为这就是结核的原因则是一种大众宣传。不仅如此,人们轻易接受这种学说乃是由于神学的意识形态所使然。正是在明治20年代这一学说得到了普及,《不如归》中浸透了这一学说的意识形态一面。在这里结核就仿佛是原罪一样的存在，也因此，浪子为基督教所吸引。这篇小说是一种巧妙的大众宣传，此种宣传有着结核菌所没有的感染力。

4

《不如归》之后，结核蒙上了文学性的印象，不过现在我要讨论的是其医学的印象问题，这些都是相互关联具有同一源流的。

苏珊·桑塔格从自己患癌症的经验，注意到疾病怎样作为隐喻而被利用这一事情，认为"应该弄清楚这种隐喻的本来面目并从这种隐喻中解放出来"。她说："我想说的是，所谓疾病并不是隐喻等，因此对付病的办法是扫除包括隐喻在内的病之观念，患了疾病便与之抵抗到底，这才是最正确的办法。"在诸种疾病中，结核与癌症乃是最具代表性的隐喻，现在结核已经成为可治疗的疾病，因此，癌症便成了凶恶的隐喻而得到大量的使用。例如，为了极端表示某一事件、状态的无法解决之恶性，便称此为癌症，如说"东京都行政的癌变……"桑塔格的意见是，弄清楚癌的本来面目治疗成为可能之后，这种隐喻当会自然消灭。

但是，不能说因为癌症作为这样的隐喻被使用而使癌症患者受到伤害。结核因具有明显的传染性，如《不如归》中的浪子那样，其患者被当成了一种禁忌这种情况是有的，而癌症这一隐喻则与癌症患者几乎没有关系。因此，说患者从癌症这一隐喻中解放出来，是没有什么意义的。而且，桑塔格所说的若癌症可以治疗的话便会从其隐喻中解放出来，这也是没有什么意义的，因为那时癌症患者将从癌症这一疾病本身中得到解放。另一方面，被喻为癌症的事情只要存在，即使癌症不存在了，也会用新的隐喻来形容吧。

然而，疾病与作为隐喻的疾病能区别开来吗？即能否说一方面存在着明确的"肉体上的疾病"，另一方面存在着作为隐喻而使用的疾病？病只要有这样的分类与区别，就会是客观的存在。比如，只要医生如此命名我们便是有病的，即使在本人没有意识到疾病的情况下，这仍然是"客观的"病，反之，本人感到很痛苦而不被认为是疾病这样的情况亦存在。换句话说，与每个人身体上的反应无关，病以某种分类表、符号论式的体系存在着，这是一种脱离了每个病人的意识而存在着的社会制度。本来病从一开始便具有意义，"在最原始的文化中，人们把病视为具有敌意的神或别的反复无常的力量的到来"（勒内·杜博斯）。从每个人的病意识，医生—患者的关系中，进而到与所赋予的意义自立起来的"客观的"病，实际上都是由现代医学的知识体系创造出来的。

问题不在于如桑塔格所言病被用于隐喻，问题在于把疾病当作纯粹的病而对象化的现代医学知识制度。只要不对这种知识制度提出质疑，现代医学越发展，人们就只能越感到难以从疾病，因此也难以从病的隐喻用法中解放出来。然而，这种思考正是"健康的幻想"（勒内·杜博斯），是把产生疾病的因素视为恶并试图驱除此恶的神学之世俗形态。科学的医学虽然除去了环绕着病的种种"意义"，然而，医学本身则更为其性质恶劣的"意义"所支配着。

例如，尼采认为西欧的精神史是一部病的历史。就是说，尼采虽然滥用了病的隐喻，但是，他离"健康的幻想"还远着呢。他所攻击的不是别的，正是所谓的"病原体"思想。

> 正如普通的人把闪电与打闪分离开来，把打闪视为所谓闪电的一个主体的作用或活动一样，人们也把强力从强力的表现分离开来，认为民众道德仿佛是存在于强者背后的可以自由表现的不善不恶的基础。然而，这样的基础根本就不存在。作用、活动、生成的背后任何"存在"也没有。"作用者"不过是通过想象而附加于作用上的东西。作用便是一切。普通的人虽然觉得打闪打出了闪电这个东西，但实际上这乃是作用的重复，应该说作用＝作用，先将同一现象作为原因树立起来，然后再一次把此作为结果树立起来。自然科学家们说"力是运动，力有其原因"等，这也并非是什么了不起的说法。——他们虽然拥有来自冷静与感情的所有自

由，然而，今天的科学整体上依然为语言的诱惑所引诱，还没有逃脱"主体"这个恶魔之互相对换的迷信。(《道德的谱系》)

例如，所谓"与疾病做斗争"这种说法，仿佛认为病是发出作用的主体似的，科学亦为这种"语言的诱惑"所引诱。对尼采来说，这种把病原＝主体物象化的做法本身即是病态的。"治病"这一表现亦是把治之主体（医生）实体化。西欧医疗中的构造完全与神学的构造相仿佛。反过来也可以说，神学的构造来自于医学的构造。

在希波克拉底的医疗思想中，治疗疾病的不是医生，而是患者本身所具有的自然的愈合力量，这在某种意义上亦是东洋医学的原理。而在西欧希波克拉底的医学受到了神学、形而上学的思考之压抑，与此类似的情况在明治时代很短的时期内也发生过。比如，对于同样的结核病，《不如归》所赋予的是神学式的构造，而正冈子规的《六尺病床》则只是在诚实地述说病的痛苦。这让我们想起尼采下面一段话：

> 我反复说过佛教具有百倍的冷静、诚实和客观性。佛教已经不需要把自己的痛苦、自己的受苦能力通过对罪的解释使之成为一种礼仪说法——佛教直率地说出自己的所想："我苦"。与此相反，对

野蛮人（基督教徒）来说，苦本身并不是什么礼仪说法。野蛮人为了自己承认自己在受苦的事实，首先需要一个解释（其本能却在表示否认苦，暗中忍受苦）。在此，"罪恶"这个词语乃是一个恩赐，表示一个强大的令人恐怖的敌人之存在。——于是，便没有必要把因敌人而苦视为羞耻了。（《反基督教者》）

当然，这与正冈子规是否为佛教徒没有关系，同样，德富芦花为基督教徒亦不是什么大的问题。重要的是由《六尺病床》的角度观之，《不如归》是一个完全扭曲的结构，并且正因此而具有感染力。

5

众所周知，明治以后东洋医学在制度上被排除，西医成为唯一的医学，之后，未经国家认可的医疗则被视为民间医疗。当然，在明治的法律制度方面，仿佛医学制度只不过是其中的一部分，但是，如果考虑到江户时代所允许接受的西洋"知识"只有荷兰医学，把明治维新铸成资产阶级革命意识形态的都是通过兰学者①而获得的等等情况，应该说明治时期的西洋医学派其权力的获得非但不是局部的，反而应该说是最具象征意义

---

① 精通荷兰等西洋学问的日本学人。——译注

的。现代医学的权威比起任何其他领域都要大得多,只是我们已经习惯了医疗这一国家制度,因此根本就没有注意到这一点。但是,服部敏良叙述江户时代来日本的荷兰医师眼中映现的日本医疗时,这样写道:

> 我国当时的医疗制度与外国不同,很多人可以自由地成为医师,开业行医。这在外国人眼中感到很异常,早在室町时代,路易·弗洛伊斯(Louis Frois)就指出了这一点。查利威克斯(Charlevoix)也说日本医师既是外科医生,又是药品商,同时也是草药学者,他对日本医师自己配药并直接投药于病人感到惊奇。
>
> 索米滨格(Thumberg)提到,日本医师中除了内科、外科医师外,还有使用"艾"和针的针灸医师,以及以按摩为主的按摩医师,甚至有为疏通气血来回走动发出特异的叫声招呼客人的按摩者也成了医师。其中内科医师级别最高,学问也最优秀。《(江户时代医学史研究)》

荷兰医师对此感到异常,是因为当时的西洋医学已经被中央极权化了。米歇尔·福柯通过法国18世纪流行病的状况及其研究,在医学不得不以国家规模来收集情报、进行管理,以及1776年由政府设立皇家医学协会等历史中发现了医学中央极权化的起源。这一时期形成了两个神话：一是国家化的医疗，医生成为一种圣职者；另一个是认为建设健全的社会就会消除一切疾病。因此，"医师最初的工作是政治性的"。医学已非单纯的治疗技术和必要的知识之合成物，它还意味着关于健康的人与健康的社会之知识，"在人类生存的管理上，医学采取了一种规范化的姿态"（《临床医学的诞生》）。

如此观之，从兰学者中产生出明治维新意识形态思想家并非偶然。不是以医学为媒介，医学本身即是中央极权的、政治的，而且其中有着将健康与疾病对立起来的结构。

在日本，和其他各种法律制度一样，国家医疗制度实质上是于明治20年代建立起来的，而且，这正相当于在西欧病原体理论开始成为支配性理论的时期。以医学史的发展脉络观之，病原或疾病这一"想象的主体"（马克思语）于此时已经开始成为制度上的支配力量，这乃是明明白白的。但是，在文学史上也发生过同样的事情则被忘却了。实际上，明治20年代的"国文学"正是在制度上排除了国学、汉文学之后而确立了中心的地位。可是，更为人们所忘记的，是欲自立于国家的"内面""主体"正是因为有了国家的确立才得以成立的。这个社会是病态的而必须加以治疗，这一"政治"思想亦由此而产生。"政治与文学"不是什么古来对立的普遍性问题，而是相互关联的"医学式"思想。

明治20年代到30年代浪漫派文学家向自然主义的转变并不是偶然的,自然主义本来是医学的思想。作为文学史的名称则掩盖了其中的关联性。将此作为"事实"而分割开来的做法,使人们看不到问题的存在了。

重申,并不是因为有了结核的蔓延这一事实才产生结核的神话化。与英国一样,日本也是因工业革命导致生活形态的急剧变化而使结核的发生扩大的,结核不是因过去就有结核菌而发生的,而是产生于复杂的诸种关系网之失去了原有的平衡。作为事实的结核其本身是值得解读的社会、文化症状。但是,把结核视为物理的(医学的)、神学的,还原到一个"原因"上去时,就会使我们忽视了诸种关系的系统性。

今天,癌这个难对付的病告诉我们,这并不是因为什么特殊的原因,可以说是与生命和进化的根源有关系的问题。不是要从癌这个隐喻中解放出来,癌这个隐喻乃是解构由结核所获得的"意义"之关键。

英文版第四章补记(1991)

子规对于死的态度不能归结于传统的"佛教",那是一种俳句所固有的幽默。另外,日本的佛教到了明治时期与以前有了决定性的不同。在江户时代,佛教作为政治支配体制的一环已经失去了其宗教性。因明治政府采取把神道定为国教而排斥佛教的政策,同时,为基督教的影响力所追赶,佛教在明治20年代实行了其内部的"宗教改革"。我们所知道的佛教已是一种现代性的东西。或者不如说，如净土真宗那样，是做了与基督教相近的再解释的。在学术上，明治时期的基督教教徒，与以前的只通晓汉译的佛典不同，他们所依据的是基于梵文而建立起来的欧洲的，特别是德国的佛教学——当然，尼采是通过这一学问了解到"佛教"的——包括禅宗派的铃木大拙（1870—1966），现代日本的佛教都是以西洋哲学为媒介的。将此视为与现代西洋异质的东西，这种观点乃是"透视法的倒错"亦未可知。

五　儿童之发现

1

日本"真正的现代儿童文学"的诞生始于小川未明（《赤船》，1911）前后，这在儿童文学史家之间是基本上一致的意见。另外，关于这种"童心文学"的出现，一般认为是在石川啄木所谓"时代闭塞现状"下文学家之新浪漫主义式的逃避，以及西欧世纪末文学影响的结果。以上大概是文学史的一般论调吧，不过，在儿童文学家圈子内，这种把儿童文学视为成年人文学家的诗、梦想、倒退之空想的观点则成了被批判的靶子。儿童文学家认为在此种观点中儿童是大人们想象出来的，不是"真的儿童"。例如，小川未明（1882—1961）受到过这样的批评：

> 1926年，小川未明消解了同时分别创作小说与童话的苦恼，宣布专心致志于童话以后，他的作品世界发生了巨大的变化。曾经是构成未明童话作

品特征的空想世界渐渐消去了，代之而起的是对现实的儿童形象之描写。与此同时，其作品变得让人感到有浓厚的说教气。在创作"我之独特的诗"之童话期间，未明得以成为孩子们的赞美者，因为那时他感到孩子们所有的诸种特性乃是空想世界的支柱。但是，到了真正决意把孩子作为对象来写作的时候，未明不得不面对现实中的孩子们，于是他感到有必要"忠告"孩子们要与环境相调和而生存下去。因为，在真正关注现实中的孩子们时，他不能不注意到曾经存在于自己观念中的"无知""感觉性的""柔顺""真率"的孩子实际上是不存在的。

可以说，无论是在写空想式童话还是教训式童话的时期，未明都没有站在孩子的立场上思考。如前所见，他是为了表现自己的内心才感到有写作童话的必要，抛弃创作"我之独特的诗"的设想，致力于"为孩子们"写作的时候，亦是站在大人的立场教导孩子们于现实中走调和的生存之路。总之，他没有以孩子的眼光去观察这个世界。

虽然未明的"童话"本质上是"没有儿童"的文学，但却有着众多的追随者。这是由于，一方面未明在"童话"中创造了不曾有过的独特之美的作品，而另一个重大的原因是日本现代的大人们与未明一样，并不是真的孩子之发现者。（猪熊叶

子:《日本儿童文学的特色》,收《日本儿童文学概论》)

这里,据说小川未明作品中的儿童,如果从"现实中的孩子"这一视角来看,不过是某种颠倒的观念而已。的确,未明的"儿童"是通过某种内在的颠倒而被发现的,但是,实际上所谓"儿童"者本来就是如此这般被发现的,所谓"现实中的孩子"或"真的孩子"都不过是在这之后被发现的。因此,从"真的孩子"这个观点出发来批判未明,不仅没有弄清楚其颠倒的性质,反而只能进一步掩盖这个颠倒。儿童文学史家们不管怎样细致入微地阐明明治时期儿童文学的兴起,都缺乏从本质上对于这个"起源"的考察。

谁都觉得儿童作为客观的存在是不证自明的,然而,实际上我们所认为的"儿童"不过是晚近才被发现而逐渐形成的东西。比如,对于我们来说风景无可置疑地存在于我们的眼前,但是,这作为"风景",乃是在明治20年代由一直拒绝外界而具有"内面性"的文学家们所发现的。之后,人们便觉得"风景"就好像客观实有之物一样,认为对此加以摹写便仿佛是写实主义了。或者,人们进而还要捕捉"真的风景"。但是,这样的"风景"是不曾存在过的,它乃是在一个颠倒之中被发现的。

完全同样的事情也可以用来说明"儿童",所谓

"儿童"乃是一个"风景"。当初如此,现在依然如此。因此,由小川未明那样的浪漫派文学家发现"儿童"既不奇怪亦非没有道理。不如说最为倒错的是"真的孩子"等这样的观念。很明显,"明治以来的大多数作家从大人的立场出发,而没有站在孩子一方来思考,这恐怕是日本儿童文学的最大特色"(猪熊叶子语),这种说法是完全错误的。第一,这并非日本儿童文学的特色,在西欧本来"儿童"也是这样被发现的。第二,最为重要的是为了发现儿童文学,不能不先发现"文学",日本儿童文学的确立之所以落后,在于"文学"的确立是落后的。不过,到此为止,我的一系列论述所要探讨的不是这个落后问题,也不是与西欧文学的差异问题,而是在西欧因长期发展而被隐蔽了,在日本则可以通过明治20年代来集中检验的"文学"制度问题。

由小川未明和铃木三重吉(1882—1936)等建立起来的"儿童文学"比"文学"晚了十多年,这没有什么奇怪的。把儿童文学孤立地拿出来观察其历史的连续性,这是错误的。虽说在同时代的西欧,儿童文学已经发达起来了,但与此进行比较亦是愚蠢的。日本的儿童文学家不管怎样读到西欧的儿童文学而受其影响,也不能断定日本的儿童文学会从其"影响"中立刻产生出来,这从"文学"的形成过程来观之,亦是明白无误的。比如,为俄国文学所震撼的二叶亭四迷的《浮云》第一编也不得不大半落入人情本或马琴的文体。不管他是怎样"内心化"了的作家,其结果还是败在其手(法)上了。就是说,应该表现的"内面"或"自我"并非先验地存在着的,它们必须在"言文一致"这个物质的形式确立之后,才有可能作为自明的东西被表现。如前所述,"言文一致"不是把"言"移入"文",而是重新创造一个语文体。因此,单是用口语体来写作的山田美妙和二叶亭四迷初期的试验,在森鸥外《舞姬》(1890)登上文坛后不久,只好自生自灭了。

不应忘记对于当时的读者甚至学龄儿童来说,"言文一致"的作品更为难读难解。曾经尝试用"言文一致"体来写作的砚友社系统的严谷小波(1870—1933)所作,并赢得巨大反响的《黄金丸》(1891)乃用文言体所创作。对此受到批判的严谷小波这样回答说:

> 言文一致者本与落语讲谈①之速记大异,若本为一种文体,则只将日常俗语相并列乃无济于事也。其中必当有缓急疏密抑扬顿挫,其寻常之修辞学诸要素缺一不可。只因多用新鲜俗语,故比之他种文体或有稍微易解之处亦未可知,然因其写法却比之雅俗折衷文体更为难解。故敝人作黄金丸当初虽尝试言文一致之体,终因有些不妥而改从他种文体。

---

① 说书曲艺之一种。——译注

对此,菅忠道认为因为那是"不论文坛还是社会都没有认识到为了孩子而创造文学之必要性"的时代,所以在严谷小波"用那凝重典雅的文体写作过程中大概是有一种自觉的文学之姿态存在着的"(《日本的儿童文学》)。不过,这种观点恐怕更适用于当今的儿童文学家吧。因为,那个时候不管严谷小波是否想采取文言一致之体,其实所谓"文学"或者"儿童"这样的东西还没有被发现出来呢。直到小川未明出现为止,儿童文学主要是由砚友社系统的作家来承担的,这一事实表明我们不能仅从历史的连续性上观察儿童文学,还必须将此作为一种断裂、颠倒,或者一种物质形式(制度)的确立来观察。"儿童"的发现是在"风景"和"内面"的发现之下发生的,这个问题绝不仅仅是局限于"儿童文学"的问题。

2

儿童文学家不但不怀疑"孩子"这一观念,反而试图追求"真的孩子",这是因为儿童作为事实就存在于我们的眼前。与风景一样,儿童也是作为客观性的存在而存在着,并且被用于观察与研究的。对于这种客观的存在提出质疑是困难的。但是,有关儿童的"客观的"心理学研究越向前发展,我们越看不到"儿童"本身的历史性。当然,儿童在过去就存在了,但是我们所思考的对象化了的"儿童"在某个时期以前是不存在的。问题不在于有关儿童的心理学探索弄清楚了什么,而在于"孩子"这个观念隐蔽了什么。

从各自不同的角度最早对"孩子"这一观念提出质疑的心理学家,我们可以举出皮尔·范登堡(Pierre VanDen Berghe)和米歇尔·福柯两人。他们都是持有这样一种视野的学者,即把心理学视为历史性的产物来观察的人,故能在其发展过程中把"孩子"观念的历史性视为问题。范登堡认为:"最初把孩子作为孩子并不再把孩子当作大人的"是卢梭,在此之前,"孩子"这个观念是不存在的(《变化的人性》)。"人们不知道何为孩子,因为对孩子抱有错误的观念,越议论越步入迷途。"(卢梭《爱弥儿》)这正好与此前只当作障碍物的阿尔卑斯山在卢梭《忏悔录》中作为自然美被发现相呼应。在这个意义上,"儿童"正是一个"风景"。

范登堡提到帕斯卡尔的父亲给予儿子的教育,说从今天看来那是令人惊异的早期教育。还有后来的歌德八岁就能写德、法、希腊文和拉丁语。就是说,他们"并没有被当成孩子来看待"。不用说,虽然他们现在亦是闻名遐迩的人物,而在当时并非特殊的例外。另外,这种情况并非西欧所特有。在日本也把汉学的早期教育视为当然,江户时代的儒学家中亦有十几岁就在昌平黉①讲学的。当然最后结果还是才能的问题,不过那时孩子

---

① 江户幕府所设以讲授儒学为主的学校。——译注

并非作为孩子而是作为大人来接受教育的，这一点是没有疑问的。不用说，那样的教育当时只有在所谓学者之家才会有，不过，在其他家庭最终的结果也是一样。就是在今天，歌舞伎演员之家，其孩子亦从小就受到演员的教育。

不管他们是怎样的早熟，如帕斯卡尔那样的人也不应该称之为"天才"。"天才"乃是由浪漫派想出来的观念，而且也只有在浪漫派之后才有"天才"的出现。关于文艺复兴期较短时期内诞生于佛罗伦萨的所谓天才们，埃里克·霍弗（Eric Hoffer）指出：他们"大都在手艺人或职业作坊人的手下度过其学徒的时代"。就是说，他们并没有经历我们所想象的"儿童"时期，也没有被当作什么儿童。还有，值得注意的是在这些天才人物那里，看不到浪漫派式的天才所具有的青年期（youth）乃至成熟（maturation）的问题，尽管后来他们可能被如此这般地装饰打扮起来。

青年期概念的出现将"孩子和大人"分割开来，反过来也可以说，在这个"孩子和大人"分割开来的情况下，不可避免地要出现青年期这样的观念。心理学家们把"发达""成熟"等视为不证自明的东西时，乃是无视这个"分割"为历史的产物这一事实。作为孩子的孩子在某个时期之前是不存在的，为了孩子而特别制作的游戏以及文学也是不曾有过的。柳田国男对此早有洞察。

为儿童们琢磨游戏的方法，这在过去的父母们仿佛根本就没有去做。而孩子们一点儿也没有感到寂寞无趣却蛮有精神玩着长大了，对此觉得奇怪的人恐怕不是没有，然而，在上一代人的所谓儿童文化中，有着与今天的儿童文化相当不同的地方。

第一，与小学等的年龄级别制度不同，那时往往多是年龄大的孩子照顾小的孩子。这样他们不仅因此而得以意识到自己的成长，高兴地承担起照顾的责任，而且也使年龄小的孩子产生早日加入大孩子群的欲望和热情。这种心理虽已渐渐走向衰微，然因此而使日本往昔的游戏方法得以轻易继承下来，那是一种令人难以忘怀的魅力，我们大人也应对因此而使好多珍奇的玩具传到今天这一事表示感谢之意。

第二，是孩子的自治。他们依据自己的所想琢磨出来的游戏方法，还有物品的名字、歌词、习以为常的行动，其中有着无限有趣的东西，玩赏这些东西会使我们忘记现世。关于这些我要在后面详细地讲一讲。

第三，在今天看来是不怎么令人喜欢的模仿大人相，在那时的小孩儿则因旺盛的成长力而热心于此。往昔的大人亦很单纯，做事也少隐藏，他们做的都是一些站在周围细心观看的有心眼儿的孩子也会明白的事情。因为这些事情都是不远的将来要让孩子们来做的,所以,这些大人们说不定是在有意做给他们看的。共同承担的活计往往多由青年人来做,而以前的青年尤距孩子相近。故到了十三四岁孩子们就开始准备走向青年人的行列。在大人一方,亦想尽早把这样的活计交给年幼者。今天依然在九州和东北的农村每年一度举行的拔河比赛等,正是处在孩子的游戏与大人的活计之间的一种仪式活动。最初,那是一种真格的占卜年成丰歉的仪式,因为看重胜负的结果,到了早晨连父辈爷们也要出来拔河,而晚上则交给孩子们,这时除非那些很轻率的青年是不会动那拔河绳的。村子的守护神草相扑和盂兰盆踊等也都准备好了,所以,儿童们将此看作他们自己的游戏,为此,稍后大人们便要退下去了。(《孩子风俗记》)

这里描述了"没有当成孩子来看待的"孩子的身影。如前所述,不仅乡村共同体的孩子们是这样,知识阶级家庭的儿童也是如此。因职业和身份的不同或有区别,但孩子们没有被当作孩子,这一点是毋庸置疑的。柳田国男在肯定上面所说的孩子形象时,他还发现了那些大人们也是与我们所想象的大人形象不同。换言之,他要观察的是"孩子和大人"分割开来以前的身姿。

虽然孩子作为"孩子"来看待是相当晚近的事情,但对于我们来说这已经成了理所当然的了,因此,我们很难割断将此观念适用于过去的惯性。这只要看一看连摆脱了西欧中心主义的偏见，否定了孩子＝原始人＝狂人这一类推模式之神话的列维-斯特劳斯也未免被下列"偏见"所侵蚀，就会清楚要割断此种惯性的困难：

> 南比克瓦拉语族（Nambikwara）的孩子不懂游戏，他们有时用草来卷或编东西，除了摔跤或绕圈儿跑之外，不知道别的取乐方法。他们的生活模仿大人们。①

山下恒男说，列维-斯特劳斯不过是拿自己的"游戏"概念来衡量南比克瓦拉语族孩子的行为，认为他们"不知道游戏"（《反发达论》）。反过来说，南比克瓦拉语族的大人们并没有做我们所想的"劳动"，游戏与劳动还没有被严格地区分开来。这只要看看不久之前还存在的手艺人们做活的样子就会明白的。还有，曾经是旧金山港苦力的埃里克·霍弗以自己的体验讲到，那里的熟练劳工"像玩儿似的"工作，而自动操作机械的导入使他们的工作变成了"劳动"（《现代这个时代的气质》）。

实际上，"游戏与劳动"的分割和"孩子与大人"

---

① 《忧郁的热带》，此处参考了王志明译，三联书店 2000 年版《忧郁的热带》。——译注

的分割密不可分。今天不论我们如何引用约翰·赫伊津哈（Johan Huizinga）的学说来讲述游戏，我们也只能展现已经从劳动分离开来的"游戏"。换句话说，我们不能单纯孤立地看"儿童的发现"这一事态，而是应该将此作为传统社会之资本主义再构成的一环来看待。不过，这并不意味着通过"资本主义"可以说明一切。"儿童的发现"这一事态应该放在本有的层面上来考察。

3

正如柳田国男所说，故事传说不是为了孩子所讲的，一般说来为了孩子的游戏是不曾存在过的。他不仅有这样的认识，而且实际上似乎也很厌烦"儿童文学"。厌烦儿童文学正是由于他讨厌"文学"之故。他所做出的正确理解是，为孩子而作的文学不可能存在于文学发生之前。如此热心地讲到孩子的柳田对"孩子"不屑一顾，这正如他如此广泛深刻地谈到常民①，却与知识人为发现自我意识而创造的"大众"概念无缘。不过，他并不是一开始就如此的，这里有一个决定性的转变。比如，柳田曾与国木田独步、田山花袋一起出版过新体诗集《抒情诗》。

---

① 柳田国男造语，指被正史所遗忘的俗众、凡人、平民等。——译注

かのたそがれの国にこそ	在那黄昏的故乡
こひしき皆はゐますなれ	有令人思念的父老
うしと此世を見るならば	眺望这忧愁的尘世我
をいざなへゆふづつ	时时诱我返归故乡

やつれはてたる孤児を	传给瘦弱的孤儿
あはれむ母が言の葉を	母亲哀婉的寄语
しづけき空より通ひ来て	仿佛穿过静的天空
われにつたへよ夕かぜ	向我们吹来的晚风

(《文学界》1897 年 2 月)

少年时期的柳田国男相继失去了缺少缘分的亲生父母,那时他"意气很是消沉不想做事,便想到学习林业或可以躲到山野中去,于是在心中描画起浪漫主义式的诗意"(《故乡七十年》)。上面这首诗仿佛是根据这一少年时期的体验而作的。另外,"那黄昏的故乡"好像展示了他内心的某种期待与希求,并与晚年的柳田跳过实证分析的程序主张日本人的起源来自"海上之路"有着某种联系似的。

但是,柳田国男曾这样回忆说:

> 我在文学界出版过新体诗,那或许是因了藤村的劝告亦未可知。但是,藤村那些人的诗来自西洋系统,认为直接表达胸中燃烧的感情便是诗。我则

最初讲究和歌的题咏，所以诗的情调与他们完全不同。此乃日本短歌的特长，利用各种各样的咏题如深闺小姐的"怨情"等出题作歌。所咏深闺小姐虽很冤枉可怜，那时如《和歌八重垣》《词语八千草》等各种类书出了不少，从中找出适当的词语便可组合为诗。通常，所用词语三十或五十个排列组合起来，一首歌就编造出来了。这乃是过去的所谓题咏，要经常习作成为通人，必须做到别人回应你的诗后，你能立刻答诗才行。

这乃是所谓作应景文学的心境。要作题咏如不下工夫练习，真要咏诗时则作不出来，所以我们常说要苦练题咏，总之，我的诗与藤村等的抒情诗多有隔膜乃是事实。(《故乡七十年拾遗》)

这段回忆表明柳田对把自己后来的民俗学研究视为青年期"抒情诗"之延长的看法，持严厉拒绝的态度。不过，这里还是存在着两义性的，至少柳田与独步、藤村等浪漫派处在同一地平线上。不用说，这里确有一些与藤村等人不相合的感觉，应该说这种感觉在后来与花袋、藤村等的对立中，被进一步强调和夸张而产生了上面的回忆。

日本的文学史家们泰然自得地谈论花袋、藤村等由浪漫主义向自然主义的转变，其实表明他们对浪漫主义只有一些肤浅的理解。藤村与花袋由抒情诗向散文（小说）的转变，对他们来说意味着"成熟"。而这个"成熟"正是浪漫主义所强令通过不可避免的程序，是浪漫主义的一个中间环节。自然主义是反"自我意识"的，但如杰弗里·哈特曼（Jeffrey Hartman）所说，"浪漫主义和反自我意识"不仅是不可分的，而且我们现在依然被困锁在成熟这一"问题"里。不管是小林秀雄还是《最后的亲鸾》的作者吉本隆明，都仍然没有超出下面这个浪漫主义的认识范围："回归经由知识的第二种无知，这种想法过剩地存在于德国浪漫派之间"（哈特曼《超越形式主义》）。

另一方面，中村光夫《作家的青春》和江藤淳《成熟与丧失》问世以来，"成熟"这一问题从别的角度得到了论述。这种论述没有前者那种矛盾背反性，故最为普及。今天，埃里克·埃里克森（Erik Erikson）的认同和延缓偿付（moratorium）概念得到了应用，但这些已经不足当"批评"这个称呼了，因为这两个概念无视"成熟"问题本身的历史性，就好像此乃人类固有的问题似的。

人类社会一般的"通过仪式"（成人礼、戴冠礼）与"成熟"性质完全不同。比如，我们在新井白石（1657—1725）的自传《折焚柴记》中看不到青春期这样的问题，也不应该如此去观之。在通过仪式那里，孩子成为大人乃是改换假面，因文化的不同还有更换发型、服装、姓名的，也有施文身、化装、割礼的。

但是，在这样的假面背后并没有隐藏着什么充实的"自我"。

通过仪式使孩子和大人完全区别开来，但是，这与孩子和大人的"分割"性质不同。从某种观点上说，这种"分割"反而产生了从孩子向大人发展的连续性。在这里，代替通过仪式的"变身"，存在着一个渐渐发展而走向成熟的"自我"。因此，可以说正是孩子和大人的"分割"剔除了孩子和大人之间的绝对区别。

柳田国男所说的"题咏"也可以称为"代咏"。如果对"成熟"问题不理解的话，那么就无法理解"文学"以前的文学。正是因为不存在充实的"自我"，"题咏""代咏"才成为理所当然，本来就不可能有什么"自我表现"之类。在西欧文学中，所谓莎士比亚之"自我表现"乃是通过德国浪漫派而生成的概念，在往昔是不存在什么独创性这样的概念的，引用、模仿、用典等等可以自由自在地使用。

尽管如此，黑格尔把西欧的一般艺术称为"浪漫的形式"，在这个意义上也可以说西欧文学已经是浪漫主义式的了。尼采说，如果古希腊人或古罗马人读到莎士比亚的作品，一定会将其当成疯狂的胡说八道的鬼话。就是说，浪漫主义的观念其根源在于基督教。"如幼儿一般"这种认识乃是过剩的自我意识所生出的颠倒，可以说这是经由浪漫主义而普遍化了的认识。相反，若质疑"成熟"这一问题必追究到宗教性的问题上去。尼采和海德格尔要走向遥远的希腊艺术，就是因为要避免这种"浪漫的形式"之不证自明性，仅仅追溯到中世纪乃是不可能的。而明治30年代的柳田国男则只要观察一下身边的情况就可以做到。当然，这不是说此乃简单容易的事。正如尼采在根本上是一个浪漫派一样，柳田的一生也是如此。不过，与花袋和藤村十分自然地转向自然主义而走向"成熟"相比，柳田则试图有意识地要把"文学"本身相对化。

另外，在西欧，"孩子"的被发现显示了西欧文化本身的固有性。G. 鲍德尔（Gaston Bouthoul）说："在希腊人，特别是斯巴达人那里，婴儿屠杀具有人种优生学的思想色彩。虚弱或者不健全的新生婴儿将被遗弃。……因此，在西欧禁止婴儿屠杀的出现要等到基督教教皇诞生。"（《婴儿屠杀的世界》）当然，正如柳田国男《小儿生存权的历史》等叙述的那样，在日本杀子之事乃家常便饭。因此，重视保护孩子这样的思想是作为一个宗教性观念而出现的，并非一般的自明之理。把"婴儿屠杀的世界"称为非道德，是因为没有看到"道德"本身的颠倒性。

传说故事并不是讲给孩子听的。柳田国男说："如狐狸精骗人的故事，最初，再糊涂的父母也不可能为了将此说给孩子便要发明这个故事。很早就使我们产生这种想法的是作为五大传说之一的有名的那个硬山故事，把老婆婆放到汤里，让老爷爷喝，什么最后在汤底儿里见到了骨头等等的话,谁也不能想象这会合于小儿的兴趣"(《昔话解说》)。这样的传说故事即使作为"童话"改写过,也会留下那种残忍性和非合理性。所以,它保留下了哪种"文学"——幻想文学也好,写实文学也好——也没有的"现实"感触。可以说,大概只有卡夫卡那样的达到了写实主义极致的作家才能再现"童话"。

我想,坂口安吾也是写了那种童话的作家,他举出三个残酷的童话(传说)为例,这样说道:

> 没有道德本身就是道德,同样,无可拯救本身便是拯救。我在这里看见文学的故乡或者人类的故乡。我想,文学正由此而诞生。
>
> 并不是只有这种非道德的脱逸常轨的传说故事才是文学。其实,我并不那么高度地评价这种文学。为什么呢?因为故乡虽是我们的摇篮,但大人的所为绝不是返回故乡……
>
> 不过,我觉得没有这种故乡意识和自觉便不会有文学。文学的道德性和社会性如果不是在这个故乡之上生长发育起来的,我则绝对不会相信这种道德性和社会性,文学的批评也是如此。我如此坚信不疑。(《文学的故乡》)

安吾这里所说的故事乃是戳破"故事"的故事。

自弗拉基米尔·普洛普（Vladimir Propp）的《民间故事形态学》问世以来，神话和传说故事等乃是诸种要素的结构性改编，这个理论已经得到了证实。作为口头传承的故事正因为如此而严格地遵循结构理论的规则。但是，可以说安吾称为"故乡"者，如果不这样规则化的话，就会是人类自生自灭的某种过剩力和混沌。而且，这也将不断"戳破"所谓"文学"这个新的故事。

4

孩子与大人的分割有着仅就两者关系无法论说的结构上相互联系的状态，这里，我想仅从儿童心理学或一般心理学的角度来进行考察。例如，人们说卢梭最早发现了儿童，不过这绝非因为他梦见了浪漫派式的"童心"，而是由于他尝试运用了所谓关于儿童的科学观察方法。但是，他所说的孩子＝自然人并非历史的经验性的东西。卢梭为了批判至今积累下来的作为幻想的"意识"，或者为了批判作为历史形成物的制度之不正自明性，在方法上假设了这一"自然人"的存在。他认为这是"为了排除遮蔽了我们的眼睛使之无法看到有关人类社会现实基础的知识这一困难，我们所能利用的唯一手段"。就是说，所谓孩子不是实体性的存在，而是一个方法论上的概念。

但是，反过来也可以说，正是在这种方法论的眼光之下，孩子才成了可观察的对象。或者说，作为观察对象的孩子是从传统的生活世界隔离开来被抽象化了的存在。皮亚杰（Piaget）之前的儿童心理学主要是以这样的儿童为对象的。

皮亚杰打破了洛基安（Lochian）以来的白纸状态（tabularasa）说，即人类乃是由经验和环境所塑造的经验论假说。他在起源上发现了"结构"，认为这个结构是进化所给予的先天性结构。乔姆斯基（Chomsky）的《笛卡尔学派语言学》也得出了同样的结论。动物学家劳伦兹则从不同的角度批判了经验主义的文化论。然而，他们对"儿童"的考察实际上都是完全抽象的。

与此不同，以考察神经症为出发点的弗洛伊德发现了人类对于幼年期的固执及返回幼年的欲望，并发现了作为"小大人"的幼年期。弗洛伊德的学说的确摧毁了19世纪占支配地位的"像儿童样"的神话，但不能将他的学说称为具有普遍性的学说，因为，神经症本身正是孩子与大人被"分割"后的结果。米歇尔·福柯指出：

> 向幼年期退化尽管表现在神经症上，这也不过是一个结果而已。幼儿式的行为对患者来说乃是一个逃避的场，这种行为的再现以及将此视为无法还原的病态，需要具备下列条件。首先，社会要在个

人于过去和现在之间设置某种距离，使人们无法跳过这种距离。其次，以文化来统摄过去时，只有依靠强制的方法使过去归于消灭。我们的文化确实带有这样的特征。在18世纪，由卢梭和帕斯特罗奇（Pestallozzi）所设想的，是遵循符合儿童发展的教育学原则，创造出适合儿童尺度的世界来。因此，容许在儿童的周围创造一个与大人的世界完全无关的非现实的抽象原始的环境。现代教育学以保护孩子不参与大人的矛盾纠葛这一无可非议的愿望为目的发展至今。这使得人类的儿童时代和成人时代的距离变得越来越大。幼年时代与现实生活之间的矛盾应该是最重要的纠葛，但是，按照上述做法为了使儿童躲避各种各样的纠葛，反而使他们有了遭受遇到这种大的纠葛的危险。进而言之，内在于文化中的各种各样的矛盾未能如实直接地反映在教育制度中，而是通过各种各样的神话使这些矛盾成了被间接反映的东西。这样的神话免除了其文化的罪恶并使其正当化，而且在幻想的统一中将文化理想化了。再进而言之，一个社会是在教育学中梦想自己的黄金时代（我们只要看一看柏拉图、卢梭的教育学，涂尔干的共和制，魏玛共和国的教育学之自然主义就可明白）。对上述情况略作思考就会明白，固执或退返于幼年期这种现象只有在某种文化中才有可能发生。另外，我们也会明白：在清算过去使过去同化于现在的经验不为现有的社会形态所允许的情况下,相应地会多发这种固执或退返幼年期的现象。退返所引起的神经症并不是在显示幼年时代具有神经症的性质,而是在告发有关幼年时代的诸种制度使人变成具有未开化性质的东西。这种神经症病态的背景是内在于一个社会的纠葛,是幼儿教育的形态与大人们的生活条件之间的矛盾。社会在幼儿教育中暗中隐藏了自己的梦想,而在大人的生活中可以见到社会的现实和悲惨。(《精神病与心理学》)

神经症乃是受到隔离与保护的"幼年期"的产物,只有在这样的文化中才可能发生,这一论述十分重要。换言之,青春期在孩子和大人未被"分割"的社会里,这样的病态作为"疾病"是不存在的。福柯还指出,从17世纪后期狂人被作为"狂人"与常人隔离开来以后,不是因为出现了心理学(精神病理学)才掌握了阐明"疯癫"的钥匙,而是在这种状态的狂人现象里有着心理学的存在秘密。模仿福柯的说法也可以说,不是儿童心理学或儿童文学阐明了"真的孩子",而是在被分离开来的"孩子"那里有着前者的秘密。

现代作家向人类的幼年期追溯,就好像那里有真正的起源似的,这不过是在创造关于"自我"的故事而已。有时这甚至是一个精神分析式的故事，而在幼年期里其实并没有隐藏什么"真实"，所隐藏的乃是使包括精神分析学得以诞生的制度。就这样，我们纠缠于"成熟"这个问题，然而，这个问题是不值得认真对待的。与其说我们因了被隔离的幼年期而无法成熟，不如说因为执着追求成熟而未能成熟。

还有一层，卢梭未必就是福柯所言的那种教育学家。《爱弥儿》这部书对卢梭来说其实是一部"哲学的著作"，他的探索课题在于追溯不断积累下来的颠倒。所以，应该说问题存在于将此作为教育学著作来阅读的人们一方。同样的情况也可以用来说明弗洛伊德。在弗洛伊德的思考中，不是幼年期里有什么外伤经验而产生神经症，相反，是当神经症发生的时候，一定在幼年期里有其问题的根源。换言之，他不过是以结构主义的因果律逆行追溯上去而发现了"幼年期"。可是，他的理论转化成教育理论和育儿理论后——美国的精神分析就是如此——却成了要进一步在幼儿期排除矛盾与纠葛以保护儿童这样的东西。其结果是提高了神经症发生的可能性，这正是由精神分析而制造出来的疾病，为弗洛伊德所不曾想到。特别是在美国，因为没有传统的规范，有的是"一定要成熟"的规范，所以，精神分析本身广泛地造出了疾病。

然而，作为科学的心理学、儿童心理学变成了这样的东西，不单单是因为误解。这正是现代科学自身的本质。如胡塞尔在《欧洲科学的危机与超越论的现象学》中所指明的那样，始于伽利略的"纯粹科学"正因为本来是无目的的，故可以和任何目的结合在一起。现代科学基本上是应用科学，比如，作为纯粹理论性研究的分子生物学随时可以转化为遗传工程学。不管是行为主义的还是结构主义的，作为心理学家研究对象的儿童，必须是与生活世界（胡塞尔语）拉开距离的存在，这样所得到的"知识"可以应用于任何目的。胡塞尔所意识到的"危机"在于人们忘记其科学之历史性。在高谈有关"儿童"的知识之前，我们应该观察"儿童"这一观念自身的历史性。

5

到此，我论述了关于"儿童"这一思想的"起源"，即关于"儿童"这个看不见的制度问题。最后，我有必要对显在的制度加以叙述。不过，在此我要观察的不是制度的目的、意图，即制度的内容，而是制度自身的"能指"。

关于现代日本的教育，不管其内容怎样受到质疑，但其义务教育制度却丝毫没有被怀疑过。我感到有问题的不是在那里教什么怎么教，而是其学制本身，所有的教育理论都是建立在这个教育制度的不证自明无可怀疑的基础之上。即使在考察现代以前的教育历史时，也是肆意地取出寺子屋①和私塾为例论之,仿佛这些传统教育机构的发展便成了"学制"似的。

对这样的教育概念表示怀疑的,还是柳田国男。比如,他认为当说到"国语教育"的时候,这个教育是与国语教师或文人们所说的性质不同。在前面引用过的文章里,他也说道:"第一,与小学等的年龄级别制度不同,那时往往多是年龄大的孩子照顾小的孩子。这样他们不仅因此而得以意识到自己的成长,高兴地承担起照顾的责任,而且也使年龄小的孩子产生早日加入大孩子群的欲望和热情。"对柳田来说,这亦是教育的重要一环。如此观之,则从反面显示,现代日本的"义务教育"意味着用年龄之别把儿童整理划分开来,将过去具体归属于某种生产关系、不同阶级和共同体的儿童作为抽象的、均质化的东西抽取出来。

明治三年(1871),制定了小学条例和征兵条例,明治五年(1873)有了"学制颁布"和"征兵令公布"。明治革命政权最先实施的政策便是这两个,这是意义深远的。征兵制和学制对于当时的庶民恐怕是难以理解的。由于"血税"这一表现的误解,当时针对征兵制曾发生过暴动,可以说,即使不是对"血"的榨取,至少征兵制是从固有的社会生活中把青年夺走了。

---

① 江户时代到明治初年学制颁布以前,为对庶民子弟进行初级教育而由僧侣、医师、神职官员所设置管理的教育机构。——译注

对于学制人们也曾发起消极的抵抗①,因为,对于农民、手工艺者、商人们来说,孩子被学校所夺走等于固有的生产方式遭到了破坏。

关于征兵制时常也有否定性的议论,但学制本身却不曾被怀疑过,这只能说是令人感到奇妙的。恐怕是人们从来没有思考过这两个政策同时出现的意义吧。不用说,这两个政策乃基于"富国强兵"的理念而被实施的,不过,这里还有别一种意义。例如,军队是以防卫和对抗西洋列强为"目的"建立起来的,但军队实际上对原来属于不同阶级不同生产方式的人进行集团纪律和军队机能样式的"教育",军队本身即是"教育"机关。

现今情况亦如此,埃里克·霍弗说:"意义深远的是,美国黑人从劣等转向平等首先得到实施的正是在军队里。现今,军队是视黑人首先为人,黑人属性仅仅为次要属性的唯一场所。同样在以色列,军队成了将操不

---

① 关于这一点,我得到了儿童文学研究家田官裕三的指点。他指出:对于明治时期所创设的学制,人们不仅"发起了消极的抵抗",也有积极的抵抗。例如,学制实施后第二年,在冈山、鸟取、香川、福冈等县曾出现过反对学校和征兵令的暴动,许多学校被烧毁。"明治初期的小学,与乡村政府和国家的外设机构驻在所一起出现于各地方,成为从征兵制颁布到文明开化的新时代的重镇。现代日本的所谓乡村三要职乃村长、警察署长、校长也,这不是没有来由的。"(田官裕三:《山中恒那一代——少年国民一代人的精神形成》,收《至宝笼9》)

五 儿童之发现

同语言的移民变为有尊严的以色列人的唯一无比的机关"（《现代这个时代的气质》，1966）。当然，这并非军队明确规定的目的，而在日本其内容即使是相反的，军队依然起到了把人们从既往的生产方式和身份中分开来而创造出"人"来的作用。可以说，在这里不论试图注入怎样的意识形态，也比民主主义的空想家们的话语更发挥着强有力的功能。

明治的学校教育以天皇制意识形态为基础，故将此改变成民主主义的或社会主义的便是"教育"的进步了，这样思考问题的人实际上是没有看到"教育"自身的历史性。

比如，列宁这样说道：

……新《火星报》的那位"实际工作者"（他的深奥思想我们已经领教过了）揭发我，说我把党想象成一个"大工厂"，厂长就是中央委员会（第57号的副刊）。这位"实际工作者"根本没有料到，他提出来的这个吓人的字眼一下子就暴露出既不了解无产阶级组织的实际工作又不了解无产阶级组织的理论的资产阶级知识分子的心理。工厂在某些人看来不过是一个可怕的怪物，其实工厂是资本主义协作的最高形式，它把无产阶级联合了起来，使它纪律化，教它学会组织，使它成为其余一切被剥削劳动人们的首脑。马克思主义是由资本主义训练出来的无产阶级的思想体系,正是马克思主义一贯教导那些不坚定的知识分子要把工厂的剥削作用(建筑在饿死的威胁上面的纪律)和工厂的组织作用(建筑在由技术高度发达的生产条件联合起来的共同劳动上面的纪律)区别开来。正因为无产阶级在这种工厂"学校"里受过训练,所以它特别容易接受资产阶级知识分子难以接受的纪律和组织。①

工厂即学校,军队亦是学校。反过来可以说,现代学校制度本身正是这样的"工厂"。在几乎没有工厂或马克思所说的产业无产者的国家,革命政权首先要做的不是建立实际的工厂——这是不可能的——而是"学制"与"征兵制",由此整个国家作为工厂=军队=学校被重新改组。这时候,意识形态为何是无关紧要的。现代国家本身即是一个造就"人"的教育装置。

日本的儿童杂志作为这个学校制度的补充或为了"学龄儿童"而出现于明治20年代。在批判其杂志的内容之前,首先应该注意的是学制已经造就了"人"或者"儿童"。当然,无论在学校里还是在杂志上,其教育思想乃是儒教式的。但是,本来在中国原为士大夫意

---

① 《进一步,退两步》,此处采用1986年人民出版社版《列宁全集》第七卷第391页的译文。——译注

识形态的儒教，在江户时代乃是作为武士阶级的意识形态而被引进的，与农民、城市民众（不包括上层民众）无缘。所以，于明治时代的学校里所普及的儒教意识形态已是抽象的意识形态了。所谓"忠孝"在学校这个没有纠葛的抽象世界里不过是被灌输的东西，走上社会后则马上会遭遇到挫折。这种矛盾意识正是所谓的青春期。江户时代武士的儿童所接受的"忠孝"教育则更为具体而形象化。

人们批判明治时期的教育思想时，总是没有注意到学制本身的意义与作用。因此，"教育"本身不曾被怀疑其问题遗留至今。有良心的人道主义教育家、儿童文学家们批判明治以来的教育内容，旨在寻找"真的孩子""真的人"，其不知这不过是现代国家制度的产物而已。汉娜·阿伦特说构想乌托邦者乃是独裁者，同样，构想"真的人""真的孩子"者亦只能是这样的"独裁者"，而且，他们总是对此毫无意识。到了明治30年代，此前曾作为个别例外的突出事例而存在的"现代文学"得到一般化和普及，这与"学制"得到整备而稳定下来有关。在此基础上，小川未明等人的"儿童之发现"才成为可能。

为江户时代的师徒关系所牵制的砚友社系统的作家未能发现这样的"儿童"。不过我们可以在他们中间发现虽非为儿童所创作，却写了儿童之事的优秀作品的，这就是樋口一叶（1872—1896）。她所写的不是青春期

（adolescence），而是孩子直接渗透到小大人的世界而产生的一个裂痕，即作为过渡期不久便将显在化的青春期的征兆。樋口一叶乃是写了孩子时代却避免了"幼年期"和"童心"这种颠倒的唯一作家。

英文版第五章补记（1991）

在写作这本书的时候，我还没有读到法国年鉴学派的菲力普·阿雷斯（Phillipe Aries）所著《儿童的诞生》（1960）一书。我只是依据柳田国男做了一些思考。这使我再一次注意到：柳田国男与其说是一位民俗学者、人类学者，不如说是广义的历史学家，就是说，民俗学对他来说只是一种历史的方法而已。换言之，他做了与年鉴学派类似的工作。柳田试图观察未被意识到的事件，亦即未曾以文字记录下来的"历史"。这种工作如他自己所承认的那样，是江户时代国学派学问的延伸。不过，我在本书另外的部分里强调指出的是，不管他后来怎样反对，他学问的出发点与现代日本文学的"起源"是有着深深关联的。

例如，国木田独步在北海道的荒野上这样喊道："哪里有社会？哪里有人们骄傲地传咏着的历史啊？"又引用俄国诗人的话："即使到了人类最后一个人消失之时，那树叶之一片也不会为此而颤动。"国木田独步完全忽视了早就居住于北海道的土著阿伊努族的存在，也忘记了明治以后因政府的殖民地政策而被迫同化了的事实。"人类最后一个人"这一极端的想象力,根本没有正视因国木田独步这样的殖民者的到来而正走向"消灭"的阿伊努族的存在。这种"内在的人"忘记了眼前存在着的他者。同样,柳田作为农政官僚,其学问与在朝鲜、中国台湾的日本殖民地统治深深结合在一起,这虽是事实却常常被隐蔽起来。西洋人类学的"知识"当然是无法和殖民主义这一"原罪"分离开来的,柳田的民族学亦如此。柳田把与海外殖民地"他者"的关系,在日本的内部内面化了,这是国学派那里所没有的一种浪漫主义。

关于大人与儿童及工匠与艺术家的分割也是一样。桶口一叶在本质上是一个工匠,在她那里是没有现代艺术家意识的。然而,这与她的作品艺术性之卓越并没有任何矛盾,正如意大利文艺复兴时期的巨匠们一样。像她那样的作家诞生于明治末期女权主义出现以前,也没有什么不可思议的。女子文学的兴盛到了平安时代便结束了,但那以后的女性文学活动仍然持续不断。江户时代女子作和歌,对于那时的武士、商人家庭的女子是必不可少的娱乐,与此相伴随,《源氏物语》那样的作品也受到广泛的阅读。因此,可以说一叶并没有什么特殊例外的背景。

重要的是她没有使用言文一致体来写作,并在言文一致体确立以前就死去了。这使得她可以利用从平安时代到江户时代的语言宝藏。后来出现的"青鞜派"① 则完全基于文言一致以后的极为平板贫弱的书面语来写作。这种写作基本上是与"白桦派"的男性作家们相呼应的。

---

① 女子团体,诞生于1911年。——译注

六　关于结构力——两个论争

其一　无理想之论争

1

　　阅读所谓现代以前的文学时，我们会感到那里缺乏"深度"。可是，如江户时代的人们，他们不可能感受不到其时代的文学作品之深度吧。实际上，他们日常性地受到各种恐怖、疾病、饥馑的威胁，应该是不断感受其威胁而生存下来的。尽管如此，说他们的文学中没有"深度"，这究竟是怎么回事？我们不应该将其理由归结于他们的"现实"或"内面"，也不应该勉强地去读出"深度"来。与此相反，我们应该追究什么是"深度"，这个"深度"缘何而生。

　　对于这个问题，以绘画为例以代替文学来说明可能更好理解。现代之前的日本绘画缺少"纵深度"，换言之，似乎缺乏透视法。但是，我们已经习惯了而觉得仿佛很"自然"的这个透视法，原来并非自然之象。即使在西欧，现代透视法确立以前，其绘画中也是没有"纵深度"的。这个纵深度乃是经过数世纪的努力过程，与其说是通过消失点作图法之艺术上的努力，不如说是数学上的努力，才得以确立起来的。实际上，纵深度不是存在于知觉上的，而主要是存在于"作图上"的。这个作图法"将宽、深、高度的所有数值完全按一定的比例加以改变，由此，在各自的对象上按一个道理确定其与固有的大小，人的眼睛之位置相对应的尺寸"。（潘诺夫斯基：《作为象征形式的透视法》）习惯了这种透视法的空间，我们便会忘记这是"作图上"的存在，而倾向于认为此前的绘画好像完全没有注意"客观的"现实似的。例如，江户时代的画即使是"写实"的，那也不是我们所思考的那种"写实"，因为他们不具有我们所说的"现实"，反过来说，我们所说的"现实"只存在于一种透视法的装置之下。

同样的情况也可以用来说明文学。我们之所以感到"深度"，不是由于现实、知觉和意识，而是来自现代文学中的一种透视法的装置。我们没有注意到现代文学装置的变貌，故将此视为"生命"或"内面"的深化之结果。现代之前的文学缺乏深度，不是以前的人不知道深度，而仅仅是因为他们没有使自己感到"深度"的装置而已。另外，我们对于现代以前的文学，总感到不能自然而然地进入那个世界。这未必是由于所描写的背景于我们很疏远，也不是因为其人物没有按现实的实际尺寸来描写。比如，近松门左卫门的"世话物"①中——这在世界上也是少见的——普通身高的人物成为"悲剧"的主人公。尽管如此，我们仍然感到仿佛那里隔着一层薄膜似的，而感觉不到"就好像写的是自己的事情"那样一种感觉。这是为什么呢？

关于这一点，我们也可以参考绘画。比如，用透视法所作的绘画，其画面向着观赏画的我们这个方向连续地伸展开来。面对这样的画，不管题材如何，我们都会有一种走进画面中的感觉。透视法不够安定的时候，这个走进画中的感觉会受到损害。文学上亦然，不应该向我们的"意识"去寻求移情或"就好像写的是自己的事情"这种感觉，也不应该认为这是人类所固有的本性，因为，这只是通过一个特定的透视法式的装置才成为可能的东西。当然，时常有"想象力"丰富的研究者，冲破隔绝于我们眼前的薄膜，"深入"到现代以前的文学中去，不过，眼下重要的是我们对现代以前的文学所感到的疏隔感问题。

据此我们可以明白：第一，感到现代以前的文学没有"深度"只是因为那时的文学没有使人们感到这个深度的装置；第二，这个透视法的装置根本不能决定文学的价值。"内面的深化"及其表现，仿佛可以决定文

---

① 通俗故事、世俗文艺。——译注

学价值似的这种观点，正支配着"文学史"。然而，文学根本没有一定要成为这样的东西之"必然性"。

如前所述，西欧绘画中透视法的确立经历了"作图上"数世纪的努力。但是，潘诺夫斯基（Erwin Panofsky）认为，这种作图法"完全是数学上的问题而非艺术上的问题"，"与艺术的价值问题没有任何关系"。这意味着：现代的透视法作为"数学上的问题"应用到美术上，本来与美术无关的形式问题却和美术纠缠到一起了，而且错误地将此视为"艺术的价值"问题。

可以说文学上的情况也是如此。文学完全没有必要一定就是现在我们视为不证自明的价值判断基准的这种"文学"。但是，这样说了，就可以颠覆我们所认为的不证自明性吗？也不是。潘诺夫斯基亦指出："然而，尽管透视法并非艺术价值的契机，但它仍然是形式的契机，甚至有超出形式契机以上的价值。"因此，我们应该对这个透视法做进一步的研究。

2

这个对我们来说不证自明的透视法，究竟是怎么出现的呢？首先，应该消除下面这种误解，即在希腊和日本及东洋缺乏透视法。这不过是产生于西欧现代的透视法本身所造成的一个偏见而已。其实，在古典时代和现代以前的日本及东洋的绘画中都存在透视法。故应该质疑的不是一般的透视法，而是某种特定的透视法到底是怎样产生的。

潘诺夫斯基指出，现代透视法既不是古典时代透视法的延长也不是其复兴，而是对其彻底的否定，就是说，这个透视法仅来自中世纪的美术。古典时代的透视法不存在那种"均等的空间"。"古典时代的艺术是纯粹的立体艺术。这种艺术不但可见，而且可用手来触摸，只有这样的东西才被视为艺术的现实，而且在素材上亦占有三度空间，机能与均衡上亦规定为固体。因此，这种艺术总是把以某种方式拟人化的个别要素组进建筑性的乃至雕塑性的群体结构中去。"（《作为象征形式的透视法》）

古典时代的美术，其个体"空间"相分离，即如果说诸个体物分别属于不均质的空间，那么中世纪的美术则先把这些个体物的实在性进行解体，然后再将其统摄于平面的"空间之统一体中"。在这里，世界被改造为"均质的连接体系"。这虽然是一个"不可测量"的"无维度的流动体"，而可测量的现代体系空间（伽利略、笛卡尔）却只能从这里诞生。潘诺夫斯基说："艺术不仅获得了这样单纯无限的'均质'，而且得到了'方向均等'的体系空间，（后期古希腊人文主义，罗马时期的绘画不管有多少表面的现代性）我们仍然可以看到这种艺术是怎样的有必要以中世纪的发展为前提的。因为只有经过了中世纪'宏大规模模式'，表现基体的均质性才得以创造出来。如果没有这个均质性，那么，不仅空间的无限性而且方法上的无差别性都将是无法想象的。"

　　与常理相悖的是，一旦古典时代的透视法被否定，才有可能出现现代透视法所有的"纵深度"。在古典时代，柏拉图认为透视法歪曲了事物"真实的大小尺寸"，以主观的假象与随意性取代现实和法则，故对此予以否定。排除了透视法的中世纪的空间，可以说是在消除了"知觉空间"的新柏拉图主义=基督教的形而上学观念中形成的。果真如此的话，那么纵深度、可测量的均等空间，或者主观—客观等认识论上的透视法不仅与基督教、柏拉图主义的形而上学不相对立，相反乃是依据于此的。

　　对于现代绘画中的透视法的反抗——后期印象派结果还是归属于此——源于下面这个认识：透视法的"均等的空间"是通过作图所给予的，与通过"知觉"所给予的相乖离。在这种情况下，知觉包括了"用手触摸"这样的运动，不应该仅限于视觉。还有，诸种感觉作为整体是不能被切割的。知觉，也即身体乃作为一个错综复杂的结构体而存在着。绘画中的立体派和表现主义之反透视法，与哲学上对于知觉、身体之现象学的注视相呼应。

　　潘诺夫斯基说：

　　　　正确的透视法作图，在原理上舍弃精神生理学上空间的这种结构。……这种透视法不是用我们的一只眼睛,而是常常用移动的两只眼睛来观看,因此忽略了"视野"成为球面状这一事实。这种透视法没有考虑到我们意识到可视性世界时的带有心理学条件的"视觉形象",以及与在物理的眼球上所描绘的带有机械性条件的"视网膜形象"之间的重大区别。

现代透视法的空间是笛卡尔式的空间。笛卡尔的思(cogito)由此才得以产生。因而,注意到这种空间与知觉空间之间的错位,而产生了对这种透视法的批判,这又与始于胡塞尔的现象学对现代认识论的主观—客观之透视法的批判,以及走向海德格尔现象学分析、存在论,或者梅洛-庞蒂的知觉论、身体论等相呼应。特别是在海德格尔那里,这转化为一种思想史式的展望。但是,在某种意义上,正是海德格尔所说的这个柏拉图以后的"存在丧失"或"世界像时代",被"知觉空间"隐蔽掉了。实际上,海德格尔并没有直接走向古代,而是以捕捉到"知觉空间"的现象学分析为依据而间接走向古代的。

同样的情况也可以用来说明日本。如后面将要叙述的那样,日本的"私小说似的东西"与现象学的方法有些近似,因为"私小说"所把握的是与现代透视法相异的"知觉空间"。不过,在总体上,我们不能对这两者等同视之。换句话说,"古典时代的透视法"虽与现代的透视法不同,而与日本及东洋的透视法则性质更为相异,有其独特的地方。

芥川龙之介说:"'西洋'对我的呼唤总是来自造型艺术。"可以说他大概正确地感受到了这一点。

伟大的印度也许会使咱们的东洋与西洋握手,但这乃是将来的事。西洋——西洋之根本的希腊现在还没有和咱们握手。海涅说在"流窜的诸神"中有被十字架追逐的希腊诸神寄寓于西洋的偏远乡村。但这即使是偏远的乡村,依然还是西洋。他们没有一刻曾寄寓在咱们的东洋。西洋即使受了希伯来思想的洗礼,也还是有着与我们东洋不同的血脉。最显著的例子恐怕是其性爱描写吧。甚至他们的性感本身也与我们的性感大异其趣。

有些人在于1914年、1915年前后走向消亡的德国表现主义中发现他们的西洋,当然还有好多人在伦勃朗(Rembrandt)及巴尔扎克那里找到他们自己的西洋。现在,秦丰吉等人在洛可可式时代的艺术中发现秦氏的西洋。我不是想说这种种西洋就不是西洋,我只是对这个得益于西洋的总是醒着的凤凰——不可思议的希腊感到恐怖。恐怖?或许不是恐怖也未可知。总之,会感到一种一面巧妙地抵抗,一面还是渐渐被吸引过去的某种与动物性的磁

气相近的东西。《（太文艺的了》）

3

　　这里，有必要对另一个"深度"即"深层"问题加以考察。深层当然是由于阶层分化产生的。这里所说的阶层性不是亚里士多德、苏格拉底或朱子学所说的阶层性。后者的事物之阶层对应于人类社会的身份等级阶层，与此相对，产生"深层"的这个阶层分化已经是以"均等的空间"为前提的了。

　　列维-斯特劳斯说，如果没有林奈（Linnaean）的分类表恐怕就不会有达尔文的进化论。林奈本身是相信物种是因有上帝而得以创造的，然而，如果说在空间上表示的生物系统树状图式的分类是经过达尔文而被历史化了，那么，那是怎样才成为可能的呢？比如，从亚里士多德的分类表中为什么没能产生这种变换呢？这里，比起林奈和达尔文的差异来更值得注意的是亚里士多德和林奈之间的差异。对于亚里士多德来说，个体物质属于性质不同的场所，而林奈已经是以"等质空间"为前提了。就是说，在他那里，物种的分类表乃是在比较解剖学基础上编成的，不同的物种已非"异质"的了。故基于此，达尔文的变换才成为可能。

　　空间性的阶层分化得以变换为时间性的阶层分化，以及由此而产生的黑格尔的辩证法也好，达尔文进化论也好，都需要对阶层性的发展加以"说明"。不过，比这个"说明"更为重要的是使这种时空变换成为可能的根据为何这一问题。例如，今天的自然科学，如生物学、化学、物理学、核物理学等的阶层性水准在分别得到探究的同时，它们却总是可以被变换为进化论式的发展。新的基本粒子的结构一旦被发现，便会被置于关于"宇宙进化"的说明中去。不仅如此，这种基本粒子的存在的证明往往是通过宇宙放射线那样的"历史资料"做出来的。支撑现代自然科学的是所谓时空可以变换这样一种境界，严格地说，是这样一种透视法式的装置。如同胡塞尔所言，这基本上始于伽利略解析几何学的坐标空间。自然科学之时空变换的根据不是"在科学上"所给予的，那只是"在作图上"被假设出来的东西。

如上所述，现代绘画中的"纵深度"由均等的空间里对应于一个中心消失点的事物的装置而出现，同样，"深层"也是通过透视法式的"作图法"而产生的，并不是源于"现实"或"知觉"的存在。所谓深层乃是基础结构。就是说，上—下结构的透视法使深层得以产生。18世纪的知识（林奈、康德）还属于纵深度的透视法，他们还不知道所谓"层形"的历史。即使卢梭的学说也仍然是建立在"不曾存在，将来也不会存在的"这样一种"自然状态"的假说之上。而19世纪所产生的乃是从所谓水平性的纵深透视法向垂直性的深度透视法的变貌。正是由于有了这样的装置，历史便被当作历史学来看待了。

可是,这对我们来说已经成了不证自明极为"客观"的东西,因此注意不到这本身乃是通过一个特定的装置而形成的事实。比如,马克思和弗洛伊德的工作常常被理解为"深层的发现"。其实正相反,他们所做的是试图解体使深层得以产生的那个阶层分化的透视法(目的论、超越论),他们所注视的正是所谓的表层。但是,这从反面也说明把他们变成"深层"的发现者的这个知识透视法,是多么的强大无比。又比如,米歇尔·福柯说弗洛伊德针对18世纪的"理性和疯癫"的分割,再一次把疯癫提到语言的层面上来,使"与非理性对话的可能性"又复活了,虽然弗洛伊德没能消解掉医生与病人这一"分割"。

但是,在讲到弗洛伊德的"深层发现"——仿佛融和了理性与疯癫的"分割"——之前,我们必须注意下面这一点:正如福柯所指出,18世纪的"分割"如字面所示乃是作为空间的排除、监禁而发生的,但在这种"分割"中值得注意的是,疯癫及狂人已不再属于"圣域",理性与疯癫在某种意义上是"等质"的,故"分割"才成为可能。当然,无论在古典时代还是在中世纪都有理性与疯癫的区别。但是,因为这已经成为空间的"分割",所以需要以"等质的空间"为前提。或者可以这样说,因为狂人已被隔离于性质相异的场所,故狂人不再属于"圣域",而必须被当作"人"

来认识。就是说，这个"分割"正是现代的透视法。

弗洛伊德对此所做的工作是什么呢？作为一般所认为的精神分析理论，所谓疯癫乃是发生于在发达过程的某个阶段其统一综合不成功的结果，而停留（退化）于较低层阶段。但是，这并非弗洛伊德所思考出来的，例如，在黑格尔那里这种认识已经确立起来了。

黑格尔并没有把疯癫作为异质性的东西加以排除，而是当作向低的阶层的一种固执或自律运动。不仅如此，在他的阶层体系中，普通所谓"病"乃是在低层形式停止不动状态下的自律运动。在此，疯癫本身被视为正常的阶段（契机），而且理性也一样，当理性要对相对高层次的阶段做自律运动时，——如康德、罗伯斯庇尔（Robespierre）所说的"悟性主义"——将被视为病态。这样，黑格尔没有把理性和非理性对立起来，而得以坚持下面这样的观点：理性自然而然也可以成为非理性。当然，这是以超越性的"上位"之存在为前提的。

黑格尔把病态视为低级形式的"独立"这一视角是以超越论为前提的。另外，这种视角先于弗洛伊德，认为"治疗"将从这里开始。一般认为，弗洛伊德主义或作为治疗的精神分析，在某种意义上只能回归到黑格尔主义。特别是把弗洛伊德的理论从对恋母情结或性的解释之固执中解放出来，试图在人生各阶段中观察其"认同的危机及其克服"的埃里克·埃里克森的理论更是黑格尔式的。不过，只是到了这一阶段，黑格尔已然被忘却，同时，使阶层性的透视法成为可能的乃是一种形而上学，这一点也被忘记了。

精神分析如果局限于作为治疗手段，那么，就将是医生帮助在"发展"过程中受到挫折的患者重新整合并回到正常发展状态的这样一种治疗了。但是，应该说至少对弗洛伊德来讲，精神分析是不是一种"治疗"令人怀疑。精神病理学上的治疗并非把疯癫视为属于异质性境域的东西，也不认为这是应该在空间上加以排斥、监禁的东西，而是认为疯癫作为属于"下位"的东西通过阶层化才开始出现的。并不是弗洛伊德创始了精神病理学上的治疗，也不是他发现了"深层"。相反，弗洛伊德所做的乃是对这种阶层式的透视法之拒绝。这可以从弗洛伊德脱离布洛伊尔（Breuer）的催眠疗法而取自由联想法这一做法得到证明。就是说，弗洛伊德没有重视"深层"，而是注意到在自由联想或梦中表面地反映出来的情报联结与整合的装置。所谓"无意识"，乃是在我们"意识"之透视法式的装置（线性的、整合的）上，作为无意义不合逻辑的东西而被排除掉的表层装置。具有讽刺意味的是，如前所述，弗洛伊德最根本的新颖之处在于对"深层"的拒绝，可是他却被当成了"深层"的发现者。

另一方面，对于黑格尔在矛盾与对立中发现阶层的发展"原因"的观念，马克思则指出：其实矛盾与对立常常只是从结果（终结＝目的）上所看到的东西。同样，矛盾与对立是所谓"作图上"的存在"原因"。马克思由此发现了"自然而然"的生成，或自然而然地变化着的多重结构体。这可以说是马克思针对以透视法所构成的历史（辩证法的历史也好，进化论的历史也好），找到了前面所说的意义上的"身体"。当然，这个身体并非存在于"深层"之中。只有将上位—下位，远—近，表层—深层之透视法化为虚有才能发现这个"身体"。

实际上，马克思所谓的"人类之死"和尼采所谓的"上帝死了"，指的并不是上帝或人的存在。这是在宣告：使透过事物、话语来观察的方法成为可能的只是作图上的消失点而已。而这个存在最终恐怕也要被吸收到透视，或历史主义的展望中去，因为使马克思和弗洛伊德变成"深层的发现"者的形而上学并不是什么观念，而是那个自然的不证自明性。

4

从18世纪到19世纪发生于西欧的这个透视法发展变化的过程，在明治20年代的森鸥外与坪内逍遥的"无理想"① 论争中，得到了戏剧性的展现。文学史家

---

① 这里所谓的"理想"，主要指作品的内容、主题。——译注

们没能看到这个现象，并非因为这个现象被隐蔽起来了，而是因为"文学史"这一透视法妨碍着对此现象的观察。形成于明治20年代的"国文学"或"文学史"本身便是一种预设：仿佛真有一种从古代走向中世纪、近世以至现代的文学"进化""深化""发展"的历史似的。我们所需要的不是代替这个透视远景提示另一个别的远景（如"反现代"主义那样），我们只需要注视使这个远景成为可能，且被视为无可置疑不证自明的那个装置。

对于这场论争，我们不应该去追究论争的是什么"问题"。"问题"总是作为对立或矛盾而构成的，所以，论争这个形态才是使"问题"得以存在、发生的关键。我们对于现实的东西恐怕只会通过对立或者两分法来"认识"，尽管如此，我们至少应该懂得"问题"只有通过所谓"作图"才得以存在。作为论争（对立）而形成的"问题"在揭出了某种东西的同时，也会把某种东西隐蔽起来。"政治与文学"论争也好，"战后文学"论争也好，都是一样的。对立所隐蔽的是差异的多样性。为了解读"无理想论争"，我们必须拉开距离来看他们由对立而形成的意义及"问题"的场。首先，坪内逍遥这样写道：

> 所谓评释有二法，一为尊其原本作字义、语词上之评释，另一法则为涉及修辞上之解释。对作者

之本义或所见于作品之理想加以发挥,施以批判评论,此亦可成为评释。我当初意译《麦克佩斯》,觉得只取第二评释法即可,然又有所感,遂决意应取第一评释法。第二评释法即解释(interpretation),若为见识高远者,读其作品深得感动,自当有益。若经见识卑下者之手而成,则有释猫为虎,恐使迂阔之读者陷于不当有之误解。盖莎士比亚之作甚近自然,故有生此误解之虑。此点最是重要,为避似是而非之论,容再作辨明。

我所谓莎士比亚之作甚近自然者,意指其所描写之事件、人物与实有之事件、人物虽不同然,却于读者心中可作任意解释,此乃几近造化之自然也。(《麦克佩斯评释》绪言)

此文虽不是为论争而作的文章,但在论争中,逍遥自始至终论述的就是上面关于莎士比亚文本的这一思考。他所说的"理想"指的是透过文本所见到的意义、主题。莎士比亚的文本至今有多种多样的"解释",但哪一种解释都是无法还原的,即逍遥所说的:"仿佛万般理想均可相容而仍有余裕"。"盖如欲称其为造化之捕捉一般,莎氏作品变化无穷而无一定形式,故可作黑白紫黄任意之解释"。

莎士比亚被视为"如同伟大的哲学家",其作品堪称如同"理想"的外化。但是,逍遥却指出,如果要称赞莎士比亚"不如赞其无理想之处"。"古人多数无理想之作，为后世释为大理想之作，其作者则被评为有如神者圣人乃至至人，然无理想未必一定为'大理想'，小理想亦可视作无理想"。逍遥在指出把"无理想之作"解释为"大理想"这样一种颠倒的同时，也说明"无理想"本身并非"目的"。森鸥外将逍遥所说的"无理想"与左拉主义相比肩是不当的，因为，自然主义不过是"可视作无理想"的"小理想"而已。

逍遥自始至终在谈莎士比亚的文本。莎士比亚这位作者既没有高举"无理想"的大旗，也没有说过志在"无理想"。不过，莎士比亚的文本不可能还原到任何一种"理想"去，因此只能以"第一评释法"即文本解读来批评。逍遥反复论述的就是这一点。

逍遥还说"要抛开空理，置现实于目前，弃差别之见，取平等之观，多网罗史之实相，于明治文学之未来提供归纳之广大素材"。《小说神髓》在根本上亦是取了这样的姿态而写作的，简言之，这是以归纳的方法对小说进行"分类"。从逍遥把西洋、日本、中国的小说简单地在形态上加以分类的做法，可以看出这是一种非历史的空间性的归纳方法，而从《麦克佩斯评释》绪言中的"近松若生伊丽莎白之时代，当操英文著世话物语以遗后世……"的说法中也可知道，他还没有掌握历史的透视法。这里贯穿着一种不是从"理想"（意义）而是试图从形态上来观察小说的姿态，即对不同时期不同地域的小说舍弃其差异作"平等之观",进行形式主义的考察与分类。

西洋人到了在西洋之外将西洋非中心化的时期,才有了上面那种非历史的形式主义的思考方法。但在今天看来反觉得新鲜的逍遥之议论,在当时(某种意义上现在亦然)却明显地为森鸥外的议论所压倒,其原因正在于此,在逍遥那里缺少关于"深度"的透视法。

根据鸥外的概括,逍遥是把小说分为三类的。第一类是固有派、主事派、物语派。这类小说"先有事件,后出人物","大型之事变非起因于主人公之性格行为,而偶然来自外部",例如马琴、柳亭种彦(1783—1824);外国中古时期的故事类则有菲尔丁(Fielding)、斯摩莱特(Smollett)。第二类是折衷派、性情派、人情派。这类小说"以人为主,以事为客,置事于先,人则在后"。其意义是,前者为"活写人之性情",后者为"由事而写性情",可以举萨克雷(Thackeray)为例。第三类是人性派。这类小说"因人缘事。所谓因由之处在其人之性情,所谓缘起之处在于事变",可以举歌德、莎士比亚为例。

鸥外所批判的是这种分类法仅作单纯的并列这一点。他说:"逍遥氏立固有、折衷、人性三项视为流派,未必一定要将尊卑高下置于其间"。在鸥外那里已经有了历史的透视法,如他这样说:"归根结底进到人性主义之小说界,乃19世纪所有特殊之相,此非诬言也。"

当然,这种程度的历史主义认识逍遥"未必"没有掌握到。但可以说逍遥的杰出之处在于,如后来漱石在伦敦构思《文学论》时那样,有意避开了西洋的"文学史"观念。他将自己熟悉的江户时代以来的日本小说与西洋小说并置,试图确立其应有的地位,欲对此进行"改良"而非"决裂"。

对此,森鸥外这样批评道:

> 然逍遥氏立固有、折衷、人性三项以为分派。哈特曼则分类想(Gattungsidee)、个想(Individualidee)、小天地想(Mikroksmus)三项为美之三阶段。此二者之歧令我不知所从而生涕零之感。赫德曼区分类想、个想、小天地想三项以为美之阶段,盖植根于其审美学。赫德曼排斥抽象之理想派审美学,倡导具象之理想派审美学。于彼眼中,由官能上愉快之无意识美,至美术奥义幽玄境界之小天地想,此乃由抽象通往具象之道,所谓类想、个想(小天地想)者仅通往赫德曼氏幽玄境界之一里程之名而已。(《栅草纸山房论文》)

换言之,鸥外认为逍遥所并列的"三派"乃是阶层性的东西,亦即发展阶段,他依据哈特曼(Hartman)的哲学而提出了这一主张。不过,正如鸥外自己所言,这未必一定要以哈特曼哲学为根据。哈特曼所谓"无意识哲学",在某种意义上是综合了黑格尔的"理念"与斯宾诺莎的"意志"而形成的。与黑格尔不同之处在于,哈特曼认为绝对者不是合理的"理念",而是非合理的"意志"即"无意识者"。另外,在某种意义上,这又是黑格尔的辩证法式进化论与达尔文式进化论之综合,认为世界乃是通过"无意识者"的自我分裂而阶段性地发展着的。不过,值得注意的是下面这一点,即"无意识"这个"深层"只有在超越论或目的论的构造中才得以发现。因此,最终这个思想仍然回到了黑格尔主义,而没有突破它。

不过,哈特曼的哲学是怎样的并不重要。重要的是鸥外没有采取当时具有支配地位的历史主义和实证主义,而是采取了极端的一元论之观念论。对此我们不必通过哲学性的内容来观之,而有必要在装置上来考察。就是说,鸥外通过对"理想"(理念)的主张要做的是把逍遥的并列式的概念时间化(阶层化),换言之,是要把逍遥的纵深透视法改变为深度(上下)透视法。这与德国思想发展中的哈特曼哲学所具有的意义几乎无关,因为,在哈特曼之前早已有黑格尔存了了。然而,在鸥外那里,是没有任何先行者的,只有带着成体系的理论的逍遥一人。因此,在这场"无理想论争"中,鸥外始终是攻击性的。

逍遥的"理想"与鸥外的"理想"完全是意义不同的东西。我已经反复讲过,鸥外所说的"理想"是由在某种"消失点"上可以透视文本，以这种能够互换的装置而产生的。比如，所谓"时代精神"便是将某个时代的诸种话语重新配列到一个中心（消失点）上去。在这个基础之上，观念论则被视为此种"时代精神"的外化（表现）。故而，为了批判观念论，不必取来"经济基础"等等以代替"时代精神"，而需要对所谓消失点作图法本身进行批判。如前所述，马克思所做的其目的正在于此。

鸥外需要获得这种透视法。他所说的"理想"不是对江户时代文学的"改良"，而是将这种装置全面地改造而使其中心化的那个"消失点"。严格地说，只有这样才能由此产生出"现代文学"来。当然，我不是说"现代文学"真的从鸥外那里诞生了。在论争中，与之对立并提出"问题"的是鸥外。他在明治20年代，将多样并存着的东西——逍遥视为"无理想"而加以肯定的——作为"对立物"而合并在一起，把江户时代文学的潮流定位于"下位"，并将其"必然"化了。

5

然而，意味深长的是，进入大正时代后，鸥外几乎是突然地对这种装置发起了抗拒。此前，我在《历史与自然——鸥外的历史小说》（收《意义之病》）的随笔中，也提到过这一点，在此想重申一遍。人们说鸥外在乃木将军殉死之后，一口气写下了《兴津弥五右卫门遗书》，这成了他进入历史小说创作的契机。不过，我认为重要的不是一气呵成的初稿，而是 8 个月后对此做大幅度的改稿这一事实。初稿中，遗书是这样结尾的：

> 吾心中早已无一牵挂之事，唯老病之至遗憾有之，然得以等到本年本月本日殊蒙恩顾以赴松向寺十三回忌仰慕御迹，虽迟未晚。殉死乃国之禁制吾早有深悟，壮年之时始同类相伐，吾不死至今，当不成罪责悉……
> 此遗函书于秉烛之下，而蜡烛已燃尽。不及再燃烛火，然于窗前雪亮之下，当可切腹自尽也。

初稿中，如上面所引用的那样，是在"窗前雪亮之下"遂行了"国之禁制"而殉死的。可是，在改稿中则成了弥五右卫门得其主命，在"实在盛大"的场面下剖腹自杀的。而且，在其后记中又有了"简陋小屋的周围聚集了京都的老幼男女前来旁观"一句。那么，初稿和改稿的不同意味着什么呢？

初稿的确令人想起乃木将军，事实上也是如此。当时初稿发表于杂志《中央公论》时，题名为"拟万治元年殉死先君之遗书而作"，并同时登载了有关乃木殉死的诸家评论，无疑鸥外是将初稿作为有关乃木殉死的解释而创作的。因此，初稿中有其明确的"主题"，亦有凝缩而来的紧迫感。但是，改稿中这种紧迫感消失了,"主题"也变得暧昧不清。与其说初稿与改稿的"主题"不同,不如说鸥外在改稿中有意识地否定了"主题"本身。

严格地说,鸥外的"历史小说"创作始于这篇改稿。如果说此前的作品或大或小都表现了"意义",那么,改稿以后的作品则拒绝这种超越性的"意义"之表现。这个拒绝是通过使作品中的装置非中心化来实现的。在此,甚至相互矛盾的诸片断作为"能指"被罗列在一起,允许透视这些片断的那个"消失点"不见了。

例如,在《阿部一族》中,关于阿部一族被与家族集团有交往的邻人柄本又七郎杀伐之后的情景,小说是这样描写的:

> 阿部一族的尸体被拉出井口,受到观赏。在白川洗每具尸体的创伤时,柄本又七郎发现被自己的枪刺穿了胸膛的弥五兵卫的创伤最是漂亮精彩,于是柄本又七郎开始为其整容露脸。

期待着悲剧性的故事发展而阅读至此的读者,在这里却被岔开了。我们完全搞不清柄本这个男人的"内面",这并不单单因为鸥外彻底地描写了"外部",就是说,鸥外没有取从表面暗示深度这样的文体。本来在柄本这个男人那里是不存在我们所思考的那种"内面"

的，而鸥外则通过如此并列不连贯的片断，甩开了欲达到"深度"的读者。

为了不使自己的"历史小说"被当成"故事"来读，鸥外下了各种各样的工夫，比如，在作品中他附上一些注和后记，这并不是为了有助于作品的理解，而是有意避开作品向一个焦点发展下去。这在"史传"中得到了更为彻底的贯彻，就是说，他的史传是拒绝要成为作品这一欲望的。尽管如此，要对鸥外的"历史小说"做历史性解释乃至批判性的研究的人依然不绝于世。关于鸥外的这种"回转"，我以前曾有过论述，这里不想再做进一步的阐述。现在，我想把这个问题放到"没理想论争"中来再做思考。鸥外说：

……我前面说到的那类作品与任何人的作品都不一样。因为，一般的小说有自由取舍事实加以贯穿的印记，而我的这些作品却没有。在作脚本《日莲上人辻说法》等时，我也曾经把后来的立正安国论夹到以前的镰仓的辻说法中去，而在近来写小说时我完全排斥了这种手法。

为什么要这样做呢？动机很简单。查阅史料，引起了我对其中可见之"自然"的尊重之念，于是渐渐讨厌起对史料作胡乱更改的做法，此其一。我看到现在的人按照本来面貌来写自己的生活，我觉得如果忠于实际来写现代为好，那么，写过去也应该如此,此其二。

> 我那类作品与别人的不同之点,尽管拙巧有很多很多,但我认为最主要的不同则在于上述这一点。(《忠实于历史与背离历史》,1916)

鸥外可能忘记了,这与逍遥对莎士比亚文本的论述几乎是相同的。他仿佛转了一圈才达到了论敌的境域上。不用说,正是这个转了一圈最为重要,它意味着作为开创现代文学这一装置的先驱者鸥外,其本身试图将此非中心化。

问题是,鸥外的回转与其说是披荆斩棘一往直前的,不如说是以一种回归原初的方式实现的。他只是单纯地"感到讨厌了"。他所做的回转,在西洋作家那里恐怕需要经历巨大的知性紧张,即使在今天亦如此吧。然而,在鸥外那里此乃作为一种所谓的自然发展过程而实现的。这绝非鸥外一个人的问题。因为在大正时期,对"加以贯穿"的厌烦,换言之,对"结构"的厌烦也是与鸥外向"历史小说"倾斜同时发生的所谓"私小说"的主导倾向。不是从意义内容上,而是就其装置来观察的话,这两者都反映了共同的倾向性。

比如,"私小说"针对某种等质空间的社会,提出具体的血缘空间,并代替与此"社会"相对应的"私"(我),指出要表现心情、知觉等前思想的领域。进而,这种倾向在本质上厌恶"结构",甚至把19世纪的西欧小说视为"不纯"和"通俗"而表示轻蔑。有趣的是，这种反"文学"的志向却促成了"纯文学"的形成。那么，此厌恶情绪从何而来？当然是来自对透视法式的装置，对超越论式的意义（消失点）的厌恶。不用说，他们对此并没有充分清醒的自觉，也没有这种自觉的必要。可以说对此具有明确自觉的只有晚年对结构化的作品开始感到厌烦的芥川龙之介一人。我们可以通过芥川龙之介与谷崎润一郎关于"没有'情节'的小说"论争，来对此进行考察。

其二 "没有'情节'的小说"论争

1

我重提以往的论争，并不是为了发现其中应该解决的"问题"，完全相反，我只是想把作为对立而意识到的"问题"当作一个症状来解读。与马克思主义范围内的"文学论争"不同，对于因芥川龙之介自杀而突然中止了的"没有'情节'的小说"之论争尤其是如此。在这次论争中，芥川先提起"没有'情节'的小说"这一问题，认为"情节"与"艺术价值"无关。对此，谷崎润一郎（1886—1965）则认为："情节的引人入胜，换句话说即事件的组合方式，结构的精彩诱人，以及建筑上的美学，这不能说没有艺术价值。"于是，初看起来，这场论争中对立着的仿佛是片断化（非中心化）与结构化（中心化）的两极。可是，芥川要否定的"情节"与谷崎要肯定的"情节"之间存在着微妙的不同。这有些和逍遥所说的"理想"与鸥外强调的"理想"之不同相类似。通过阐明"情节"为何物，围绕"情节"所产生的他们之间的对立可能呈现出完全不同的形态。芥川的"情节"所指的意义与谷崎的"情节"所指的意义是不一样的。换言之，芥川由对"情节"的否定而与之对立的也许不是谷崎，反之亦然。所以，虽然因"情节"这一词语的同一性而卷入相互对立的状态，但他们说不定是暗中联手的合伙同谋。"没有'情节'的小说"之论争不是作为"问题"，而必须作为"症状"来解读，其原因正在于此。

丸山真男（1914—1996）说，日本的论争因为很少经过深入的理论交锋故常常以感情的对立而结束，同样的"问题"经过数年则与从前的论争毫无关系地又论争起来。不过，不管在日本还是在西洋，"问题"得到理论性解决的事是不可能有的。正如维特根斯坦（Wittgestein）所说，只有当"问题"不再成为"问题"的时候才能得到解决。又例如，西欧中世纪的实在论与唯名论的论争也是如此，其"对立"并没有得到理论性的解决，形成那种"对立"的东西与理论是不相干的。何况，关于"没有'情节'的小说"之论争，我们不应该被芥川与谷崎所驱动的逻辑所俘虏。

例如，佐伯彰一（1922—）认为，"从提示论旨的方式到展开议论的手法，都可以看到芥川一方受到围攻，在不断地一步步后退。观其态度、笔势亦可知道此乃一方注定失败的论战，芥川一方毫无得胜的意思"，而在文章后面又写道：

> 考虑到我国20世纪小说其后的发展推移，我们不得不承认论争中实际上的胜利者乃是芥川。虽然在论述方法及具体铺陈上杂乱无章迟疑不前，然而，我觉得芥川小说论上的主张是相当有力地延续下来了。
> 这里有着文学史上不可思议的讽刺。论争中明显是败者的文学主张强有力地生存下来，而显示了压倒胜者的气势。（《物语艺术论》）

如果把这场论争视为"胜负"之战观之，确实有可能在这里找到"文学史上不可思议的讽刺"。然而，若作为"症状"来看的话，他们之间的"对立"仿佛倒了过来，这根本不是什么讽刺，而是因为我们把对立的形态，确切地说，是把网眼上相互缠绕在一起的形态切除丢掉了。

2

首先，对于芥川来说，"情节"究竟意味着什么呢？

没有像样情节的小说当然不是仅仅描写身边杂事的小说。这是在所有小说中最接近诗，且比起被称为散文诗的诗来更接近于小说的。如果反复强调的话，我认为这个没有"情节"的小说是最高妙的。若从"纯粹"，即不带通俗趣味这一点上来看，此乃最纯粹的小说。我们再次举绘画为例，可以说没有素描的画是不能成立的［康定斯基（Kandinsky）题为"即兴"的几幅画除外］。但是比起素描，把生命寄托在色彩里的画更容易成立。有幸得以渡海传到日本来的塞尚（Cézanne）的画便清楚地证明了这一点。我对接近这种画的小说很感兴趣。（《文艺的，太文艺的了》）

我们从芥川自己取画为例这一事，大概可以知道他在怎样的语境中谈到"没有'情节'的小说"之论争的。如前所述，后期印象派虽仍属于透视法系统，但他们已经针对这种作图上的等质空间，找到了另一个"知觉空间"。芥川所说的"情节"正是使透视成为可能的那种作图上的装置。不过，重要的不单是芥川敏感于第一次世界大战后的动向，甚至也不在于他有意识地要写这样的作品，而在于他把西欧的动向与日本的"私小说式的作品"结合在一起了。换句话说，芥川使"私小说式的作品"作为走向世界最前端的东西而具有了意义。

这样的视角，对于私小说作家来说当是无法理解的。不用说，就是谷崎润一郎也没能认识到这一点。私小说家们认为自己是在自然而然地描写"私"（我），与西欧作家所做的是一样的事。可是，他们实际上做的事情并非如此。可以说芥川所看到的不是自白或虚构这样的问题，而是"私小说"所具有的装置之形态的问题，他是将此视为没有中心的片断之诸关系来观察的。

私小说的"如实写来"，即是鸥外所说的"不做综合贯穿"。所谓的写实主义（19世纪的），从属于作图上的空间，所以，私小说家们即使使用了同一个用语，其内容也是完全不同的。同样的事情，也可以用来说明"私"这一词语。实际上，私小说的"私"是在现象学意义上被加上了引号的。

现代西欧的"我"正如笛卡尔那样，是存在于一种透视法装置上的。在西欧，这种装置完全是不证自明且自然而然的，故对这个仅为作图上的装置很难注意到。不仅如此，为了将这个装置还原（打上引号），观察其变形隐蔽着的原初"装置"的状态，需要非自然的意志和方法上的一系列招数。这只要思考一下胡塞尔或柏格森（Bergson）所分别付出的努力就会理解这一点。日本的私小说则与此相反。因为私小说作家们能够清楚地看到，使西欧式的"我"变成自然的这个装置正是非自然的人工的。

值得注意的是，私小说式的作品存在于与西欧的反西欧动向完全不同的语境中。芥川说："如某个评论家所说，若视塞尚为绘画的破坏者，那么，列那尔（Renard）则是小说的破坏者。"但是，我们不能在同样的意义上视志贺直哉为"小说的破坏者"，他的"破坏"太自然而然了。前面我说过，鸥外向"历史小说"创作的回转与私小说式的作品之兴盛有着内在的联系，这乃是一种自然的发展过程，所指的正是这一点。

志贺直哉的"私小说式的作品"产生于对内村鉴三的反抗。这是对基督教这一装置的反抗，同时也是对现代"文学"这一装置的反抗。志贺的这种厌恶毫无疑问是十分激烈且难以摆脱的，而在芥川那里可以说表现为一种疲劳。这也正是芥川看上去仿佛始终被谷崎所围攻着的理由。但不管是厌恶还是疲劳，私小说式的作品之所以成为占支配地位的潮流，是因为人们感到现代"文学"这一装置乃是非自然的东西。在这个意义上，可以把大正时期的文学定位为是对确立于明治20年代的"文学"之潜在的反动。而且，这种反动是在西欧文学进一步渗透进来的国际都市化气氛中发生的。

私小说的"我"并非思想。换言之，这不是对应于等质空间，而是对应于非等质空间的。因此，私小说显示了"个人的清晰面貌"（小林秀雄）。为了否定这样的非等质空间，就是说为了把非等质空间等质化，单纯把西欧文学加以对置是不充分的，批评家们无论怎样强调虚构的必要性也是没有意义的。

对于常常把芥川作为论证材料和依据的"现代主义批评家们",吉本隆明说:

> 文学之形式上的结构力既然是作家生存意志的社会性基础函数,那么,井上良雄所谓的"性格上的歌德式完成"也好,作品上精致的形式之完成也好,对志贺来说都是轻而易举自然而然的事了。相比之下,对于以中产阶级为生存意识上的安定圈的芥川来说,当然,就连作品的形式上的构成亦不过是如同踮着脚尖眺望的知性忍耐的结果。将形式上的结构力误解为仅为受知识能力大小左右之物的批评家们,当然会把芥川的造型化物语作品误解为作家的本色。(《芥川龙之介之死》)

这里,对所谓"结构力"受到作家"自己的社会安定圈"的左右这一说法是需要有所保留的。因为正如芥川在志贺小说中看到了"没有'情节'的小说"那样,对于志贺来说,"精致的形式上之完成"并非"轻而易举自然而然的事"。仅以创作唯一的一部长篇小说就花了十几年的时间这一事为例,也可以明白他并不具有构筑"形式上之结构"的力量。不过,吉本隆明指出,结构力并不是仅凭知识能力或意志就可以成事的,这一点很重要。实际上,这不是"意识"的问题。心理学家河合隼雄根据自己的临床经验指出,西洋人的梦里有一种格式塔（structure）似的东西，而"日本人的梦则懒散零碎，虽非私小说，却有着很多在哪儿都可以切断、什么时候都可以结束那样的因素"（收入中村雄二郎《精神之场》一书）。

足以改变私小说这一装置的力量作为强有力的观念已经出现了，正像在明治20年代基督教所起到的作用一样，日本的马克思主义正发挥了这样的机能。小林秀雄正确地把握到了这一点。

  不过，这里有一个无论如何也无法忘记的事情。听起来可能不合道理，但我认为是真实无疑的，这就是他们①通过自己曾经非难过的那个公式主义而生存下来了。理论本来是公式化的东西，思想如果没有普遍的性格，就不会在社会上取得势力。正因为他们坚信这种性格，他们才生存下来了。他们一手接过具有这种性格的思想即我们文坛上空前的进口货，所收获者实在极为贵重，这绝不是一个公式主义怎样如何的无聊问题。

  确实，他们的作品中可能没有一篇是能够传之后世的杰作，然而，这是被思想所歪曲、被理论所夸张了的结果，而绝非因为个人素养趣味而导致失败乃至成功的结果。

---

① 指马克思主义作家。——译注

我国的自然主义小说与其说是资产阶级的不如说是封建主义的文学。西洋自然主义文学的一流作品在其终极上是具有时代性的，与此相反，我国的私小说杰作，反映了清晰的个人面貌。马克思主义作家所抹杀的正是这个个人面貌。通过思想使之纯化乃是表现在马克思主义文学整体上的事业，谁能够否定这一点呢？比起他们用思想的力量来征服文人的气质，他们作品中对人物的趣味性格之描写的无力，也就算不了什么了。（《私小说论》）

在这篇围绕"社会化的我"概念的解释进行广泛考察的随笔中，小林秀雄并没有谈论很难解的问题。"我"不是心理（意识）性的问题，而是装置的问题，如此而已。公式化的马克思主义打破了作家的面貌，或者说打破了私小说所具有的个性化的空间。这和明治20年代内村鉴三那样的清教主义创造出"内面"是一样的。当然，马克思主义文学并没有完全打破"封建主义的文学"。小林秀雄写上面那一段话时，已是马克思主义文学一方被打破之后了。西洋的马克思主义至少是作为把思想性的我相对化的东西而存在的，而在日本的马克思主义则是为产生出与私小说之"我"不同的我（实存）而发挥了作用。所谓"战后文学派"中流传着的结构意识和存在主义式的终极关怀，便是经由公式化的马克思主义这一强有力装置之变貌的产物。

3

马克思主义也要实现"情节"。因此,芥川与谷崎的论争(1927)在马克思主义文学的威势之下,仿佛变得有些模糊不清了。然而,谷崎所说的"情节"和这种一般的"情节"论还是性质不同的。他这样批判芥川:

> 结构性的美观换句话说即是建筑性的美观。因此,要自由自在地获得这种美需要相当大的空间,需要充分的展开。说俳句中也有结构性美观的芥川,大概会说茶庵中也有构造上的有趣之处,但是,我觉得那里没有事物层层累积起来的感觉。就是说没有芥川所谓的"使长篇延绵不断地写下去的那种肉体性的力量"。我坚信这种肉体性力量之缺乏正是日本文学显著的弱点。
>
> 很失礼,如果允许我无所顾忌地讲的话,我会说同样是短篇小说作家,芥川与志贺的不同正在于是否有这个肉体性力量的感觉。深长的呼吸、健壮的手腕、强韧的腰身——即使是短篇优秀作品也会有这样的感觉,长篇亦有含糊不清的家伙中途就断了气的,而漂亮的长篇则有把多重的事件组合串联起来运势走笔之美——如蜿蜒起伏的山脉之阔大。我所说的结构之力量指的就是这一点。

（《饶舌录》）

谷崎的说法是尖刻的，这种结构力之差当然不是如字面所说的"肉体性力量"之差，而是所谓"观念性力量"之差。谷崎本人与芥川、志贺不同，他的长篇小说创作得以持续到晚年，就在于他依靠了几乎可以说是公式化的观念性构架，虽然他与马克思主义不同。在这个意义上，谷崎的"肉体性力量"并没有把"肉体"（性）作为自然的东西来接受，而可能与他的色情受虐狂有关。但是，尽管谷崎具有堂堂的"结构力"，尽管以此来批判私小说，他的作品仍然与"现代文学"的装置性质不同。谷崎所说的"情节"是所谓的"物语"。而这个"物语"是因明治20年代制度的确立或者透视法式的等质空间的确立而被排除，并且因被排除而开始表面化了的"空间"。在这个意义上，它具有与私小说式的空间相通的因素。可以说，这些都是在作为制度的"现代文学"之装置中产生，并与这种制度相抗争而出现的，实际上相互之间都有着内在的联系。当然，这些也是在同一个地方开始发生分歧的。象征这个分歧的是柳田国男和田山花袋之间的"对立"。柳田对花袋"私小说"的激烈批判与谷崎对芥川的攻击十分相似。这与其说展示了他们的对立，不如说显示了他们之间的亲近性。

另外，为了了解所谓"物语式的作品"究竟为何，我们还得注视一下那个装置。比如，山口昌男对素戋鸣＝日本武尊的记纪神话①，《源氏物语》那样的物语，以及《禅丸》一类的谣曲进行了结构分析，抽出了它们共通的"物语"结构。

>　　再回到素戋鸣＝日本武尊这个层面上来，可以说两者的作用在于成了王权直面混沌与无秩序的媒体。正如国王通过巩固中央的秩序，又潜在地产生出因被这种秩序所排除而形成的混沌那样，王子的作用在于通过在边缘开发直面混沌的技术，使混沌成为秩序的媒介。……在律令制度下完成的等级制之秩序中，一般人的政治世界的运动往往是假托晋升之名以获得求心力的运动，与此相反，王子的运动乃是通过神话论的离心运动，使之从中心脱离出来，而朝着扩大王国精神性领域的方向走去的。这些在光源氏的物语主人公的境遇中得到了反映。
>　　（《知识透视法》）

山口昌男指出，古代日本国家通过从中国输入法律制度（律令制）以确立秩序时，其"未能吸收到中央秩序里的诸种势力（特别是暴力性的势力）在天皇制神话中找到补偿。而在这个代表共之世界的天皇制宇宙

---

①　指《古事记》和《日本书纪》中的神话传说。——译注

里也就贯穿了民俗性的逻辑"。

这一分析大概也适用于从西洋输入的法律制度得到确立的明治20年代，不仅如此，我甚至认为日本的"民俗学"恐怕也是如此出现的。因为所谓民俗学正是由为明治"公权力（国家）"确立起农政学基础的官僚及"贵种流出"的"文学界"王子柳田国男所创立的①，因此日本的民俗学抛开柳田国男的存在是无法讨论的。柳田民俗学不可能仅仅是"反权力"的，正如山口昌男所说，"王权不仅确立秩序，还把在神话象征论层面上的'驯服'反秩序＝混沌的装置组合进来"，果真如此，则应该说柳田的民俗学也便存在于这个装置之中了。如后面将要叙述的那样，在此意义上，可以说"私小说式的作品"和"物语"都不可能是颠覆现代文学制度的东西，相反是存在于补充和激活这一制度的装置之中的。

谷崎的小说，即使以现代为舞台，但基本上还是在重复着这个"物语"的装置。以《痴人之爱》《卍》为例，主人公相对于女人处于日常秩序的上位，但这种日常性的时间逐渐沉淀并开始腐败。为了激活这个日常性的时间，把通常处于下层的女人作为"贵种"颠倒过来，在女人的放纵和混沌之中，渐渐走向屈服没落的某

---

① 柳田语，这里指柳田曾任明治政府官僚、贵族院书记官长，后辞官"在野"草创民俗学一事。——译注

种祝祭狂欢是不可缺少的。如此讲来，我们当会明白：谷崎的小说正是被不断反复的祭礼。这比起他实际上十分倾倒于日本的物语文学这一事实更为重要。究其根本，他是一位"物语"作家。

另一方面，芥川亦是一位物语作家，当然与佐伯彰一所说的意义不同。这不仅表现在《罗生门》以后的作品中，也反映在他对泉镜花和柳田国男的关注里。漱石对芥川的早期作品评价很高，但把芥川归入漱石那样的作家谱系里去也许不很合适。可以说，芥川最终未能写出漱石式的"小说"，而仅仅创作了"物语"。不过，他的物语并不具有谷崎那样的祭礼性的结构。例如，在《罗生门》里有向"混沌"的下降，而在《鼻子》中则有令人不舒服的上升。这些常常被解读为芥川的"阶层自卑感"（吉本隆明语），其实，物语本来就包含了"阶级性"的问题。可以说芥川的物语所缺少的是上层阶级与下层阶级的逆转，和使"相反相成"成为可能的装置。

如此观之，芥川与谷崎围绕"情节"的论争则呈现另外一种状态。谷崎不仅在芥川的作品里读出了物语，甚至把《暗夜行路》也当做物语来读了。实际上，《暗夜行路》与其说是"私小说"，不如说是更具有"物语"性的装置，蕴含着神话＝祭礼性的空间。从这个意义上说，要在芥川的"造型意识"中观察其知性的东西则是不得要领的。芥川的所谓"知性"只不过抑制了其"物语性的东西",谷崎对此大加嘲讽亦不奇怪。

4

"物语"既不是故事(story),也不是小说(fiction)。写作物语与"结构意识"无关。物语仅仅是类型而已。这不期然地与私小说式的作品相一致。一个是只有结构,另一个则没有结构。芥川和谷崎两人都一边引西洋文学为例一边提出自己的主张,而实际上所谈的却与西洋文学没有关系。相反,正是在他们(与漱石、鸥外不同)没有任何隔膜感地引用西洋文学这一点上,或者说在大正时期的国际都市化气氛中,"私小说式的作品"和"物语性的东西"才展露出来了,这一点更值得注目。

另一方面,结构力与物语的"结构"还不是一个问题。例如,在山口昌男的结构分析中,神话、物语和戏剧仿佛是同样的东西似的。不过,在文学中,结构性的类型并不是问题,问题在于结构的量与质的差异。在这个意义上说,结构力并非"物语"而是在通过文字书写时才开始得以实现的。换句话说,日本的物语已非神话,它已将一定的结构力作为前提并依此才得以存在。例如,《古事记》写于《日本书记》之后,谷崎润一郎认为:

排除情节的引人入胜等于抛弃小说这一形式所具有的特权。日本小说最缺乏的便是这个结构能力，即把各种故事的情节按几何学的方式组合起来的才能。所以我要在此特别提出这一问题，不限于文学，包括其他方面，日本人到底有没有这个能力？至今人们会说缺乏这种能力也没有什么，东洋有东洋式的文学，可这样说的话，选择小说这个形式就奇怪了。而且即使在东洋，我觉得中国人就比日本人更有这个结构能力（至少在文学上）。这只要读一读中国的小说和故事类的作品谁都会感到这一点。当然在日本自古以来也不是没有情节引人入胜的小说，但篇幅稍长或异色的作品大概都是模仿中国的，而且比起本家中国的，其骨架则不很牢靠，有时甚至是歪歪扭扭的。（《饶舌录》）

　　谷崎没有把日本文学结构能力的缺乏视为东洋一般的特征，这是很有见地的。这不仅与中国印度比较是如此，就是和与日本同属于中国之"周边文化"的朝鲜相比亦如此。比如，在朝鲜儒教的影响达到了"肉体化"的程度，而在日本则不同。儒教也好，接受佛教的影响而做了儒教式消化的朱子学也好，对于这样的体系化理论，日本人最初也曾有达到狂热程度的时候，但渐渐会失去持续性的热心，如亲鸾（1173—1262）和伊藤仁斋（1627—1705）那样，最终使之走向"实践性"

的"发展"方向上去。日本的马克思主义亦如此。

这究竟是怎么一回事呢？我的回答也只能是老生常谈，如日本为远东岛国，有着仅把外国文化作为文物来接受的地理人文条件等。不过虽为老生常谈，这个条件依然是我们今天也无法逃脱的特殊条件。结构能力的欠缺乃是因为不那么需要这种能力，而结构性的东西需要时则会从"外面"输入进来。若对山口昌男之说加以敷衍则可以说：日本的"公权力"在避开了外来压力时，其本身会成为"村落式世界"的水平，将把异己之物排除掉。但是，山口昌男所说的"天皇制的深层构造"是无法用普通的符号论分析消解掉的，使作为象征形式的"天皇制"存续下去的正是这个地理的特殊条件。实际上，这个意义上的"天皇制"在现代开始发挥机能，乃是幕府末年以来从对外紧张中解放出来的日俄战争之后（大正时期），"私小说式的作品"和"物语性的东西"正是其象征。如我反复强调的那样，这不是什么排外主义而是在国际都市化的气氛中才得以产生的。

可是，如果把使这种地理条件成为可能的东西当作日本的"思想"抽取出来，就会将所谓无原理性作为原理确定下来。本居宣长所做的正是这种反转性的工作。关于《源氏物语》，他这样叙述道：

> 此物语之旨趣，古来虽有众说，然皆不问物语

之本趣，只取常套儒佛之书加以论议，不免难合物语创出者之本义。偶亦有与儒佛自然而然相似之处或相合之趣，然不可取相似相合之一点而论及全体。大略之旨趣往往与此类物语多有相异，概所有物语中，各自有其相异之一旨趣，此正如开篇所言一般。盖古物语有多种，其中此光源氏之物语，乃大有深远之心意，所作之物语，其优异之处，还当另作详论。(《源氏物语玉之小栉》)

宣长主张，《源氏物语》虽有与儒佛之书相似之处，但并不相同，而且不仅《源氏物语》是这样，古物语亦具有"一个旨趣"，《源氏物语》的作者清楚地意识到了这一点。坪内逍遥排斥曲亭马琴，试图确立小说本身的"旨趣"即小说之存在的理由，在这个意义上，他的《小说神髓》继承了宣长的思想，只不过把"物哀"换成了"人情"而已。但是，这里值得注意的是，《源氏物语》虽与儒佛之书似是而非，也与中国文学性质不同，然而如果没有后者的存在，其"结构力"也就不可能有之。《源氏物语》的结构基础在于汉文学和密教，用民俗学或符号论的方法来消解这个基础无论如何也是不可能的。

源氏物语虽然没有明显地表现出肉体的力量，但其中充满了幽婉哀切的日本式情绪，其首尾亦相互照应，确实是我国文学中最具结构上之美观的空前绝后的作品。但是，到了马琴的八犬传，则仅剩下对中国的模仿，其根基很不牢固。（谷崎润一郎：《饶舌录》）

谷崎所说的《源氏物语》"结构上的美观"或"肉体的力量"若没有汉文学做根基是不可能存在的，这是确实无疑的。宣长具有把一般的"结构力"视为汉意①的倾向。实际上，即使排除儒佛的"观念"，如没有这个承载儒佛观念的结构力，《源氏物语》也是不可能存在的。不仅如此，用和文所写的宣长文章其逻辑骨架的坚实，可以说正是基于他所抨击的汉学。为使对结构性之厌恶成为"原理"，结果不得不依靠这个结构力。《源氏物语》的特殊性，不仅在于其内部具有"物语"的类型，而且还在于一边摄取了作为"公共的"汉学之结构力，一边又在其中试图颠覆这个结构。可以说，《源氏物语》是两重意义上的"物语"。

当我们把"没有'情节'的小说"之论争作为症状来解读时，所展露出来的不是通过芥川或今日对私小说的再评价时所提出的"世界同时性"问题，而是如上所述的那个"物语"。就这样，"无理想"的论争和"没有'情节'的小说"之论争两者结为一个圆环。如

---

① 对中国文化的向往之心。——译注

果说前者是欲在制度上确立起"文学"来，那么后者则是对此所做出的不可避免的反动。但是，"私小说式的作品"和"物语性的东西"不单单是对立于制度，而且还有使这个制度"激活"的作用。事实上，这些文学正因为有这种两义性才依然会有其活力。

小林秀雄说："私小说灭亡了，可是人们征服了这个'私（我）'了吗？私小说还会以新的形式出现吧，只要福楼拜（Flaubert）所说的'包法利夫人就是我'这一有名的图式还没有灭亡。"（《私小说论》）然而，小林这种说法是愚蠢的。我们应该这样来问：物语灭亡了，可是人们征服了"物语"吗？

英文版第六章补记（1991）

与其他章节不同，我在本章的后半部分，论及大正时代（1912—1926）以后的文学。这个时期的话语空间初看起来很有世界主义色彩，实际上是自足而自我封闭的。这是因为随着日俄战争的胜利，人们失去了面对西洋所产生的紧张和与亚洲的连带感，也就是说，失去了"他者"。代表这一倾向的是通晓同时代的西洋和中国、日本之古典的芥川龙之介。在本质上缺乏"历史"和"他者"的存在，因此芥川得以活用东西方的文本而创作出人工化的短篇小说。"人生只是波德莱尔的一行诗（或不及一行诗）"（芥川语）。在这个意义上，博尔赫斯（Borges）自然很赞赏芥川。然而，为不安和危机感所苦恼的芥川开始转向并维护起私小说来。这一章中所述的与谷崎的论争便是在这种背景下展开的。大正时代结束后，在马克思主义运动昂扬挺进之中，芥川自杀了。

众多批评家认为，私小说从真正的现代小说倒退下来，成了前现代性的东西。可是，芥川却把私小说视为所谓后现代性的。为什么呢？因为私小说将19世纪式的西洋小说非结构化（deconstruction）了。大概这两种对立的意见都没有错，但也都没有抓到问题的关键。这个问题即使在今天依然以另外的形态继续存在着。比如，日本的社会结构和资本主义是后现代的还是前现代的？我现在认为：日本社会直到晚近的前些年，仍然与保存下来的母系——严格地说是双系的——结构有着深刻的关系。这不仅与西欧不同，也与中国、朝鲜或者印度相反，因为后几个国家从古代开始就确立起了父权制度。因此，称这种特征造就了"天皇制"为代表的日本权力结构，甚至包括以私小说为代表的文学特殊性也不为过。我在本章中指出：七八世纪从中国全盘导入律令制度及儒教、佛教，与明治时代全面导入西洋制度这两个时期具有某种平行性。从某一点看来，古代的"中国化"根本上不适合于日本社会，特别是在婚姻制度以及建立于此基础上的权力结构方面。以中国的标准观之，日本的婚姻制度只能是不道德的、野蛮的。大陆的思想与习惯不管是儒教的还是佛教的，基本上是植根于父系社会的,并不适合于日本。

　　日本的天皇制亦基本上建立在母系社会系统之上。在此,孩子母亲的父亲掌握着权力。平安时代的贵族藤原家族的权力支配是在获得天皇母系的祖父地位后实现的。值得注意的是:与中国的皇帝集一切权力于一身不同,天皇总是作为一种"象征"或零度符号而存在的。这种结构到了武士占支配地位时依然没有什么变化。江户时代的将军亦在形式上从属于天皇而获得权力支配的正当性。"天皇制"就是这样一种权力支配形态,除了仿照中国皇帝的 9 世纪或以德国皇帝为样板的明治时期以外,称天皇为 emperor 则是一种误解。

　　作为对中国式思考方式的抵抗,日本人获得自我表现的机会是在 9 世纪到 10 世纪与中国中断了联系的那个时期。其代表是使用所谓"女文字"即表音文字进行写作的紫式部那样的女性作家们。不用说,这是因母系婚姻系统的存在才成为可能的。一般认为,在 14 世纪前后开始了向父系婚姻系统的转化,但在大多数中下层社会里仍然保存着母系制。例如,16 世纪后期,耶稣会的传教士弗洛伊斯(Luis Frois)这样写道:"在欧洲夫妻之间财产共有。在日本则每个人拥有自己的一份财产。有时妻子向丈夫放高利贷"。"在欧洲丈夫休妻是很普通的,但在日本妻子常常向丈夫提出离婚"。"日本的女性根本不讲处女的贞操,失贞也没有什么不名誉,而且照样可以结婚"("Europa esta provincia de

Japao",1585)。除了武士阶层,这种情况大概在德川时代也没有什么大的变化。

还有,虽然武士的权力支配时间很长,但以和歌为中心的文学传统仍然与皇室、公家相结合并和某种文化—政治势力一起被保存下来了。在18世纪后期,重视以古代表音文字所写的物语和历史的国学家本居宣长,在这些女性化的著作中发现了文学的本质,并把包括老庄在内的中国式思考方式和著作看做是人工的理论化的而加以批判。他将一般视为理论性的这种态度称为"汉意",并坚决予以排斥。不过,宣长并不是那种单纯强调回归"古之道"的理论家。因为,那时在统治阶级(武士等)以外的大多数人中间,仍然存在着一种母系的制度及其思考方式。到了明治后期,通过学校儒教的道德和制度才在整个国民阶层中得到了普及。具体说来,父系制度是通过明治三十一年制定的民法才确立起来的。日本女权主义运动的反"封建主义"出现于明治后期,其理由也正在于此。应该说,"封建主义"乃是在明治的现代化过程中得到强化的。

因此,可以说日本的现代化在某种意义上既是"西洋化"也是一种"中国化"。由权力层所主导的现代化,使所有此前具有不同身份不同伦理的人从属于国家及天皇,由此造就出现代性的主体。而且,这是通过儒教理论实现的。然而,如果说这是一种父权制的思考,那么在反权力的一方情况也是一样的。关于基督教(新教）创出主体的过程，我已作了论述。正如德勒兹（Deleuze）和瓜塔里（Guattari）所指出：如果说现代性的主体通过把父权制的规范内在化的恋母情结而得以成立的话，那么，在这一阶段父权制的思考方式才开始固定下来。日俄战争以后，便发生过这种对父权制思考方式的抵抗。口头上是人道主义和世界主义的，而实际上这里存在着一种"回归日本"的倾向。这种情况可以与平安时代后期，因对中国、印度式思考的抵抗而以假名文字所写的女子文学盛行的情况相类比。在大正时代，作为对现代小说之结构化的抵抗而出现了私小说。这个"私（我）"已不再是主体，而是视主体为虚伪的某种东西。它基本上是反结构、反理论和反知性的。

支持私小说的芥川在描写17世纪耶稣会传教士的短篇小说中这样写道：这里，在欧洲传教士的幻觉中出现了日本的"一个神灵"，这个神灵向传教士说，外来的任何思想在日本都将受到改造，如佛教儒教那样。"因此，迪斯①也会变成我们这个国家的人士吧。支那、印度改变了，西洋也得改变。我们活在森林里，浅浅的水流中，以及吹过玫瑰花的风中和映在寺院墙壁上的残照里。我们无时不在无处不在。请小心，请小心喽。"（《诸神的微笑》）

---

① Deus，古希腊戏剧中突然出场而改变剧情进展的神仙。——译注

芥川在这里所暗示的，恐怕不是发生于17世纪基督教中而是内村鉴三的基督教中的事情吧。同时，这也是一种预言，即对那些把芥川的自杀归为资产阶级知识分子之失败的马克思主义者数年后所经历的事实之预言，这就是所谓父权制思想在日本的败北。从另外的视角来说，芥川所说的迪斯也可以换成西洋的"小说"。西洋的"小说"被改造成了私小说。

七　文类之死灭

1

夏目漱石于日俄战争后开始小说写作，这是在现代文学这一装置成形确立之后。

漱石写了初期作品《我是猫》和《哥儿》，以及从《漾虚集》到《明暗》等小说，还作有俳句和汉诗。就是说他的创作涉及多种多样的"文类"。这样的作家不仅在日本，就是在外国大概也少见吧。不过，这并不意味着漱石的什么文才或大有作为。相反，从现代小说的观点来看，这反映了漱石没能适应或者没想去适应现代小说，同时，这恐怕还与他的"理论"不无关系。

大冈升平（1909—1988）强调，在漱石写作初期作品的时期（1905）里，世间还有一种并非小说、诗，而应称为"文"这样一种已被忘却了的类型存在（《小说家夏目漱石》）。比如，国木田独步的《武藏野》（1898）和德富芦花的《自然与人生》（1900）等即是"文"。漱石的《伦敦塔》并非作为小说而是作为"文"

来写的,其发表的阵地亦非诗或小说杂志而是《帝国文学》这一"文"的杂志。《我是猫》亦然,是为提倡写生文的高滨虚子主编的杂志《杜鹃》所创作的写生文。这里,有一点值得注意:正冈子规等人提倡的写生文本身是以"文"为前提的。

写生文经子规和虚子这样的俳句诗人之手开创出来。这也是一种言文一致,却发生于离以小说为中心的文坛很远的地方。不过,对漱石来说,写生文具有比子规他们所想象的更为深远的意义。就是说,在他那里,比起"写生"来"文"更加重要。事实也是如此,漱石常常被当作讲究文字表达的美文作家而拥有广泛的读者群,而在子规和虚子那里则看不到这种对语言的固执。实际上,讲究语言正是讲究"文"。

言文一致使人们有这样一种思考,认为"言"(paolur)是再现(表象)对象物或者内在观念的,而"文"本身则意味着另外一种东西。漱石在表面上似乎采取了言文一致的态度,但实际上对此一直抱有疑义。从另外的角度观之,这意味着对开始写作之时已经确立起来的现代小说之叙述方法,漱石是始终持抵抗态度的。之所以抵抗,主要因为现代小说乃是作为压抑其他各种书面语的一种书面语而存在着的,进而,这种书面语忠实遵从西洋文学史的"发展",故具有权威性。

因此,漱石虽然选择了写生文,而且这写生文也是言文一致的,但他还是感到了这与二叶亭四迷的言文一致有一些性质不同的地方。第一，这需要某种叙述者，但是又与滑稽本的叙述者不同。漱石这样谈到写生文：

> 写生文作家对于人世的态度并非贵人俯视低贱者的态度，也不是贤者对待愚昧者，男人对待女人，更不是女人对待男人的态度。那是一种大人对待孩子，父母对待儿童的态度。世人并不这么看，写生文作家本身也不这么认为，但解剖来看结果就是这样的。
>
> 故此，写生文作家叙述自己的心理活动时也便采取同一种笔法。他们大概也吵架，也烦闷，也哭泣吧？……然而一旦提笔描写吵架的我、烦闷的我、哭泣的我时，他们便从大人对待孩子的立场出发下起笔来。（《写生文》，1907年1月20日）

这里，漱石在对于世界的"心理态度"中寻求写生文的本质。这种态度对包括自己在内的"人世"保持一定的距离，却不是冷酷的或者没有人情。《草枕》中曾使用过"非人情"这个词，就是说，存在着一种既不"人情"（浪漫派）也不"没有人情"（自然主义派）的"非人情"。简单说，这就是幽默。但是，如果与主人公和叙述者是同一的则这种幽默不可能存在。反之，写生文只要对人世保持一定的距离便总会伴随着叙述者。《我是猫》中的"我"和《哥儿》中的"俺"都是这样的叙述者。当然这在看似"第三人称客观描写"的作品里也是一样的。漱石作品中,除了最后写作的《道草》《明暗》以外,这种叙述者常常出现。必须用第一人称来写时,他则以"传闻"(《走过彼岸》)或"书信"(《行人》《心》)的形式表现之。《行人》和《心》里幽默比较稀少,因为没有叙述者,换言之如果没有漱石所谓"作者的心理态度"的话,幽默是不可能产生的。不过,我觉得即使在《道草》《明暗》中那个叙述者也没有完全被消除(中性化)掉,也因此,可以感到某种幽默感。

出现叙述者也便是"文"的出现。对漱石来说,写生文不单是新的散文,也是"文"的解放,类型的解放。《我是猫》里写了各种各样的文体,如书信体、物理学论文、山手①方言、江户土语及其他。从《幻影之盾》到《草枕》中文体的多彩多样更不待言,这是写生文本身所缺乏的。写生文的另一个特征是使用现在时。漱石作品里像"た"那样的过去时态很少,如把《幻影之盾》《开罗行》中的"である"消除掉,那便真是"雅文"了,这里几乎没有过去时态,虽然《幻影之盾》是这样开头的:"那是一个遥远的故事。名为巴伦之城,城为护城河所环,仿佛回到屠人骄天的往

---

① 地名。——译注

昔，而非现代的故事。"

写的虽是过去的事，却几乎不用过去时态"た"，结果构不成某种统一起来的回忆，"现在"的意识则向多角度扩散开去。在《矿工》这样的作品里，如下面引用的开头一段，其现在时态与主人公不能确切感知到自己的存在这种病态相对应。

> 我刚刚走过这松林，这松林比起画上看到的要长得多了。不管你走到哪儿都长着松林真是不得要领。我这边儿就是怎么走那松林不跟着你往前发展也是没办法。还是从头来就站在那儿盯着那松树，说不定还好些。

如果说"た"是为从某一个点上开始的回忆而存在的，那么，漱石通过拒绝"た"时态的使用，也就拒绝了把全体集中统摄起来的视角，同时也是对仿佛确实存在的自己（我）之拒绝。关于"情节"也是如此。漱石认为写生文中没有什么情节线索，他说："情节是什么？现世中是没有情节线索的。在没有情节线索的现世中硬要理出情节来观之则是无从开始的"。"写生文作家若如此极端则根本无法容纳小说家的主张了。小说的第一要素是情节"。在《草枕》中也有同样的小说论：关于小说，女主人公那美问："不读情节读什么？"男主人公则答道："小说也可做非人情①来读，情节如何无所谓的。"

可以说，这种"现在时态"的多用乃是"写生文"的一般特征，也是汉文传统的一种遗留。但是，开始写作作为写生文的《我是猫》《伦敦塔》时的漱石，毫无疑问有着明确的对抗现代小说的意识。

例如，关于加缪（Albert Camus）用半过去时态所写的《局外人》，罗兰·巴特指出，这是超越了支配现代小说的单纯过去时的机制，实现了"中性（零度）的写作"。不过，我在本文中所用"中性的"与巴特所说的意义相反，如果"た"相当于法语的单纯过去时的话，也可以说漱石的"现在时"正好相当于半过去时。但是，如后所述，漱石并非固执于没有"情节"的小说，相反他写了和马琴的"读本"十分相似的有"情节"的长篇小说。要之，他试图把所有被现代小说"中性化"了的书面语或文类夺回来。

因此，可以说漱石不是把写生文作为向小说发展的萌芽，而是作为积极的反"小说"的东西来认识的。这种认识虚子并没有。在虚子那里，写生文是作为俳句的发展而存在的，在漱石那里，则是在关注西洋文学的视野中加以思考的。两者的不同，当然因为漱石是英国文学学者，精通18世纪的英国文学。例如，《我是猫》那样的讽喻在虚子的写生文里是不会出现的，因为这需

---

① 意指幽默。——译注

要了解斯威夫特。另外，如果没有劳伦斯·斯特恩也就不会有《草枕》的，但不用说这当然不会是什么影响或渊源的问题。

漱石亦在俳句的传统中发现了写生文。他说："如此态度乃全由俳句脱颖而出。非乘西洋之潮而抵横滨之进口货，据浅薄所知以西洋之杰作称世者中不曾有以此态度作文者"。当然，漱石所言，未必在主张这就是写生文的世界性的特征，也不是把"东洋文学"与"西洋文学"对置。例如，漱石接着指出，如狄更斯的《大卫·科波菲尔》，菲尔丁的《汤姆·琼斯》，塞万提斯的《唐·吉诃德》等亦是"多少得此态度之作品"。这些作品与确立于19世纪后期的法国"小说"（文学）性质不同，而且，并没有被当作"文学"。

在日俄战争之后的日本文坛占支配地位的是来自法国的"文学"观念，这种倾向不单是日本，在英国也是一样。漱石所研究的18世纪英国小说，在那个时代还没有被当作文学（艺术）看待，"小说"（novel）乃是不入文学（poetics）之流的东西。然而，实际上小说包含了散文类型的一切可能性。在劳伦斯·斯特恩那里，已经有了致使小说形式自身遭到破坏的自我言说的意识。但是，在把小说视为文学艺术的19世纪后期，这样的作品仅仅被视为处于小说的仍未成熟的萌芽阶段。因此，漱石关注到18世纪英国小说的多样性和先驱性，这不仅在当时的日本就是在英国也意味着一种孤立。

2

作为理论家漱石乃是形式主义的，其理由在于文学理论已经把历史上确立下来的东西视为不证自明的了。我曾说过，漱石的姿态与俄国形式主义类似，关于类型则与加拿大批评家诺思洛普·弗莱（Northrop Frye）相仿佛。这种类似大概可以说是因为他们都是英国文学圈子里的外国人吧。弗莱把 fiction（虚构文学）分为四类，不过，他称之为 fiction 的包括所谓 no-fiction，即指以散文所写的所有作品。因此，小说并不等于 fiction，小说只是 fiction 的形式之一。模仿漱石的说法，这乃是"文"的形式之一。四种类型是：

1. 小说
2. 罗曼司（传奇）
3. 自白
4. 解剖（体）

首先，有关"小说"，弗莱举出了笛福、弗罗倍尔、奥斯丁、詹姆斯等作家的作品，但对何为小说并没有直接下定义。而在小说与后三种类型的关系中给出了提示。例如，弗莱说小说和罗曼司的本质不同在于性格造型的思考方法。

> 罗曼司作者与其说创造了"真正的人"，不如

说塑造了包含着被形式化的人及人之心理原型的人物形象。我们看到在罗曼司中,有荣格所谓性欲,男性无意识中的女性倾向,以及暗影分别反映在男女主人公和反面人物身上。罗曼司实际上常常闪耀着小说中少见的主观的耀眼光辉,周围悄悄融入了寓言讽喻的影像,其原因正也在于此。人类性格中的某种要素在罗曼司中得到了解放,因此,比起原来的小说在形式上更具有革命性。小说家处理的是人格,登场人物要戴上人格即社会性的假面具。这个人格需要一个安定的社会架构,多数优秀的小说家可以说是小心翼翼地讲究社会的因袭。罗曼司作者则处理个性,登场人物存在于真空中,通过梦想而被理想化。因此,罗曼司的作者不管是怎么保守的人物,从他们笔下总会迸出某种虚无野性的东西来。(《批评的解剖》)

罗曼司不仅包括自古以来的神话、故事,还包括浪漫主义者的小说乃至历史小说及今天我们所说的科幻小说等。我要反复强调的是,弗莱并没有低看这些文学形式。

其次,弗莱把自白看作一种独立的散文形式。他说:"我们有一些最高水准的散文作品乃是'思想性'的,很难断定为文学,还有一些是'散文文体的典范',很难说是宗教或哲学的,故不经意地将这些都赶到角落里去了,其实应该承认这是一种自白形式,这些作品应在fiction中得到一个明确的位置。"弗莱认为这是来自奥古斯丁以来的传统。不过,在某种意义上,这种文类也存在于日本,如新井白石的《折焚柴记》等。弗莱强调在"自白"中"对于宗教、政治、艺术等知识性理论性的关心总是扮演着主导性的角色"。"卢梭以后,当然实际上也包括卢梭在内,自白流入小说中来,混合之后,产生了虚构的自传、艺术家小说及其他类似的形式"。在日本,自然主义作家也是从自白开始的,不过,这和作为类型的"自白"不是一回事,因为在日本自然主义作家那里缺乏"知识性理论性的关心"。

最后,所谓解剖乃取自理查德·巴顿《忧郁的解剖》一书,弗莱的《批评的解剖》这一书名大概也来自于此吧。解剖与巴赫金所说的menippean讽刺相对应。费赖伊说:"这在处理抽象观念和理论这一点上与自白相似,在性格造型上则与小说不同,即比起自然主义来更注重进行模式化的性格描写,视人为观念的代言人。"解剖的特征是百科全书式玄学的。这一系列里包含了拉伯雷、斯威夫特、伏尔泰等。

但是,我们称之为小说者,实际上是这些类型的混合,集中于其中一个类型形式的极为罕见。其中"小说"概而言之乃是现代性的东西。实际上,小说是作为罗曼司的戏仿作品(parody)而写的,比如,塞万提斯的《唐·吉诃德》和福楼拜的《包法利夫人》便是如此。可是，《唐·吉诃德》未必就是弗莱所说的"小说"。确实，"自然主义"作品都是"小说"，但《呼啸山庄》《绯文字》则与罗曼司相近，《白鲸》既是罗曼司也和解剖接近。事实上《白鲸》中关于鲸鱼的百科全书式的记述占了许多篇幅。说到"小说"，可以把笛福作为典型来思考。这样，我们会看到福楼拜和自然主义作家的作品很明显都是"小说"式的。不过，《包法利夫人》是罗曼司的戏仿作，在这个意义上与《唐·吉诃德》同类。就是说可以放到解剖体一类里去。福楼拜的《布瓦尔和佩库歇》等其他作品则达到了讽喻境地。可是，自然主义作家只取福楼拜的笛福一面，将他祭为写实主义小说的鼻祖。

在日俄战争之后的日本，这些则被看成了所谓"纯文学"。"纯文学"者即"小说"也。就是说，小说以外的文类都被当成了"不纯"。这样一来，包含很多历史论成分的托尔斯泰的《战争与和平》等也就不可能是纯文学了。不仅如此，按照这一标准观之，不要说古代的，就是19世纪的几乎所有小说都不是"纯文学"的了。然而，如前所述，这种认识并不仅限于日本，或者说日本的文坛主流不过始终追随在西洋之后罢了。

另一方面，坪内逍遥于《小说神髓》中对形式上的文类论做了尝试。在此，他对"虚构文学"从形式上进行了各方面的考察。可以说，下面这个"小说种类略图"是值得注意的独特的文类论。

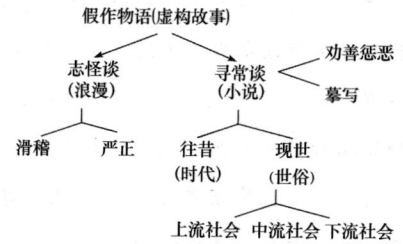

另外,逍遥在"小说三派"中又把小说分成三类,即"以事为主,人物从之"的"主事派(物语派)",人物之性格发展必然引起事件的"人间派"以及介于两者之间的"折衷派(人情派)"。不过,逍遥并不认为三者之间有什么价值的高低之分。在所谓"无理想之论争"中鸥外所非难的正是这个没有理想性①的形式主义,他主张小说乃伴随历史的发展而来,所谓"人间派"处于发展的优越地位。这是以由浪漫主义走向写实主义这一19世纪西洋小说的变迁为不证自明的前提的,对鸥外来说,逍遥所谓并列着的类型(文类)是不可能存在的,有的是赫德曼所谓"美的阶段"。鸥外谈的是类型的消灭,并在发展的道路上确认了自己作为自然主义流派的优越性。然而,漱石否定了这种历史主义的观点。

---

① 作品的内容主题及价值判断。——译注

两种文学的特性如上所述。正因为如此,两者都是应该珍视的。绝不是只有一方的存在而另一方可以被驱逐出文坛那样肤浅的东西。另外,正因为名称有两样,使自然派和浪漫派相对立,筑垒掘壕,似乎两相对垒虎视眈眈,其实可以使之敌对的不过名称而已,内容实在是相互交叉、你中有我、我中有你的。因此,若详细加以区分,可以说,在纯客观态度与纯主观态度之间不仅发生无数的变化,而且变化各方与他方相结合又会生出无数的第二次变化,故不能笼统说谁的作品是自然派谁的作品是浪漫派。与其如此,不如解剖作品,一一指出其哪些地方具有如此这般的浪漫派或自然派的趣味,不仅如此还要避免仅以浪漫、自然两语简单律之,再进而说明其中有多少不同的成分以怎样的比重相互交织着。我想如此这般或者可以解救今日之弊端。(《创作家的态度》)

逍遥的形式主义与他试图把江户时代以来的日本小说放到西洋文学的对等位置上的努力是联系在一起的,因此,这就成了非历史性的了。但是,漱石的形式主义看上去仿佛与逍遥的一样,其实包含了对历史主义的自觉批判。比如,上面的引文中他已经把握到了这样一种历史性(谱系学)的认识:浪漫主义和自然主义的对立不过是在已然确立起来的"现代小说"架构中的对立。他研究英国18世纪的小说，不仅仅是对现代小说起源的追溯，同时也是对被忘却了的"起源"进行谱系学式的追溯，并试图在创作中实现这一追溯。

3

　　从这种类型的观点出发观之，我们可以看到漱石在短短的十来年间，分别创作了弗莱所说的所有类型。比如《我是猫》乃是解剖体，这里有玄学式的对话和百科全书式的知识展示，这在高滨虚子的写生文系列里是没有的。进而，漱石的写生文还含有罗曼司。《幻影之盾》《开罗行》如字面所示基于西欧的恋爱罗曼司，还有，表现死之世界及神秘的《琴之空音》《一夜》《趣味的遗传》以及《梦十夜》等，总之《漾虚集》是罗曼司的。

　　按弗莱的定义，看上去不很像罗曼司的《虞美人草》也可以归入此类。为什么呢？因为这里出现的是一群典型的人物，很接近于讽喻，结果这篇作品被自然主义者们视为"现代的马琴"作品。《野分》《二百一十日》等"劝善惩恶"式的作品也是一样。就是说漱石继承了作为文类的"读本"。

　　可是在漱石那里，这些都是写生文。这样，写生文对他意味着什么当会很明了了吧。这意味着"小说"以外的类型，也是一种"文"。我们一般把漱石的《明暗》作为其创作的顶峰，其他作品则视为达到这一顶峰的发展过程来阅读的。然而，我觉得应该这样来看：《漾虚集》是罗曼司；《我是猫》是讽喻；《哥儿》是流浪汉小说；《心》是"自白"。这里有着多样的类型，有从其各自的类型所形成的文章和结构，而对这些同等观之则是错误的。

　　漱石在当时的文坛被归类为与占支配地位的自然主义相对立的"高踏派"或"新浪漫主义者"。可是，写了自传性的《道草》后则受到了自然主义者的欢迎。然而，他既不是自然主义也不是反自然主义的，他只是拒绝了这两者所共同依据的"小说"之叙事性。漱石一贯受到大众的欢迎，其理由正在于他写了"小说"以外的类型。实际上，在漱石之后，这种"读本"性的东西受到"纯文学"的排斥而流落到大众文学或如无产阶级文学那样的"政治文学"中去了。

　　我说过漱石试图要恢复类型，这是确切无疑的。同时，我们也应该注意到，直到漱石的时代为止多种多样的类型还存在着。巴赫金很重视类型，不过那不是形式化的类型，而是所谓作为"记忆"的类型。

　　　　文学类型在其性质上反映了文学发展最"悠久"持续的运动历程。在类型里保存着长生不死的古拙朴实的要素，这古朴通过不断的再生即不断的现代化而长存不灭。类型永远是古老而又常新的……

> 类型是文学发展进程中创造性记忆的代表……
> 为了正确地理解类型，有追溯其渊源的必要。
> （《论陀思妥耶夫斯基》）

巴赫金在陀思妥耶夫斯基作品的"渊源"里发现了 menippean 讽刺性的类型，进而又在此"渊源"中找到了狂欢祝祭（carnival）的世界感觉。他说："作为结论，可以这样说，得以把诸种复杂多样的要素统一于一个有机整体中的黏着力，其根本即在于狂欢祝祭，在于这狂欢祝祭的世界感觉。"不过，重要的是，在这里巴赫金一面指出陀思妥耶夫斯基作品中的这种要素，但又不在现存的狂欢祝祭中寻找这一要素。因为"狂欢祝祭，在今天是缺乏'文类形成力'"的，也因此"变形而成了文学"的狂欢祝祭才是重要的。"因而，陀思妥耶夫斯基是把狂欢祝祭性的东西作为文学类型的传统来接受的"。

巴赫金所说的狂欢祭祀与实际上的狂欢祝祭活动是没有关系的，这一点常常遭到误解。巴赫金对弗洛伊德虽持否定态度，但他的类型论却是精神分析式的。就是说，对于他重要的不是现在所意识到的东西，而是从意识中压抑掉的只作为痕迹保存下来的东西。可以说，他的"狂欢祝祭"相当于弗洛伊德的"无意识"。

这也可以适用于漱石所谓的"写生文"。漱石说"写生文"来自于俳句，但应该说这与现在的俳句不是一回事。在俳句的渊源里有连歌。值得注意的是，这里子规对连歌持否定态度，而虚子和漱石则持肯定态度并一起进行了实践。写生文的"世界感觉"与其说存在于俳句不如说存在于连歌中。不过，从"文类记忆"的观点来说，存在于连歌中的"俳谐"性的东西可以进一步追溯到更古朴的形态，即向狂欢祝祭追溯下去。

但是，我们难以按巴赫金的方式来深入谈论漱石的类型问题，因为与俄国不同，日本江户时代的小说，作为一种出版产业已经确立起来，类型不是作为"记忆"而是作为多样的书面语实际存在着的。漱石写《我是猫》是在日俄战争后的1905年（38岁），他亲眼看到了多种多样的文类在"言文一致"和新的叙事方法确立中被渐渐排除的过程。对年轻一代来说类型可能是一种"记忆"，但对他来说类型还是活生生的。

如上所述，漱石关注18世纪的英国文学，其理由在于他认为小说并非已是定型了的东西。在英国文学中，斯特恩的《项狄传》得到漱石的最高评价。值得注意的是，使小说自我解体的这篇令人惊异的小说是在现代小说确立后不久创作的。新的小说得以确立起来的是理查德·顿的《帕米拉》（1740），在福楼拜出版《乔杰夫·安德鲁斯》后，1760年斯特恩已经出版了《项狄传》的最初两卷。20世纪开始写作"意识流"的前卫作家们很震惊于这篇作品的"前卫性"。其实并没有什么可震惊的，因为斯特恩并没有视"现代小说"为已经定型的东西，在他之前还有拉伯雷存在，现代小说的叙事方法是在浪漫派之后才确立起来的。

当然，斯特恩并非要简单地回到古拙朴素的形态，这里存在着现代性的哲学以及对这一哲学的批判。比如，他谈及洛克的联想（观念联合）心理学（哲学），对叙述者的不断脱轨断线作了煞有介事的说明（《项狄传》一卷四章，二卷二章）。这本身确实是脱轨断线，但斯特恩比起洛克来更接近于同时代的休谟吧。休谟把洛克对物质实体的怀疑移向了精神实体（自我）的同一性，他认为自我不过是由联想法则而恒久排列开来的表象系列的集合观念、表象的堆积而已。

从哲学上来看，对这位强烈而充满诙谐幽默余力的英国哲学家的怀疑，康德感到不知如何是好。他在《批判》中试图确保超越论的自我，其后，浪漫派（德国观念派）则确信"自我"为实体性的。可以说哲学从休谟、康德的水准进一步后退了，小说"意识流"派所依据的柏格森则完全回到了休谟那里。这样一来，斯特恩的"新奇"在今天则更不必惊讶了，而且，我们也不能把他的工作还原到"意识流"等上去。斯特恩依据"联想"心理学所说的自我复数性，实质上是与"文"的复数性和类型的复数性相关联的。漱石所谓的"写生文"正建立在这一认识之上。

值得注意的是，在现代小说得以确立的时期里，已经有人在写从根本上摧毁这个现代小说的作品了。而这就是被称作"小说"的东西。"小说的发展"云云乃是不可能有的事,漱石以《我是猫》开始自己的创作其意义正在于此。因此,把他的创作视为渐渐向最具现代小说倾向的《明暗》发展并走向成熟,这种思考方法根本上是错误的。漱石如果不死,会再写《我是猫》那样的作品吧。

现代小说本身是一种类型,同时它又是在文类开始消灭的时候诞生的。而超现代主义者和后现代主义者所作的尝试乃是要恢复在此被压抑掉的诸种类型。比方说,普鲁斯特(Marcel Proust)将自白与解剖体相融合;乔伊斯(James Joice)把各种"语言的游戏"和神话性的东西重新恢复起来;而后现代主义者导入了科幻和讽喻。总之,在日本则意味着"江户文学"诸类型的恢复。"现代文学"的支配地位仿佛遭到了彻底的颠覆。然而,漱石的企图与此完全不同。

漱石既不是单纯要写形式上的多样类型,也不是单纯地谋求书面语的恢复。例如,《我是猫》通过猫的视角即"写生文"式的"心理态度",描写了日俄战争后为与国家相勾结而壮大起来的资本所支配的知识阶级。另一方面,自然主义者们却把这种历史性的现实还原为"人的丑恶"。正如石川啄木(1886—1912)所说,这样的写实主义只能是对"酿成强权与固执"之事态的回避。或者说这种文学的中性化叙事方法,在政治性的东西已经消除掉了的地方才会产生。漱石所要恢复的乃是"政治小说"式的文学形式,他与试图拒绝参与到明治20年代以后国家体制的建立或"现代小说"之建立中去的自由民权派残余势力相仿佛。在他的现代小说批判中完全没有那种对江户文学或前现代的乡愁,他是彻底的现代人。而日本的现代主义则总是以回避"斗争"的形式出现,今天的现代主义也是如此。在这个意义上,漱石在日本乃是少有的现代主义者,也因此是抵抗现代主义形式的。对他来说,类型的恢复不会是美学上的问题,也不会是被现代所压抑掉的东西之恢复。

人们常常模仿巴赫金谈论多重构造的结构或者类型。然而如上所示,巴赫金的理论如所谓被压抑的"记忆"那样,实际上是基于弗洛伊德式的或"神经症模型"理论的,即是一种被压抑的无意识以及由日常性秩序所制约的复数性(多重结构的),没有一定方向的欲望因狂欢祝祭而获得解放的图式。

对于弗洛伊德谈到有关机智(wit)问题,巴赫金大概会说,不应该将狂欢祝祭的喜笑比之于现代市民社会的矮小化了的机智吧。不过,在理论上这是同类型的。另一方面,弗洛伊德又提起了与机智完全不同的幽默。

> 我们以对他人表现出幽默的精神态度这种事例来看,就会极自然地得出下列解释:这个人对待他

人采取的是一种对待孩子似的态度。(《幽默》,收《弗洛伊德著作集3》)

这与漱石对写生文做出的说明完全一样,也就是说漱石所谓"写生文"的本质可以被称为幽默。当然,作为幽默的"世界感觉"和狂欢祝祭性的世界感觉性质不同。弗洛伊德这样界定说:如果说"机智是由无意识引起的滑稽",那么,"幽默则是通过超自我的媒介而产生的滑稽"。可是,这时他遇到了一个难解的问题,这就是受压抑的"超自我"怎样才会给予自己以快乐呢?对此他这样认为:

> 事实上,由幽默而获得的快感绝没有从滑稽或机智得来的快感那么强烈,也绝不会有笑破肚皮那样的事情发生。当然,取幽默的精神态度时的超自我确实是在拒绝现实而服务于错觉的。不过,我们虽然仍不清楚其中的原因,却认为这是一种价值极高的东西,并感觉到这种快感使我们获得解放而情绪变得昂扬。确实,由幽默引出的笑话并没有真实确凿的意义,仅有一种作为探问的价值。但重要的是幽默所具有的意图,不管这是面对自己还是面对他人的。大概所谓幽默不过是早饭前以开玩笑的方式把下面这样的意思谈笑一番而已:嘿,你看!这就是现世,多么危险可怕呀!

通过幽默对恐惧而退缩的自我说些轻松慰藉的话，这确实是一种超自我。不过，我们不要忘记关于超自我的本质还有好多好多要钻研的地方。另外，对于我们来说，不是谁都能获得幽默的精神态度的。这是一种稀有珍贵的天分，大多数人则甚至缺乏感受外部所给予的幽默之快感的能力。最后要说明的是，超自我通过幽默来安慰自我免受苦恼，和父母接受对孩子具有检查站意义的义务，这两种情况是不矛盾的。（弗洛伊德：《幽默》）

这里，弗洛伊德试图以这个模型来解决用"神经症模型"无法想象的事例，同时他也谦虚地承认"幽默"有其特殊性。我想，与其他写生文不同，漱石的写生文是与通过机智和悲剧的净化所难以愈合的"苦恼"联结在一起的。这是一种所谓精神心理式的东西。

从理论性随笔所见漱石的哲学背景，正像对斯特恩的论述一样，基本上属于休谟系统的心理学。漱石把主观（主体）拉回到作为联合观念之堆积的自我及复数的自我。所谓"没有情节线索"不仅可以用来说明"现实"，也可以用来说明"自我"，《矿工》主人公所表达的正是这么一回事。不过，这不是休谟那种理论性怀疑。布兰肯布鲁格（Blankenburg）把精神分裂称为"栩栩如生的现象学还原"，而《矿工》或《行人》所具有的则是"栩栩如生的休谟式怀疑"。当无法承受

"我就是我"这一命题的不证自明性的时候,"自我表现"还会意味着什么呢?漱石的作品里缠绕着现代小说的"自我表现"绝不肯表现的"自我",或者无法恢复的"病态"。

我已经说过,现代小说的叙述方法一方面将政治中性化,另一方面又创造出"自我表现"这一虚构。由此观之,漱石的文本可以说分裂于这两者的极端上。这里并存着现代小说家试图避开的文明批判,概念性范畴和几乎是精神心理上的孤独,这种并存常常因不能很好地综合统一起来而露出破绽。然而,难道真的能把这个并存着的东西综合统一起来吗?这个破绽,与文(书面语)在言文一致上无法收回到作为表象之意义和对象去而不断生出破绽是一样的。漱石的书写是针对这种试图综合统一的虚构所进行的斗争,换言之,是对现代小说这一虚构的斗争。

八　书写语言与民族主义（1992）

1

对文字、书写语言的问题给予划时代洞察的是雅克·德里达所著《文法学》（1967）。1970年代，在考察日本明治时期的"言文一致"问题时，我受到了德里达语言思想的启发。不过，即使在那时，我也感到了几个疑点。比如，德里达把语音中心主义（phonocentrism）视为柏拉图以来的西洋形而上学问题。的确，说到明治时期的言文一致，幕府末年汉字废止案以后的运动是在西洋的影响之下发生的，这是千真万确的事实。但是，在18世纪的国学中已经有了语音中心主义。那是由佛教僧侣契仲那样的通晓梵文的学者们掀起的运动，当与"西洋形而上学"没有任何关系。这种国学的语音中心主义针对用汉文所写的《日本书记》，试图在仿佛留下了古代口语的《古事记》中找到"古之道"，这在本居宣长那里达到了极致。其弟子铃木朗（1764—1837）就古典日语做了最早的语言学分析。实际上,批判明治时期以来对西洋语言学的直接输入,试图建立与日语相适应的语言学的时枝诚记(1900—1967),便是依据了铃木朗的先驱性考察。

如果是这样,我们便可以说:第一,语音中心主义不能作为仅仅局限于西洋的问题来讨论;第二,正如日本的国学所做的那样,声音中心主义与现代的民族国家问题无法分离开来。在日本,民族主义的萌芽主要表现于在汉字文化圈中把表音性的文字置于优越位置的运动中。但是,这并非日本特有的事情。在民族国家形成上,虽有时间先后的不同,然世界上无一例外地要发生这样的问题。因此,与许多日本学者在对日本的事例进行历史考察时往往将此还原为日本的特异性不同,我将把文字、书写语言与民族国家的问题放在更普遍的场域来考察。

我们应该警惕,不要追溯太遥远的"起源",因为人们常常把在较近的起源上发生的颠倒投影到过去中去。把索绪尔所说的"内在语言学"追溯到德里达所谓的柏拉图主义来观察的话,会忽略本来可以从本质上看到的较近的过去或者其政治性的颠倒过程。语音中心主义在现代西欧,其发生并非在于传统的形而上学,而是与形而上学相敌对的运动,即针对拉丁语要用俗语来书写的企图。这种企图的发生因地域的不同而有较大的时差,在西欧,最早用俗语写作并对此赋予理论上之意义的是但丁。其后,在法国、英国、西班牙等也发生了这种尝试。现代民族国家的母体形成是与基于各自的俗语而创出书写语言的过程相并行的。但丁（《神曲》）、笛卡尔、路德（《圣经》翻译）、塞万提斯等所书写的语言分别成就了各国的国语。这些作品在各自的国家至今仍作为可读的古典保留下来，并不是因为各国的语言没有太大的变化，相反，是因为通过这些作品各国形成了自己的国语。

但丁所说的俗语 vulgari eloqentia（英译为 vernacular）是针对什么而言的呢？当然是针对作为规范的标准语（书面语）之拉丁语而言的。拉丁语即所谓"世界帝国"的语言。"帝国"如罗马、中国那样乃多民族的，其特征是使用像拉丁语或汉字那样的标准语。进而，在那里导入了超越各民族共同体宗教的"世界宗教"。只要与自己的支配地位不相抵触，"帝国"并不关心其中各民族的风俗习惯。这与现代民族国家要求语言的合并统一和帝国主义强行要求同一性形成了对照。在东亚有中华帝国存在，日本属于其汉字文化圈。在这种情况下，标准语是拉丁文字还是汉字比起这些都是"世界帝国"的标准语（书面语）这一事实来并没有什么重要性。汉字在各国被以不同的发音所阅读，在西欧拉丁语亦是怎么发音都可以的。这些作为书写语言基本上与声音没有直接关系。

现代的民族国家是分别从"世界帝国"中分化出来的。我们不能仅从政治性的国家这一面来观察这种现象,因为,要成为民族国家还需要别的契机。可以说这是由于"文学"或者"美学"而形成的。正如德里达所阐明的那样,用俗语来书写包含了对拉丁语=罗马教会=帝国支配之政治性的抵抗。在语音中心主义里有着political(政治)的动机,与城邦/国家(polis/nation)的出现密切相关。

2

德里达在索绪尔把文字从语言中排除出去这一做法中发现了语音中心主义。然而,这是一种解构主义式的索绪尔解读法,实际上,索绪尔通过把语言视为没有积极性因素的差异体系,结果反倒显示:他发现了先行于声音语言的différance(差异性)。"书写语言出现于狭义的书面语以前,就是说,在开始出现语言活动的差延作用时或原书写中已经出现了书写语言。"(《文法学》)不过,我们没有必要如此单纯地把索绪尔放到"西洋形而上学"批判的语境中去解读。这样解读会忽略语音中心主义的历史性或政治性的含意。其实,索绪尔本人才对此非常敏感呢。

第一,索绪尔认为将文字从语言学中排除出去并非因为文字对口语来说是次要的,相反,正因为我们知道文字渗透于口语达到了无法排除掉的程度,所以才这样做的。例如,针对语言和文字的关系,他说:

语言与文字。我们觉得似乎这两者有互相连带的关系，正因为如此有必要将它们从根本上加以区别。只有口语 motparle 才是语言学的对象。进入时间中的语言学之分类，正因为语言被书写下来了，故其分类才成为可能。因此，我们并不是不承认文字的重要性。实际上，这两者刻上了文明的某个阶段其语言使用程度的印记后，言语 langue ecrite 和文字对于言语 langue parle 并不是没有反作用。但是，语言与言语的混同成了早期无数幼稚的错误之原因。（索绪尔《语言学绪论》）

比如，历史语言学学者所说的口语已是所谓的书写语言了。语言学无法把那些过去没有书面语的众多民族和部落的语言作为自己的研究对象。某种语言作为文字被使用这一事情本身意味着它曾经作为一定的文明、国家而实际存在过。果真如此，那么嘴上说的口语，却只能在具有一定程度之国家形态的民族书写语言中抽取出来。而且在这种情况下，谁也无法确认书写语言一定就是口语的摹写，我们可能忽视了口语本身受到书写语言制约的这个事实。尽管如此，语言学家仍坚持语音中心主义，那不过是欺骗而已。

索绪尔充分地认识到了这一点，然而他仍然强调"只有口语才是语言学的对象"，就是说他视文字为"外在的"东西。当然，这不是说语言没有"外在的"

东西也可以存在，相反，这意味着语言从属于"外在的"东西。

　　语言不会自然死去，也不会寿终正寝，但突然死去却是可能的。其死法之一，是因为完全外在的原因语言被抹杀掉了。例如，操此语言的民族突然被灭绝。这主要发生在北美印第安特殊的语言中。或者也有强大的民族将自己的特殊语言强加于人的情况。在这种情况下，只有政治的支配是不够的，首先需要确立文明的优越地位。而且，文字语言常常是不可缺少的，就是说必须通过学校、教会、政府即涉及公私两端的生活整体来强行推行其支配。这种事情，在历史上被无数次地反复着。（索绪尔：《日内瓦大学就职演说》）

语言不会简单地死去，但会被杀掉。文字语言及其所承载的文明到处存在着，口语则不断地受到它的影响。历史语言学只观其结果，认为语言是有机的，仿佛有时成长有时衰亡似的。其实，这不过是文明或者国家的成长与衰亡的投影而已。例如，认为拉丁语被法语继承下来这种观点，实际上只是文化＝文明被继承下来这一事实的投影。就是说，历史语言学把文化＝文明与言语视为同一，在这里，"外在的"偶然结果被预想为具有"内在的"的连续性的事物了。语言学将语言外在的东西或称"外在语言学"的结果当作了语言的法则。然而,这将忽视语言外在物的巨大功能。

因此,我们应该说索绪尔坚持强调"内在语言学"不是因为他忽视"外在的"东西,而是为了要批判那种把"外在的"结果内在化的语言学。他通过"内在语言学"的主张,结果却使"外在的"东西之外部性显露出来了。换言之,索绪尔坚持把语言学的对象限制在言语范围内,并不是因为语音中心主义,而是因为要暴露历史语言学的语音中心主义之欺骗性。

德里达说:"书写语言的出现是很突然的。这种飞跃大概显示:书写语言的可能性并不在于它内在于言语(langue parle),而在于它存在于言语的外部。"(《文法学》)如上所述,其实这正是主张"内在语言学"并将此从作为外部的书写语言区别开来的索绪尔所要说的。不过,在索绪尔那里,这个书写语言的外部性意味着广义的政治诸关系。我们不应该将此消解于文本论里。当然,德里达自身大概是要通过"文本"来追索"语境"吧,另一方面,索绪尔常常因无视政治性,只重视作为自律体系的语言这一罪责而受到非难。其实,语言的外部性不是别的正是其政治性,索绪尔所要批判的就是将这个政治性内在化并最后被消解掉的那种语言学。

索绪尔所面临的现实状况很明显是政治化的。从语言学家的角度来看,这亦是无法坐视语言学之意识形态功能的状态。历史语言学的语音中心主义不单产生于民族语言这一思考的兴盛，它还反过来发挥了补充强化这一思考的作用。索绪尔对此很敏感，我感到这大概因为他不是法国国民，而是虽为多民族国家却与奥地利帝国相异的瑞士国民。

其次我要强调的是语言学给予人类学的巨大明显的影响。可以说在没有进行详细调查之时，语言资料对人类学来说常常是一等重要的资料。因此，值得质疑的是为什么没有这样的资料人类学学者就绝不进行裁定呢？对什么下裁定呢？从很多例子中举一个例子来说吧。在匈牙利人中间吉普赛人与马扎尔人就好像是完全不同的民族存在着似的，或者马扎尔人在奥地利帝国中好像与捷克人和德国人完全是不同的民族一样而存在着的。或者相反，内心相互憎恶的捷克人和德国人有时又好像是非常近的亲族，而马扎尔人又好像与俄罗斯帝国的波罗的沿海的芬兰人很亲近似的，如此等等。（索绪尔：《日内瓦大学就职演说》）

当然，索绪尔不是要单纯强调语言学的不可缺少，而是想说明语言学本身所具有的政治性。语言学家如果确定"某某语"的同一性，这就等于说"某某民族"存在着。可是，这样的说法不仅在奥地利"帝国"里，就是在发表此篇演说的瑞士亦有破坏性的意义。例如，在瑞士承认有四个语言为公用语，其一是法语，在这种情况下法语是法国国家语言还是法国民族（ethnic）的语言呢？在瑞士这个民族国家，一旦提起国家和民族就只得崩溃了。在瑞士发表的这篇讲演，同时是在谈法国或欧洲的意识形态状况。

据说索绪尔要取得法兰西学院（College France）的正教授地位不得不取得法国国籍，为此，他回到瑞士担任了日内瓦大学的教授。他拒绝取得法国国籍能不能归咎于瑞士人的民族主义是值得怀疑的，但我们可以把此视为对于法国民族主义的一种抵抗。这与1882年勒南（Ernest Renan）写《什么是民族？》这篇论文（讲演）或者不得不写这篇论文的状况，不是无缘的。

勒楠表示，民族并非植根于"种族、语言、物质利益、宗教亲近感、地理或军事的必要性"中的任何一项。他认为民族植根于所共有的光荣与悲哀，其中特别是悲哀的"感情"。换句话说，这意味着民族的存在基于同情（sympathy）或怜悯（compassion）。不用说这是历史性的东西，表现在浪漫派的"美学"中。这并非为西洋所仅有，本居宣长也是以"物哀"（もののあはれ）这一共感为出发点的。假如美学是指"感情"优越于知识、道德而为最基本的东西的话，那么，本质上民族就是"美学"的。

问题是在勒南写此论文的时期，民族已经向"种族、语言……"等的实体同一性物象化了,由此,民族国家本身亦开始了内部性的瓦解。因此,勒南所感到的危机在于,19世纪的民族主义可以说反映了民族国家向帝国主义转化的过程。他的危惧事实上在稍后的法西斯"第三帝国"(雅利安人对现代国家的扬弃)那里得到了印证。勒南之所以发出警告,在于当时各种"科学的"学说(语言学、人类学、遗传学等)与其本来的意图相反,实际上起到了支撑这种向帝国主义转化倾向的作用。比如,汉娜·阿伦特指出,通过比较语言学对印欧语系的划定,实际上成了给反犹太主义提供证明的意识形态《(反犹太主义)》。索绪尔对历史语言学的批判,明显地有着对其中的意识形态功能的批判。而对此反映迟钝的学术中立主义的姿态实在是性质恶劣的。

语音中心主义的意识形态促使本来是互无关系,非实在的民族和种性成了实体化的存在。换言之,语音中心主义通过排除文字=文明,结果把"历史"排除掉了。例如,西欧中心主义的观念是通过抹杀比西洋更"优越的文明"即阿拉伯文明对世界的影响而确立起来的,因此,强调雅利安人和闪米特人语言的异质性则是最麻利的办法了。正是历史语言学的语音中心主义掩盖了"书写语言"或"历史"的外在性。索绪尔否定"母语"(parent language)、"子语"(child language)等观念就在于这样的语言学发挥着政治性的功能。

对于索绪尔来说,法语或意大利语都是国家的语言，它们基本上是书写语言。事实上已有报告指出，在法国革命的当时，于法国国土中讲法语的人只有40%左右。那以后，伴随国家教育制度的确立法语得到了普及，以致各种各样的方言口语遭到了驱逐。这种情况到处都发生过（现代日本也是一样）。索绪尔排除书面语，不是因为语音中心主义，而是为了阐明语音中心主义暗中使书写语言＝国家内在化的欺骗性。那么，没有书写语言＝国家介于其中的言语是什么样的东西呢？

方言上的分化在各地得到了证实。我们不易看清楚这种分化，是因为各种方言中的一种得到了作为文学语言、政府公用语或国内交易流通语的特权地位。得其荫庇，只有这一种方言通过文字的遗迹被传播开来，相反其他方言则让人感到是不美观不洁净的土话或者公用语的歪曲形态。也可以说，被文学语言所采用的方言屠杀了众多的其他方言，这并不是什么稀奇的事。

这一观察告诉我们，与两个方言之间的情况一样，两种语言之间亦没有所谓法则性的界线。两者共有一个起源，只要是在两个相邻的住民之间被使用，情形便是这样。例如，意大利语和法语之间就没有什么界线。像称作法语啦意大利语啦那样的方言之间也没有界线。就是说，既没有被划定的方言也没有按正式的条件划定的语言。所以，正如前面已经看到的那样,语言在时间里并不是明确的概念,在空间里更是不明确的。关于清楚明了的某某语言,认真说来,也只能说何年何月的罗马语,何年何月的安尼西语之类。我们只能在并不广阔的某一地区和某一时间中取其一点来说明。(索绪尔:《日内瓦大学就职演说》)

索绪尔所要观察的言语是连界线也不很分明的作为idiome(方言)的复数语言。不过,这些语言并非经过所谓方言调查得到确认的东西。这个idiome只是一种理论性的存在。"语言"(langue)既不是书写语言也不是口语,更不是国语。索绪尔本身对语言进行说明时,作为例子提到过法语和英语等,这是误解的根源。Langue不是国家语,我们应该说是被国家语排除掉了的、在时间上和空间上都没有明确界线的语言。在这一点上,巴赫金通过引进多语言状态而坚信借此可以批判索绪尔,这不过是一个误解。因为,是为了否定设置一定的规范和规则,索绪尔才使用"语言"这个词的。

索绪尔强调语言是通过没有积极性因素的差异而存在的。这不应该用系统论及结构主义的观点来理解。后者在数学上是很常见的思考,并不需要以索绪尔为例。事实上,后来的"结构主义"虽冠以索绪尔之名,其实是通过雅各布森(Roman Jakobson)和列维-斯特劳斯而来自数学的，这之后，语言成了封闭结构的范型。顺便一提，语言组成了混沌的实在这一思想亦不是索绪尔独到的思考，这只不过是"物自体"和由形式组成的"现象"这一康德所做出的区别，经由涂尔干（Emile Durkheim）变形而来的东西。

索绪尔的"语言中没有积极性的因素"这一主张，是与上述观念不一样的。对他来说，最重要的是要否定语言为某种"清楚明了"的东西这一思考。他在语言学中排除了书面语，因为书写语言会积极地促使在时间上和空间上都不很清晰的语言成为"清楚明了"的东西。例如，如果记述某种方言就会使那个方言变成清楚的甚至是规范化的。积极地阐明语言，就会因此使这种语言转化为即使不是国家语也会成为规范性的东西。当然，语言是超越个人意志的社会性规范，或者不如说个人这一主体本身，在这里得到了形成。不过，这与被阐明的规范不是一回事。

浪漫主义者强调个人存在于作为"民族精神"的语言里，索绪尔的思考则不是这样。作为民族精神的语言是已经被阐明的语言。浪漫派把语言推到前面，实际上这是把"感情"（心理、情绪，或者海德格尔所说的存在）的共同性置于优先位置。然而，这个共同性乃是历史活动的产物。索绪尔否定有关语言的"主体"，因为这样的"主体"不过是预先被民族国家所包围了的东西。因此，这种否定与对积极的被划定的语言的否定是一回事。

然而，如果不能积极地说明任何东西，那么，人们只好抛弃"语言学"。事实上，索绪尔确实沉默了。雅各布森反对索绪尔关于语言没有任何积极的因素这一观念，这当然因为他是语言学家。结构主义只适用于特定的封闭体系。而索绪尔的"内在语言学"则是对任何试图设想特定的语言这一做法的批判，因为这种设想会马上发挥政治性的功能。

索绪尔所谓的无生无死，单是那样"存在着"的语言究竟是什么？这是不管什么语言，只是眼下语词被使用着这一事态而已，没有别的任何内容。不管哪种国语要灭亡，语言都不会消亡的。索绪尔讲的相当极端，人类可能全部灭亡，然而人只要为人，就会有语言的存在。因此，索绪尔不可能在"内在语言学"中发现未来语言学的可能性。"内在语言学"的彻底化只是表明：这之外的一切都是"外在的"。具有讽刺意味的是，被解读为排除了"外在物"这一学问的始祖索绪尔却是最清楚地意识到"外在物"即政治性的学者。应该说在索绪尔之后所余下的只有所谓的外在语言学了。

3

在 18 世纪日本国学家的语音中心主义里包含着抵抗中国"文化"压迫的政治性斗争，或者因为中国的哲学是幕府官方意识形态，故这种语音中心主义包含了对武士体制的资产阶级式的批判。国学家们试图在8世纪至10世纪创作的《古事记》《万叶集》《源氏物语》等作品中，发现汉字以前的日语以及与此相对应的"古之道"。可是他们完全忘记了这种日语书写语言并不是从记录声音，而是从阅读汉文译成日语而诞生的。

例如，但丁用俗语写作时，并不是把当时的口语不加改动地记录下来。他是在意大利地方的多种idiome中选择了一种。然而，他的书写语言后来成为规范的书面语，不是因为选择了标准的idiome，而是因为他以翻译拉丁语的方式得以形成的。这实际上是把他的idiome作为方言而驱除掉了。同样的情形也可以用来说明法语和德语。俗语尽可能要"写得像"拉丁语或希腊语。例如，法国于1635年为了"给国语提供明确的规则，使之纯正化而变得雄辩且使之成为可以用于艺术和学问的语言"设立了法兰西学院。不过，认为由此而法语得到了改良则是不正确的。如前所述，作为被口头使用的语言之"法语"是不存在的，只是被书写的"法语"后来才成了用于口头的语言。作为书写语言的"法语"乃是所谓的拉丁语之翻译，正因为如此，才成了"可以用于艺术和学问的语言"。笛卡尔用拉丁语和法语两种语言来写作，他的法语成为规范的原因也正在于此。其实原来的拉丁语本身也是一样。仅为意大利地方的idiome中的一种之拉丁语，后来成为"可以用于艺术和学问的语言",乃是通过翻译希腊语文献而形成的,这其中有希腊人本身的参与。

关于古代的日语情况也是一样。与愚蠢的常见错觉相反,汉字不单是表意的,还具有表音性。而汉字文化圈的诸民族则利用汉字的表音性将此作为一种"假名"使用,做了种种尝试。但结果上把汉字吸收到书写语言中去的只有日本,其他周围诸国家最终或者放弃或者正在渐渐地放弃汉字,如现在的朝鲜那样。比如,在朝鲜就是直接吸收了汉字的声音(大概是朝鲜化了的发音吧)。另外,作为书面语则以汉文为主,15世纪虽然发明了表音的朝鲜文字,却几乎没有得到使用。在日本,汉字同时以日语的意义=声音被"训"读。这种"汉字假名混交"的书写语言已经出现在8世纪的《古事记》里。与国学家们的意见相反,《古事记》中的文章并不是当时俗语的记录摹写,而是根据以前试图作为正史用汉文写作的《日本书记》翻译成俗语的。那时用作表音的汉字不久被简化成"假名"开始使用。不用说,在当时也好其后也好,汉文都是作为"真名"而存在的。因此,假名的书写语言被称为"女文字",事实上,在10世纪以后由此产生了大量的女流文学。但是,日本的书写语言基本上还是汉字和假名兼用的。

国学家们在只用假名写作的女流文学中发现了真的"大和魂"。确实,在《源氏物语》中,作者紫式部极有意识地排斥汉语。在从中国导入的律令制度之下,以及在渗透了佛教影响的宫廷里，毫无疑问日常所使用的是汉语。而且，在那个时代汉文还越出京都宫廷的范围成为唯一通用的"标准语"。本居宣长则在紫式部拒绝使用汉文的行动中发现了其对"汉意"（对中国文化的向往之心意）的批判。不过，跟但丁选择俗语写作的理由是因为拉丁语"不适合表现爱"仿佛一样，可以说诗歌和物语只与"爱"有关，故选择了排除掉汉语的和文。但是，《源氏物语》在当时受到了广泛的阅读，其原因不单单在于使用了俗语。可以自由自在地读写汉文的紫氏部即使有意排除汉语，她依然是要用语汇贫乏的大和语言来表达来自汉语的意义。由此，大和语言作为书写语言得到了规范化。这与当时在京都所使用的俗语几乎没有什么关系。表现爱或者男女关系的主题所使用的王朝女流文学的书面语，在其他领域并没有得到通用。当时以及后来的日语书写语言主流仍然是那个"汉字假名混交"语体。

而在批判这种混交体书写语言的国学家语音中心主义里，存在着把感情心绪的东西置于知识道德之上这样一种浪漫派式的美学思考。这虽与西洋无关，却是与西洋并行的所谓"现代"性的思考，而绝非传统的。另一方面，这种国学派的语言学（philology）到了明治时期以后遭到了排斥。日本的现代语言学始于对19世纪西洋历史语言学的导入，是把西洋的语法机械地适用于黏着语日语的结果。并且，这种语言学一方面是自然科学化的，一方面又是国家主义的。1920年代由于导入了索绪尔语言学而在术语上多少有些变化，但基本上变动不大。例如，作为国语的日语变成了作为语言的日语，如此而已。

时枝诚记正是在这种背景下始终对索绪尔持批判态度的，当然，他所批判的索绪尔不过是当时世间一般所理解的索绪尔。在某种意义上，他更接近于索绪尔。时枝在其主要著作《国语学原论》中，虽然其论述风格古朴，却对把日语视为国家语言或视为民族语言持否定态度。原因之一，在于他是日本的殖民地朝鲜京城帝国大学的教授。在包括了中国台湾、朝鲜、阿伊努族和冲绳的大日本帝国里，"日本"必须从民族和国家的架构中分离出来加以对待，同时还要从与其相伴随的文化中分离开来。就是说，时枝在日本例外地对多重语言状态有了理解，同时试图走向国学派，特别是与本居宣长的弟子铃木朗相反的方向。初看起来，这好像是一种民族主义似的，其实"国语学"学者们才是浪漫主义的民族主义者。时枝仅仅是批判那种把西洋的文法套用于日语的思考方法——如其结果发生了关于日语"主语"的无结果的争论——试图找到可以用来说明日语的普遍性理论而已。

时枝对否定浪漫性主体的索绪尔进行批判，认为索绪尔是自然科学的、分析的、结构主义的。时枝还在索绪尔那里看到了19世纪式的语言学以及"西洋之形而上学"。他批判索绪尔并指出"语言是离开主体而无法存在的"。然而，如上所述，这不过是一种误解。他的批判可能适用于索绪尔以前的历史语言学或涂尔干的社会学，却不适合于索绪尔本身。时枝强调语言学最终要从"说话的主体"出发。在此，语言是事后发现的而非客观的存在。如果在复数的人之间，意义的理解得以成立的话，这里才可以说有语言。这样，把物理的声音和意义区别开来的音韵才得以分离出来。重要的是作为辨别意义的形式（差异），因此，声音与文字这样的外在差异并不重要。语言是彻头彻尾的价值。

不过，正如雅各布森所指出，不容否定由索绪尔的弟子们所编辑的《一般语言学讲义》中混入了19世纪的"自然主义"。雅各布森则导入胡塞尔的现象学，通过所谓"现象学的还原"抽出了结构，这是严格意义上的结构主义。至于后结构主义乃如德里达那样，是从对这个现象学的内在批判开始的。在这一点上值得注意的是，时枝常常引用胡塞尔来批判"索绪尔"。但是，他所依据的其实是自己绝不愿引用的西田几多郎。例如，他所说的"主体"并非笛卡尔所谓"思"的主体，而是西田所说的"主体的无"或"作为无的主体"。

正是在这样的语境中，时枝提到了本居宣长和铃木朗的分析。铃木指出，具有所指的意义和内容的"词"与不具有所指的意义和内容但能够表示情绪性价值的"辞"（如助词、助动词等）之间是有区别的。国学家把辞或"てにをは"比喻为穿玉（词）之绪。就是说，这是与印欧语被称为连系动词（copula）者相对应的。时枝根据这种区别，把"词"解释为客体的表现，"辞"解释为主体的表现。他认为，西洋书写语言的句子中在主语和谓语之间，是由如天平一般的"be"来支撑的，而在日语的句子里，词＝客体的表现总是由辞＝主体的表现所包容的形式统一起来的。

然而，他不仅批判了西洋语言学，而且还试图批判其背后存在的"西洋式思考"，由此观之，这里有着很明显的西田哲学的影响。例如，近年，中村雄二郎把西田几多郎作为西洋哲学之"解构"来阅读，便引用了时枝的语言学。

这里值得注意的是，我们追究西田"场的逻辑"，却不期然地弄清楚了"日语的逻辑"。而西田本身对日语没有作过任何的论述，这就更值得注意了。使我们注意到西田"场的逻辑"体现了"日语的逻辑"的是时枝诚记的日语文法论。

在时枝"语言过程说"中，与西田"场的逻辑"有特别关联的是关于作为语言活动基础的"场面"这一思考。时枝认为，所谓"场面"与物理性的场所（空间）不无关系，更包含了"场面"充实空间的内容。同时，还包含了志在走向充实场所的事物与情景的"主体之态度、心绪、感情"

等。因此,"场面并非纯客体性的世界,也不是纯主体性的意志作用,而是所谓主客体融合的世界"。从我们具体的语言体验中所能看到的除了这个"场面"没有别的。(中村雄二郎:《西田哲学的解构》)

可是,这种理解颠倒了事实。实际上时枝从一开始就读过西田,而且他的《国语学原论》(1941)是在与"近代的超克"(1942)讨论会同样的语境下写作的。例如,中村所说的"日语的逻辑"实际上是一种非历史的欺骗。时枝诚记所谓词与辞的区别,或者词被辞所包容,并非单单从日语句尾确定全句意义这一日语句法特征引申出来的。因为如果是这样的话,那么为什么具有同样句法特征的阿尔泰语系的语言中,没有出现同样的思考呢?理由很简单,词和辞的区别乃植根于汉字假名交互使用这一日语书写语言的特征中。对应于概念的是汉字,充当助词、助动词的是假名的表记。这种区别本身乃基于书写语言的历史习惯。"日语的逻辑"实际上是扎根于历史的。

而且,这种情况也非日本的书写语言所独有,而是与浪漫派以后到处出现的历史性问题相关联的。在日语的用假名所写"玉之绪"那样的助词中找到无法成为概念的某种情绪、心情,与此相对,在西洋书写语言里可以于 be 动词中找到。海德格尔称为"存在之遗忘"

的是指把这个 be 还原为单纯的逻辑性的连系动词这种情况。于是，他强调"存在"正是要强调相对于概念的"情绪、心理"的本源性。不过，这实际上是浪漫派以后出现的思考方法，其中有与日本的国学家对"汉意"之批判相通的东西，即对拉丁化的批判和向古希腊的寻根。

海德格尔的存在论，是基于西洋文法在哲学中加以论述的，同时也植根于相当现代性的问题之中。但是，这个问题在日语的语境中却没有作为存在论的形式出现。西田几多郎在某种意义上是以佛教哲学为基础，使用过"无之有"（作为无的存在）等存在论式的术语的，但这实际上与 18 世纪后期国学家的思考有联系，换言之，这已是现代性的思考了。当然，海德格尔与西田不一样，不过我们也不能将此还原为西洋的思考与东洋的思考之差异上去，他们都是历史性的。正如海德格尔参与了法西斯，西田几多郎也曾经作为"大东亚共荣圈"的理论家发挥过政治性的功能。

这里，我们有必要对时枝的把"日语"从民族与国家分离出来的做法进行再思考。他那时处在大日本帝国由中国台湾、朝鲜向东南亚扩张的时期。他认为"如果是国语的领域与日本国家及日本民族的领域完全一致的时代，那么，把国语定义为在日本国家所施行日本民族所使用的语言则是完全没有问题的。但是，这样定义国语无论在哪里都是一种过于简便的做法，这只要看看今天的国家、民族与语言的关系就会清楚的"(《国语学史》)。他在把日语与民族、国家分离开来时,是意识到了日语在"大东亚"作为支配地位的标准语而不断扩展开来这一状况的。

当然,他并非帝国主义者。实际上,他在朝鲜曾公然批判过把日语的使用强行扩大到姓名上去的"国语政策"。另外,他还拒绝从日语来推导日本文化和哲学的思考方法。京都学派的学者们在战后不得不或公开或隐蔽地作自我修正,而时枝则得以不做任何修改在战后出版自己的《国语学原论》。但是,并不能因此就把时枝与"近代的超克"论客们区别开来。那些论客们也曾经批判过帝国主义,从形式上观之,如中村雄二郎所言,因为他们的东西至今依然是耐读的。问题在于不能把这种政治性的语境抽象化。时枝把日语从民族和国家区别开来的同时,也就把语言的政治性完全抽象掉了。

文库版后记（1988）

　　1975 年至 1976 年末，我构思了本书的主要部分，那是在耶鲁大学讲授日本文学的时候。最初是 1975 年秋开设了明治时期文学的研究讨论课。教外国人日本文学，这对我还是第一次的经历，当然，讲授日本文学这一事情本身也是初次。选择了明治时期文学，一是想借此机会就现代文学从根本上做些思考，二是想总结一下自己至今为止的批评活动。不用说这个批评活动并非仅仅限于文学的领域。我搁笔停止了所有的写作，有了充裕的时间，产生了一切从基础上开始重新来做的想法。这一半有点儿是自暴自弃，心境却非常的清澈透明。

　　山口昌男氏为本书的封面写了推荐文字，其中有这样一段："柄谷行人氏的方法乃是基于一切从根源上提出质疑的现象学方法。其结果，这项工作成了关于文学确立起来的思考架构之形成过程的精神史，并带有关于文学风景之符号论的性格。"

　　可是，我在这个时期，其实对于"现象学"几乎一无所知。当然，身处外国操外语讲话用外语来思考，这本身便逼迫我多少要做些"现象学式的还原",就是说,自己不得不对曾是默契的作为前提的诸种条件进行细细体味。所以,我想山口氏所说的"现象学",在我不是通过阅读胡塞尔得来的什么方法,而是作为所谓异邦人而生存这一事实本身。

我本来未必是理论型的人,不过,要体味自己的感性就不得不是"理论性"的了。那时,我发觉自己与夏目漱石在伦敦构思《文学论》时正好是同岁(34岁),悄悄地感到了一阵兴奋。于是,我觉得对当时的漱石一定要做那样的工作有了深刻的理解。本书的序章"风景之发现"是从讨论漱石开始的,其原因也就在这里。

漱石那时很孤立,不仅在伦敦就是日本也没有人理解他所要做的工作。而我却并不那么孤立。在同一个校园里,后来被称为耶鲁学派,以至解构主义成员(deconstruction)的新批评那时虽然还很不成形,但已经在寂静中展示了蓬勃发展的趋势。我没有直接受到他们的影响,不过,与他们之间的交流给我带来了刺激和勇气则是确实无疑的。

其中特别是与保罗·德曼(Paul de Man)的结交对我非常重要。如果没有与这位战后由柏林渡美,只出版过一部著作的谜一样的"异邦人"相会,如果没有他的鼓励支持,我想自己是不会把至今的工作持续下来的。但是,我在此强调这一相会,不是为了已故德曼的名声,而是为了他因"异邦人"所持续蒙受的不名誉。

这也就是他20岁时,在柏林曾经给亲法西斯的报纸写过反犹太主义的批评一事。这事暴露后,他的批评正受到决定性的将被葬送的危机。

我在与德曼的交谈中,某种程度上推测到了他可能有这样的过往经历。我没有被德里达或其他思想家,而是被德曼所吸引,可以说就是为此。比如,我在他身上感到了与漱石《心》中那位先生相似的东西。就是说,他的某种经历没有向任何人讲过,但自己恐怕一直在不懈地追问着那经历的意义。他的批评非常的形式化,几乎到了禁欲式的程度。用一句话来概括他一贯的思想,那就是语言背叛书写者的意图,完全表达了别的东西。他不断地这样讲,仿佛这个伦理问题几乎在逻辑上得到了"证明"似的。

不仅解构主义成员,现代的哲学家和批评家都把焦点放到了"语言"上。当然,不是说这里没有伦理性的视野。比如,在德里达那里认为,对文本做任何解释结果都会导致决定性的不可能,这暗自与所谓放弃对圣书(文字、书面语)做人世的解释这一思考相通。就是说,在现代性的独特思考和语境中,犹太教的问题要受到追究,这与单纯的语言哲学或文本理论是性质不同的。

而德曼的批评,又与上述的不同。语言表示意义,书写者无法操纵也无法预测语言。对德曼来说,这意味着语言(文本)并没有成为可以解放,或作为快乐(罗兰·巴特)来体验的东西。他是把语言作为"人存在的条件"来探索的。我说他有点儿像漱石《心》里的那位先生，指的就是这种"暗色"，而他所给予我的鼓励乃是由此产生的幽默。与此相比，"现代批判"等就不算什么了。

很明显，1970年代后期，日本迎来了大的社会转折。我在思考日本现代文学的起源时，完全没有考虑到日本的同一时期的文学。可是，回到日本开始写文艺时评（收《反文学论》集中）时，我看到了现代文学决定性变化的光景。举一个特征来说，就是对"内面性"的否定。说到文学，那种暗淡的黏糊糊的内面这一印象，在这个时期遭到了清除。从别的角度说，这意味着背负着意义和内面性的"语言"获得了解放。也就是由"风景之发现"而被排除掉的东西又得到了复权。语言游戏、滑稽模仿、引用，还有物语（故事），即被现代文学驱逐掉的整个领域都开始恢复起来。

今天回顾起来很清楚，我这本书最终也要归于这一潮流（后现代主义）中，甚至可以说对这个潮流起到了加速的作用。在这个意义上，应该说本书的使命已经完成。不过，我所关心的不在于此，即不在于现代批判或现代文学批判什么的，而在于探索通过语言而存在着的人之条件。谁也无法逃避这个问题。我们大概会痛切地体会到这一点吧。我欲将此书献给保罗·德曼。

1988年3月25日

德文版序言（1995）

本书收录了1970年代后期发表于日本的文艺杂志上的诸篇随笔。就是说，我是以比较了解日本文学史的读者为对象来写作的，根本没有考虑到海外的读者。如果考虑到海外的读者，我会以另外的方法，如减少专用名词的使用，多加一些说明性的文字等，而写成别样风格的文章。当有人要把此书译成英文时，我有些踌躇，其理由亦主要在此。然而，我还是同意了英文版的出版，只增加了最后一章，做了一些注释并写了后记，其余没有作什么改动。这个德文版也是以英文版为底本的。根据下面要叙述的理由，我相信自己这样做的决断是正确的。不过，唯希望德国的读者不要为此书专用名词的泛滥而敬而远之。

我说当时没有考虑到海外的读者，这当然是就其写作手法而言的。实际上，这本书中的基本想法乃是我于1975年在耶鲁大学讲学时形成的。恐怕只有在那样的"场所"我才能考虑到书中写的那些问题。因为第一，这个"场所"逼迫我且有可能使我"从外部"来观察自己成长于其中的日本现代文学,换句话说,有可能把"现代""文学""日本"的不证自明性打上引号。第二,这个"场所"迫使我对把日本塑造成极具异国情调的表象之当时美国的话语产生抵抗意识。我在1975年的美国不得不与之抗争的是下面这样两个表象,即日本人的自我表象和西洋人的日本表象。而且,对这两个表象的抗争不得不同时进行,因为它们是相辅相成相互补充的。可以说,促使我思考写作本书的这个"场所",既不是美国也不是日本,而是在这两者"之间"。

到了1980年代,在美国,至少在学术性的领域里这种情形发生了突变。这很大程度上有赖于爱德华·W. 萨义德《东方学》(1978)的出版。萨义德在该书中阐明了"东洋"这一表象是怎样通过西洋的话语而历史地形成的过程。他集中阐述的是狭义的"东洋"即阿拉伯,却引起了人们对美国的涉及非西洋的西方学术之深刻的反省,其影响亦波及日本学。萨义德还指出:西洋人的"东洋"观甚至为东洋人自身所接受,两者相互渗透扩展。我读到此书虽然是在出版《日本现代文学的起源》之后,但对萨义德的观点基本上是有共鸣的。比如,在我当时讲学的美国,日本研究乃是对他们的"东方主义"的补充——如文学上是以《源氏物语》到三岛由纪夫,哲学上是以禅及西田几多郎为中心的——而且,日本人亦是站在"期待的地平线"上来表述自己的。我的这本《起源》则完全背叛了这种

"期待"。虽说如此,正像上面所说的那样,如果我面向外国读者来写这本书,结果多少是被要回答这种"期待"的诱惑所驱动的吧。

如果说我与萨义德有不同之处的话,那是在下面这一点上。他历史地阐明了"东洋"这个表象是怎样通过西洋的话语而形成的,但是他绝不肯说明非表象的现实的东洋究竟是怎样的东西。因为,假装知道"东洋是什么"侃侃而谈的正是"东方学"的手法。有关"东洋"的话语,即使是出自东洋人自身的亦难免其表象性(非现实的)。在此,"东洋"成了康德所谓无法认识的"物自体"。当然,萨义德的方法是自觉的有意图的,因为他与巴勒斯坦的现实状况有着深深的政治性联系,这是众所周知的。他所要消除的是覆盖了这种现实状况的历史表象。促使他这样做的也是这种政治、经济的状况。顺便提及,康德所谓的物自体如果作为我们处在其中的历史的无法透过的"状况"来理解的话,即使在今天亦当有新鲜的意义。

我与萨义德相反,专门谈论日本。不过,我并非在这里谈论"日本是什么"(日本的本质)。还有,我并没有想写现代日本文学史,虽然在日本常常有人这样来阅读本书。要想了解现代日本文学史,有很多比我这本书更合适的,不管是日本人写的还是西洋人写的。但是,在这里可以肯定地说,人们对我所要质疑的"日本""文学""起源"是坚信不疑的。我于本书中试图论述的是通过19世纪日本的某一时期的事件所产生的"现代"其特有的性格，这个"现代"最初出现于西洋故被西洋所同一化。然而，如果这个"现代"与西洋是同一的，那么，它恐怕不可能向非西洋世界渗透。另一方面，非西洋世界的人们，如以"东洋"或"日本"来做自我表象，那不过是在"现代"中的表象。在此，现代批判常常与"西洋批判"相混同。我试图揭示："日本文学史"或"日本"本身，乃是在"现代"这一观念中所形成的表象，这同时包括"西洋文学史"或"西洋"本身也是在"现代"之中所形成的表象，这样一层意义。

在本书中探讨关于"现代"的"起源"，比起向西洋本身寻找这个"起源"来，我更试图在非西洋地域的"西洋化"过程中来探索。因为，"现代"的性格在西洋有一个长期发展成熟的过程，故其起源被深深地隐蔽起来了，然而，在非西洋如日本则是以极端短暂凝缩的形式，并且是与所有领域相关联的形式表露出来的。因此，我主要把焦点放到了明治20年代（1890—1900）这一短暂的时期。弗雷德里克·詹姆逊在本书的英文版序里写了下面一段话，我觉得他理解了我的意图。

> 相反可以说，这仿佛是在一个大的实验室里验证日本的现代化，也让我们以慢镜头的方式看到我们自身现代化的发展特征。这一新颖的方式大概可

以与旧的传统历史学或社会学媲美,如同电影之于小说,或者动画片之于纪录片。

不过,这样的"实验室"未必只有在非西洋地域如日本才能被发现,在欧洲周缘各国也会存在。当然,把西洋视为铁板一块去构筑一个远景会陷入虚假,因为那里有着多样的时间和空间上的差异。从某种意义上可以说,18世纪至19世纪的德国比起英国来,其"现代"是以短时间凝缩的形式突然展现出来的。现代日本,无论是法律制度还是哲学都以德国为榜样并不是偶然的。不过,不能简单地把这种情况归结为落后国家所固有的现象而了事。比如,从康德到黑格尔的德国观念论,在短时期凝缩成具有一次性的强度这一点,至今仍刺激着我们的思考。相反,"落后"也可能成为从根源上质疑在"先进的"地方被视为当然或自然化了的东西的契机。

本书出版后经历了一段时间,我才读到本尼迪克特·安德森(Benedict Anderson)的《想象的共同体》,这本书给了我很多启发。安德森在方法上与我相似,他不是在西洋而是在印度尼西亚的现代化过程中试图寻找到民族主义的"起源"。不过,我从安德森那里得知:我在自己的书中所考察的诸种问题同时也正是民族主义"起源"的问题。安德森说作为"想象的共同体"的民族(nation)唯通过本国固有语言之形成才得以确立起来，而对此发挥了重要作用的是报纸小说等，因为报纸小说提供了把从前相互无关的事件、众人、对象并列在一起的空间。正是在这种意义上，应该说"小说"在民族形成过程中起到了核心作用，而非边缘的存在。"现代文学"造就了国家机构以及血缘地缘性的纽带绝对无法提供的"想象的共同体"。在现代民族国家的形成比较滞后的德国其对民族同一性的确认是由德国文学来完成的，这一情况足以证实上述的说法。例如，在拿破仑占领下，费希特这样说道：

> 首先，比一切事情都重要的是：各个国家最初的、原始的和真正天然的疆界，毫无疑问是它们的内在疆界。讲同一种语言的人们早已在有一切人为技巧以前，通过单纯的天性，靠许多不可见的纽带联结在一起了；他们彼此理解，而且有能力不断更明白地表达自己的意思，他们休戚相关，自然而然地是一个整体，一个不可分割的整体。这样的一个整体为了至少不暂时引起混乱，为了不使自己均衡发展的进程受到严重干扰，决不会愿意接受任何一个有另外一种来源、讲另一种语言的民族，并且与它混合。从这种由人的精神本质划定的内在疆界中，才产生了居住地的外在疆界，这是那种内在疆界的结果，并且从事情的天然外观来看，住在某些山川之内的人们绝不是由于住在同一地域，才成为

一个民族,相反地,人们是由于早已通过一种更高的自然规律而成为一个民族,才住在一起,而且如果他们很幸运,他们才有山河的掩护。①

费希特向内在的语言谋求民族的同一性,而非其他要素或地缘血缘等,这些东西虽然后来做为"血与大地"被物象化了。但是,他并不认为作为"内在国境"的"同一的语言"是由所谓"文学"而形成的。现代民族国家的核心比起政治性的机构更存在于"文学"那里。这在今天新的要求民族独立的人们之间仍然发挥着作用。进入1990年代,我们目睹了这样的形势:在全球化世界资本主义之下,现代民族国家失去其力量的同时,又发生了众多的"想象的共同体"。而这种形势不能仅仅从政治经济层面来观察。我们有必要再一次质疑存在于民族的中心地位上的这个"文学",并且追究其"起源"。如果本书作为一个参照系得到大家的阅读,我将感到非常幸运。

柄谷行人
1995年12月于东京

---

① 此处采用梁志学等的译文,见《对德意志民族的讲演》中文版,北京:商务印书馆,2010年,第199—200页。——译注

韩文版序言（1997）

　　一本书随着时代状况的变化产生了与当初不一样的意义，这在读别人的书时常常感觉到的，但是关于自己的书也会有这样的情况，我还是通过《日本现代文学的起源》第一次体验到。就是说，带着某种客观性来读自己写的东西，这仅仅以本人的意志为之乃是不可能的。我总觉得与其重读以前自己所写的文章来做再检讨，不如去做新的事情，实际上我确实这样做了。不过，限于本书我不得不进行再思考，这是在出版10年之后被翻译成英文的时候。读到英文版原稿时，我初次感到有一种读自己的书如他人的书似的感觉。那时我发觉本书中所讨论的如言文一致和风景之发现等，在根本上乃是民族国家的一种装置。进而我又发现：比如夏目漱石对英国文学感到隔膜，实际上正是对19世纪以来的文学特别是写实主义小说之优越地位的反感。因此，在英文版出版之际，我加上了"文类之死灭"一章，又附上了一篇长长的后记。

　　有人提起在韩国翻译出版这本书以后，又促使我对

《起源》这本书，或者说书中所处理的时代做了思考。于是，我惊讶地发现1970年代写作该书时没有想到的各种事情，现在突然喷射出来了。就是说"日本现代文学的起源"也正是"现代日韩关系的起源"。在叙述这个问题之前，我想先回顾一下自己1970年代写作并收入此书中的随笔时所思考的问题。我绝不是什么明治文学的研究者。可以说当时我所思考的乃是同时代日本的知识状态，而试图退到明治20年代对此进行考察。

我意识到的问题之一是这样的：当时，从1960年代开始激进化的政治运动遭到破产，结果产生了回到文学去的倾向。或者人们觉得通过回到"内心"，似乎可以从各种各样的共同幻想中"自立"起来。后来证实，这实际上不过是一种摆出自由主义姿态的保守主义而已。我虽然对这种倾向感到了抵触，但觉得单就"政治"而言是无法对此加以否定的，这需要更为根本性的批判。我注意到政治运动一旦破产就回归文学回归内心，这种情况从明治20年代开始便不断重演至今。

例如，日本的标准文学史认为，坪内逍遥在《小说神髓》里否定了"劝善惩恶"而确立起现代文学的理念。可是，实际上逍遥是站在极为政治性的立场上来批判"劝善惩恶"的。所谓"劝善惩恶"并非德川时代的儒教文学，而是指直接与明治10年前后自由民权运动相关联而创作的大量"政治小说"的倾向。坪内逍遥所说的现代文学之"神髓"，指的是自立于这样的

"政治"。但是,现实中是自由民权运动遭到了挫折,结果只建立起外表上的宪法和议会。明治20年代的现代文学与其说承续了自由民权运动,不如说它蔑视这一运动并通过用内心的过激性代替斗争的方式,实际上肯定了当时的政治体制。1970年代则在不同的语境下重演了这一历史。我追溯"起源"要批判的正是这样的"文学",这样的"内面",这样的"现代"。

然而,进入1980年代,随着消费社会现象的出现,后现代主义开始风靡起来。有迹象表明我这本书也曾作为这种风潮的代表性作品而被人们阅读。然而,初看起来仿佛相似,实际上我在本书中的意图与这种风靡一时的后现代主义是完全对立的。1984年,我写了《批评与后现代》这篇评论,表示了与日本式的后现代主义(近代的超克)之敌对态度。我还记得因此有人说我好像变成了现代主义者。确实,我那时重读了被嘲笑为典型的现代主义政治学学者丸山真男的著作,对此做了应有的评价。但是,这并不是因为我支持现代主义才这样做的。比如,丸山曾在《日本的思想》中引用了中江兆民下面这段话:

> 吾人常言,世上俗流政治家定会得意扬扬称说:在欧美诸国盛行帝国主义之今天,还要抬出此十五年前陈腐之民权论,乃不通世界之风潮。敝人则以为,此理论虽已陈腐然作为实践依然新鲜,作

> 为明白之理论于欧美诸国自数十百年前已着手实行。换言之，于别国或已变为陈腐，然于我国则仅为刚刚萌芽之民间之理论，却为藩阀元老利己政治家所毁，至今不曾实行便归于消亡。故作为言辞已极陈腐，然作为实践依然新鲜。而使理论变为陈腐者，其罪在谁？（《一年有半》附录）

丸山真男想说的是，不论现代主义即市民主义怎样陈旧，既然在日本现代或市民社会都还没有实现，那么，这在今天仍然是新鲜的。问题是使现代主义即市民主义看上去显得陈旧其罪责在谁那里呢？未被实行的理论虽然显得陈旧却依然是新鲜的，中江兆民这段话对我来说亦非常新鲜。在兆民说这番话的时期里，流行过尼采主义式的"理论"，然而，那些理论已经不那么耐读了，而兆民的话为什么依然新鲜呢？这不在于他基于卢梭的"民权"理论，而在于他的话语是一种"批评"的话语。批评本身与理论不同，可以说"批评"乃是对理论与实践，思维与存在之脱节的一种批判意识。我在本书中接受了德里达和福柯理论的影响，但是我并没有把这些理论在法国所具有的批评作用和在日本所具有的意义混同起来。因此，我得以和日本的德里达主义、福柯主义的浅薄"流行"大唱反调。

另外，我在这里特意要引用兆民的文章还有一个理由，因为这段文章与我在本书中没有提及的一件事有着直接的关系，即在他所说的"15年"期间里隐藏着"日本现代文学的起源"。他写此文的时间是1898年，这正是因日本帝国主义对朝鲜的干涉而引发的日清战争后的第四年。当时，所谓新的"理论"乃是支撑帝国主义的强调"优胜劣败"之社会达尔文主义。"15年"前提倡"民权"的人们那时一齐转了向。换句话说，曾经是民权主义的民族主义者在这个时期转化为帝国主义的民族主义者了。

这种情况下的现代文学怎样呢？我在本书中根据国木田独步的《空知川的岸边》（1902）谈到了"风景之发现"。我指出：这个"风景"乃是由不关心外界的"内在的人"以倒错的方式发现的；还有，这是在此前的文学语言不曾触及的新世界北海道发现的。可是，实际上独步于1895年虽然做过迁居北海道的计划，但在空知川一带不过住了两星期左右而已。因此，北海道的体验是不可能改变独步的。可以说他认真地（且蔑视地）考虑过迁居北海道，这件事本身更为重要。

独步考虑迁居（移民）北海道是在以从军记者参加了前一年的日清战争之后。在民族主义的昂奋气氛中，他受到了人们的欢迎，但战争一结束则陷入了虚脱的状态。他想象的北海道是填充这空虚感的"新世界"。他于那原野中发出这样感叹："哪里有社会，哪里有人们骄傲地传咏着的历史啊？"然而，不用说如空知（sorachi）这个地名所示，这里居住着阿伊努族人，这是一个具有充分"历史性"的空间。国木田独步之"风景"的发现,正是通过对这样的历史和他者的排除而实现的。这个时候,他者不过是一个"风景"而已。日本的殖民地文学,或者对殖民地的文学之看法的原型,最初就展现在独步那里。

进而言之,日本殖民地政策的原型亦在北海道。开发北海道不仅是原野的开拓,还有对表示抵抗的土著(阿伊努族)的杀戮与同化。这种做法后来被扩展到冲绳、中国台湾(日清战争后所获),进而至于朝鲜、"满洲"、东南亚。值得注意的是当时出现的阿伊努族与日本人"同祖论"的主张后来在合并韩国时变奏为"日(朝)鲜同祖论",这是一种消灭对方的他者性进而支配对方的办法。这种办法与英国和法国的殖民主义形成鲜明的对照,在某种意义上,与美国的殖民主义政策有类似之处。美国把被统治者视为"潜在的美国人",故感觉不到其中的帝国主义支配性。美国人在那里实行统治,却觉得是在向被支配者教授"自由"呢。

实际上,北海道作为日本的"新世界"正是以美国为样板来开发的。比如,札幌农业学校便是为承担日本的殖民地农业的课题而设立起来的,正如创设当初聘请美国人克拉克(Clarke)博士所象征的那样,直接导入了美国的殖民地农政学。在日本的现代思想及文学史中,我们只能在内村鉴三为代表的基督教思潮发展过程里看到对这个问题的论述。而实际上新渡户稻造及内村的弟子们都是殖民地经营的专家。日本的殖民主义在主观上是把被统治者视为"潜在的日本人"来处理的，这当然是一个植根于"新世界"的理念。这个理念一直与后来的"八纮一宇"（"大东亚共荣圈"）意识形态论联系在一起。顺便一提，这种日美关系一直持续到"日韩合并"时期。例如，日俄战争时美国是支持日本的，而且战争结束之后美国又以日本承认美国对菲律宾的统治为交换条件，而承认日本对朝鲜的统治。美国开始非难日本的帝国主义，只是在其后围绕中国大陆市场日美对立明显化之时。

这样，以朝鲜语版的出版为契机重新思考的结果，我看到了当初写作时没有想到的种种问题。我希望今后与韩国的文学研究者一起思考这些问题。因为我觉得这本写于20年前，在日本已经成了陈旧古董的书，可以通过考察"韩国现代文学的起源"而赋予它以新的意义。例如，我对言文一致的论述，通过与韩国的朝鲜文字问题的比较会变得具有普遍意义吧。近些年来我与韩国的文学研究者定期召开会议。不管在政治上怎样显得力所不及，我认为要超越日韩之间历史上的摩擦，进行这样朴素地道的交流是唯一的途径。衷心祝愿本书的出版能够成为促进这种交流的一个契机。

柄谷行人
1997年2月10日

译者名词简释

第一章　风景之发现

夏目漱石（1867—1916）　小说家、英国文学研究者。旧东京江户生人。原名夏目金之助。1893年东京帝国大学英文科毕业。1900年由文部省派遣赴英国留学。1903年归国后任东京大学讲师，后入朝日新闻社。一生发表大量小说及文学评论，成为现代日本最有影响的代表性作家之一。主要作品有小说《我是猫》《哥儿》《草枕》《虞美人草》《三四郎》《此后》《心》《明暗》等。另有文学批评《文学论》及《文学评论》。

近松门左卫门（1653—1724）　江户时代中期的净琉璃（说唱故事）、歌舞伎等戏曲脚本作家。越前（今福井县）生人。原名杉森信盛，号平安堂、巢林子等。作品有狂言脚本二十余编，净琉璃一百余曲。其主题多表现伦理与感情（义理人情）的冲突，描写出人的心灵情感之美。主要作品有《出世景清》《国姓爷合战》

《曾根崎情死》《情死天网鸟》等。

吉本隆明（1924—2012）　诗人、文艺评论家。东京生人。1947 年东京工业大学电气化学科毕业。1950 年代开始发表诗集《固有时的对话》，评论《艺术抵抗与曲折》《何为语言之美》。1960 年代在反抗日美安全保障协定斗争中，发表《共同幻想论》，批判现代国家对个体的压抑及知识分子对现状的屈从。又创刊杂志《试行》，展开广泛的文化与社会批评。被誉为战后最有影响的批评家之一。晚年有著作：《心之现象论序说》、《最后的亲鸾》等。

二叶亭四迷（1864—1922）　小说家。旧东京江户生人。原名长谷川辰之助。明治 20 年代主要作家之一，曾与夏目漱石共同主持朝日新闻的"小说栏"，以小说《浮云》等及评论《小说总论》积极倡导并实践写实主义文学主张。

源实朝（1192—1219）　镰仓幕府第三代将军、诗人。以"万叶调"所作和歌佳作颇多，诗集有《金槐和歌集》。1219 年于鹤冈八幡宫境内被兄子公晓所杀。

松尾芭蕉（1644—1694）　江户时代前期俳句诗人。伊贺上野生人。早年曾赴京都从北村季吟习作俳句，后入江户。期间旅行日本各地多作诗文，开创一代俳句"蕉风"，为俳谐文学注入了高深的文艺性。俳句集有《俳谐七部集》，另有《更科纪行》《奥之细道》等纪行文。

柳田国男（1875—1962） 民俗学家、诗人、思想家。兵库县生人。青少年时代创作有短歌、抒情诗等。东京帝国大学毕业后从官入农商务省，又任贵族院书记官长，后辞官入朝日新闻社。曾旅行日本各地，广泛接触偏远山地渔村习俗，确立起民俗学研究志向。从1909年发表《后狩词记》至1961年出版集大成之作《海上之道》，取得了以民俗学为中心的思想学术业绩，涉及人文社会科学各领域。被誉为现代日本最有影响的思想家之一。主要著作有《远野物语》《桃太郎的诞生》《民间承传论》《国史与民俗学》《关于先祖》等。

井原西鹤（1642—1693） 江户时代前期浮世草子（通俗小说）作家、俳谐诗人。原名平山藤五。大阪生人。其作品特色在于融和雅俗语，冲破传统物语故事的藩篱，生动表现世人性色物欲，描写了日本近世（元禄时期）的享乐世界和武士及下层平民生活。被后人视为具有写实主义倾向的前现代作家。主要作品有《好色一代男》《好色一代女》《武道传来记》等。

曲亭马琴（1767—1848） 江户时代后期戏剧作家。原名泷泽兴邦，号著作堂主人。旧东京江户深川生人。从1791年刊行黄表纸《尽用而二分狂言》始主张劝善惩恶，并以雅俗融合的语言发表大量脚本故事，后世称其文风为"马琴文体"。主要著作有《南总里见八犬传》《近世说美少年录》《日本永代藏》等。

正冈子规（1867—1902）　俳句诗人。原名正冈常规，号獭祭书房主人。爱媛县松山生人。东京帝国大学毕业。早年曾入日本新闻社，独自研究俳谐。后以《杜鹃》杂志为阵地提倡写生文，发表《与歌咏书》并尝试短歌的革新。其理论和实践为传统诗歌向现代的转化作出杰出贡献。所作俳句短歌被称为"日本派"和"根岸派"。主要著作：《寒山落木》《仰卧漫录》外，另有新诗及小说创作数种。

与谢芜村（1716—1783）　江户时代中期俳句诗人、画家。大阪摄津生人。原姓谷口，号夜半亭等。少时擅长绘画，文人画艺术造诣很高。习画之余作俳句，倡导正风中兴而形成浪漫感性色彩丰富的俳句诗风，与松尾芭蕉齐名。有作品集《芜村翁文集》《芜村句集》。

国木田独步（1871—1908）　诗人、小说家。原名国木田哲夫。千叶县生人。1906年出版短篇小说集《命运》，被视为明治时期自然主义文学的前驱之作而得到文坛高度评价。主要作品有《武藏野》《牛肉与马铃薯》《酒中日记》《命运论者》等。

高滨虚子（1874—1958）　俳句诗人、小说家。原名高滨清。爱媛县松山生人。从师正冈子规习作俳句，主编《杜鹃》杂志，提倡歌咏花鸟的客观写生。主要作品有《五百句》《虚子俳话》，有《俳谐师》《风流惭法》等写生文式的小说。

本居宣长（1730—1801） 江户时代中期国学家。号铃屋。早年入京学医，钻研古典小说《源氏物语》。又从国学大师贺茂真渊研究"古道"。费时三十载著成《古事记传》，主张排斥儒佛回归"古道"。又以独创的"物哀"美学概念展开对古典文艺的批评，在日语文法研究上亦取得划时代成就。被誉为近世"四大国学家"之一。著作有《源氏物语玉之小栉》《古今集远镜》《词之玉绪》《石上私淑言》等。

坪内逍遥（1859—1935） 小说家、评论家、翻译家。原名坪内勇藏。岐阜县美浓生人。少年时代起爱好曲亭马琴等为代表的江户时代文学。1885年作《小说神髓》，排斥传统文学的劝善惩恶，主张写实主义，为日本现代文学指示了发展方向。另有写实主义小说《当世书生气质》流传于世。

北村透谷（1868—1894） 诗人、评论家。原名北村门太郎。神奈川县生人。早年与岛崎藤村等创办杂志《文学界》，兴起浪漫主义文学运动。因自由民权运动失败而转向文学，其创作多表现内心的理想主义，具有浓厚的浪漫主义色彩。主要作品有《蓬莱曲》《厌世诗人与女性》等。

小林秀雄（1902—1983） 文艺批评家。东京生人。1928年东京帝国大学法文科毕业。深受法国文学熏陶。1929发表《各种各样的匠心》，确立批评家地位。1930年代以杂志《文艺春秋》《文学界》为主展开以解析自我为主轴的文艺批评，被誉为日本现代主义批评的创始者。主要著作有《陀思妥耶夫斯基的生活》《私小说论》《所谓"无常"》《历史与文学》《近代绘画》《本居宣长》等。

中村光夫（1911—1988） 文艺评论家。原名中村木庭一郎。东京生人。东京帝国大学法文科毕业。活用现代西方文学理论批评日本现代小说存在的问题，成就卓著。主要著作有《风俗小说论》《二叶亭四迷传》《明治文学史》等。

江藤淳（1933—1999） 文艺评论家。原名江头淳夫。东京生人。庆应义塾大学毕业。1950年代后期始发表《夏目漱石》《排击奴隶思想》等一系列有影响的文艺评论，又关注社会政治问题，批评当时知识分子安于现实的精神状态。被誉为战后重要的批评家。有著作：《小林秀雄》《成熟与丧失》《漱石及其时代》等。

冈仓天心（1868—1936） 美术理论家、思想家、明治时代美术界领袖。原名冈仓觉三。横滨生人。曾任东京美术学校校长，创立日本美术院。坚信东洋精神的高深玄远和东洋艺术的神秘不朽，强调"亚洲是一个整体"，其思想具有强烈的理想主义色彩和泛亚洲主义倾向，对日本现代思想界影响甚大。主要英文著作有《东洋的理想》(*Ideals of East*)、《日本之觉醒》(*The Awakening of Japan*)、《茶书》(*The Book of Tea*)等。

写生文"写生"之说 原为俳句诗人正冈子规所倡导的短歌及俳句之创作方法论。主张如西洋绘画那样如实摹写客观事物与人生情感（见所著《与歌咏书》）。正冈子规逝后，由短歌诗人伊藤左千夫、斋藤茂吉和俳句诗人高滨虚子等实践其理论主张，并扩大及于散文创作，而形成写生文。

江户时代（1600—1868） 又称德川时代。指由将军德川家康1600年关原之战胜利，于江户设立幕府政权，到1868年为明治维新政权所取代的260年历史断代。这是一个闭关自守，在内部日本文化自我完善，世俗商业社会繁荣昌盛的时代。江户文学即指这一时期的文学艺术，特别是其中成熟璀璨的世俗平民文艺。

明治时期（1868—1912） 日本现代化确立和巩固的时期。1868年明治维新推翻江户幕府政权，建立明治新政府。通过实行一系列政治改革实现了由封建社会向统一的现代民族国家和资本主义制度的转型。

自由民权运动 1874年以板垣退助等提出"民选议院设立建议书"为发端，后在全国发展开来的资产阶级民主政治运动。该运动主张反抗藩阀政治，要求人民自由与参政权利，开设国会实行地方自治与废除不平等条约等，其最终目标在于建立民主宪政国家。这一运动持续了十年之久，并没有取得实质性的成果，最终于1883年前后为明治政府所镇压。

第二章　内面之发现

言文一致运动　明治初期至 20 年代前后发生的文字改革运动，宗旨在于将传统言文统一于现代口语以创立新的语文文体。最早由前岛密提出重视声音口语废除汉字方案（1866），后有森有礼"简略英语采用案"及福泽谕吉汉字消减论流行于世。而现代报刊新闻的诞生为文字改革起到推波助澜作用。在文学领域其主要实践者有小说家二叶亭四迷、山田美妙、尾崎红叶等。后来这种新文体逐渐普及遂形成今日之现代日语。

前岛蜜（1835—1919）　日本现代邮政制度的创立者。越后（今新泻县）生人。曾游历西欧，归国后创立邮递事业，亲自确定"邮便""切手"（邮票）等名称，实行全国统一的邮递官业。又以提倡国语文字改良论著称。

山田美妙（1868—1910）　小说家、诗人。原名山田武太郎。东京生人。1885 年与尾崎红叶等人组成文学社团砚友社，以小说创作实践言文一致主张，成为用言文一致文体写作的前驱者。编著《日本大辞典》之外，还有小说《蝴蝶》，论著《日本韵文论》《日本俗语文法论》等。

森鸥外（1863—1922）　小说家、诗人、评论家。原名林太郎，号观潮楼主人。岛根县石见生人。1881 年东京帝国大学医科毕业，后留学欧洲。回国后任职陆军的同时，从事西欧文艺的译介和创作、批评。在文艺各方面均有贡献，其思想艺术造诣极深，为明治时期文坛重镇。主要作品有《舞姬》《雁》《阿部一族》《伊泽兰轩》及译作《即兴诗人》等。

伊藤博文（1841—1909） 政治家、公爵、明治维新功臣。早年参加讨伐幕府的运动，维新以后成为藩阀政治的核心。曾任首相及贵族院议长，四次组织内阁政府。又曾任中日甲午战争和谈全权大使。1909年在哈尔滨为韩国独立运动领袖暗杀。

市川团十郎（1838—1903） 市川世族第九代歌舞伎演员。演技高超，曾创始被称为"活历"的新历史剧。

贺茂真渊（1697—1769） 江户时代中期国学家。排斥儒佛外来思想，主张据《古事记》探索日本的古代精神，形成独自的国学体系。有弟子本居宣长等。主要著作有《万叶考》《国意考》《冠辞考》等。

伊藤整（1905—1969） 文艺批评家、小说家。北海道生人。早年提倡以乔伊斯为代表的新心理主义文学，战后在对日本"私小说"文学理论化方面取得了显著成绩。曾任日本笔会副会长。主要著作有《新心理主义文学》《小说的方法》《日本文坛史》等。

坂口安吾（1906—1955） 小说家、随笔家。原名坂口炳吾。1930年东洋大学毕业。早期有小说《吹风物语》以观念化的风格著称。战后反抗传统的形式化道德,提倡"堕落论"。作品有《风博士》《白痴》《在樱花盛开的树下》《日本文化私观》等。

尾崎红叶(1867—1903) 小说家、文学社团砚友社代表作家。原名尾崎德太郎。旧东京江户生人。1885年与山田美妙等组建砚友社,创刊"我乐多文库",培养了如泉镜花、德田秋声等一批文学新秀,为明治时期文学的发展立下不朽功劳。主要作品有《伽罗枕》《多情多恨》《金色夜叉》等。

幸田露伴(1867—1947) 小说家。号蜗牛庵。旧东京江户生人。明治20年代代表性作家,在强调写实主义的同时,主张悟道精神。主要作品有《一口剑》《五重塔》《风流微尘藏》等。

田山花袋(1871—1930) 小说家。原名田山录弥。群马县馆林生人。1907年发表的小说《棉被》,成为自然主义文学划时期的代表作。创作上主张对现实人生进行赤裸裸的真实描写。其他作品有《妻》《田舍教师》《时间流逝》等。

第三章 所谓自白制度

岛崎藤村(1871—1943) 明治时期诗人、小说家。原名岛崎春树。长野县生人。明治学院大学毕业。早年以诗集《若菜集》展示出浪漫主义风格。1906年发表的小说《破戒》,成为日本自然主义文学的代表之作,确立了其作家的地位。自传性作品有《春》《家》

《新生》《黎明之前》是其毕生之杰作。

岛村抱月（1871—1918） 文艺批评家。原名岛村龙太郎。岛根县生人。早稻田大学教授，曾主持著名杂志《早稻田文学》，致力于自然主义文学运动。1913年与松井虚磨子共同发起"艺术座"，积极介绍西洋现代戏剧。

正宗白鸟（1879—1962） 小说家、剧作家、批评家。原名正宗忠夫。冈山县生人。1901年东京专门学校（早稻田大学前身）毕业。后入读卖新闻社，始作剧评。作为自然主义文学作家，形成了独自的怀疑人生的文学风格。主要作品有《往何处去》《微光》《自然主义盛衰史》等。

内村鉴三（1861—1930） 基督教教徒、思想家。群马县高崎生人。1877年入札幌农学院，始信奉基督教。1882年参与组建札幌独立基督教会，后游历美国，完成内心对基督教的皈依。曾创办杂志《东京独立》《圣书研究》等，从事广泛的思想文化批评，影响及于日本宗教、教育、文学各领域。主要著作有《基督教徒之慰》及英文著作：《我何以成为基督教信徒》（*How I Became a Christian*）、《日本的代表人物》（*Representative of Japanese*）。

志贺直哉（1883—1971） 小说家。宫城县生人。东京帝国大学肄业。早年与武者小路实笃等创办《白桦》杂志，提倡"为人生"的文学。所创作小说、散文文体简洁洗练,文学表现带有强烈个性,达到了艺术的极高境界。主要作品有《和解》《小僧的神样儿》《暗夜行路》等。晚年获国家文化勋章。

山路爱山(1864—1917) 评论家。原名山路弥吉。旧东京江户生人。早年就学东洋英和学校,参加社会团体民友社。作为国民新闻的记者,发表了大量独具特色的史论及文学论。又刊行过《独立评论》。主要著作有《足利尊氏》《现代金权史》《日本人民史》等。

西田几多郎(1870—1945) 哲学家。石川县生人。京都大学教授。1911出版的最初的哲学著作:《善之研究》,被誉为明治西学东渐以来第一部由日本人独创的哲学著作。其哲学思想在于辩证地融合禅宗与德国观念论哲学而开拓"无"的哲学体系。战争期间,其哲学思想(京都学派)被"大东亚共荣圈"侵略理论所利用。现今受到重新评价。著作还有《从动的物质到观察物》《自觉的直观与反省》《无之自觉的限定》等。

有岛武郎(1878—1923) 小说家。东京生人。《白桦》杂志同人,思想上倾向于人道主义,为了解除思想上的苦恼曾自动放弃自己的所有财产。主要作品有《宣言》《一个女人》《与生而来的苦恼》等。1923年自尽。

"文学界"同人 《文学界》系创刊于1893年的文艺杂志,停刊于1898年。其同人有岛崎藤村、北村透谷、上田敏、户川秋骨、平田秃木等。该同人文学团体的创作为当时的明治文坛吹进了清新的浪漫主义之风。

第四章 所谓病之意义

德富芦花（1868—1927） 小说家。原名德富健次郎。熊本县生人。同志社大学肄业。1900年前后发表长篇小说《不如归》《自然与人生》，确立了文坛上的独特地位。醉心于陀思妥耶夫斯基，其创作具有强烈的社会性。晚年成为基督教徒，归隐田园。作品还有《回想》《黑色的眼和茶色的眼》等。

泉镜花（1873—1939） 小说家。原名泉镜太郎。石川县金泽生人。早年从师尾崎红叶，其文学创作的浪漫主义风格贯穿一生。主要作品有《夜行巡查》《高野圣》《歌行灯》《妇系图》等。

铃木大拙（1870—1966） 佛教学者、思想家。石川县生人。学习院大学教授。一生以禅学研究著称，曾长期讲学于欧美，致力于向西方世界介绍东洋文化特别是佛教与禅宗。主要著作有《日本的灵性》《禅论》等，英文著作在西方受到广泛阅读。

大正时期（1912—1926） 暂短的过渡期。明治时期伴随近代化的成功，现代民族国家制度已然建立起来，第一次世界大战后日本开始跻身西方列强之列，但自下而上的思想、文化变革仍未贯彻到社会各层面。大正时期的突出特色即是民主主义运动的兴起和自由思想的发展，如护宪运动，争取普选运动及吉野作造的民本主义思想盛行一时。

第五章　儿童之发现

小川未明（1882—1961）　小说家、童话作家。原名小川健作。新潟县生人。1905年早稻田大学英文科毕业，曾从师坪内逍遥，接受自然主义文学影响。早期所作小说充满阴郁的诗情。后期专心于童话创作，对日本现代儿童文学的确立贡献卓著。主要童话作品有《赤船》《红蜡烛与人鱼》《野蔷薇》等。

铃木三重吉（1882—1936）　作家、儿童文学家。广岛县生人。东京帝国大学英文科毕业。从师夏目漱石，早期小说《千鸟》《小鸟之巢》《桑之果》等具有强烈的抒情色彩。后从事童话创作，创刊童话杂志《红鸟》，为儿童文学发展做出一定贡献。

严谷小波（1870—1933）　小说家、童话作家。原名严谷季雄。东京生人。早年曾与尾崎红叶等组织发起文学社团砚友社，后致力于童话创作。主要作品有《日本昔话》《日本故事》《世界故事》等。

樋口一叶（1872—1896）　女性小说家。原名樋口奈津。东京生人。早年从师半井桃水，后与"文学界"同人多有交往。作品有《比身高》《十三夜》等。

平安时代（794—1192）　指桓武天皇迁都平安（京都）至镰仓幕府成立为止的400年间的历史断代。

此乃日本文化逐渐摆脱大陆中华文化影响而独立的时期，文学上则有宫廷贵族文学的极盛一时之发展。在摆脱汉文创立片假名文字过程中，女性作家的文学创作成就辉煌，出现了一批具有世界意义的文学巨作，如《源氏物语》《伊势物语》《竹取物语》等。另在随笔、和歌、大众话本讲谈各方面亦有不朽成就，如《土佐日记》《枕草子》《古今和歌集》《今昔物语》《梁尘密抄》等。

第六章　关于结构力——两个论争

芥川龙之介（1892—1927）　小说家。号我鬼、澄江主人等。东京生人。1916 年东京帝国大学英文科毕业。早年从师夏目漱石，后与菊池宽、久米正雄等主持《新思潮》杂志。所作小说讲究技巧而艺术造诣极高，具有深沉的悲剧性浪漫主义色彩。主要作品有《鼻子》《芋粥》《罗生门》《河童》《阿呆的一生》等。1927 年怀抱种种艺术与人生之苦恼而自尽。1935 年文艺春秋社为纪念其不幸早逝创立"芥川赏"，以鼓励立志于纯文学创作的新人作家，每年评奖一次，持续至今。

柳亭种彦（1783—1842）　江户时代后期通俗作家。原名源知久。旧东京江户生人。德川幕府幕臣。早年曾试作话本，后致力于草双纸的创作，成为此方面最优秀的作家。主要著作有《彦柴田舍源氏》《邯郸诸国物语》及随笔《还魂纸料》等。

谷崎润一郎（1886—1965） 小说家、剧作家。东京生人。东京帝国大学肄业。早期小说如《刺青》《少年》等对唯美与不道德的空想世界之描写极具华丽色彩，其文才受到高度评价。后期倾倒于日本传统的艺术美，创作上将古典贵族文学的神韵与现代小说技巧融为一体，开辟了崭新的艺术境界。主要作品有《春琴抄》《细雪》《少将兹干之母》《将军之头颅》《痴人之爱》等。晚年获国家文化勋章。

丸山真男（1914—1996） 思想家、日本政治思想史学者。1937年东京帝国大学法学科毕业，后一直任该大学教授。在开拓日本政治思想史学术领域方面成就卓著，同时关注社会现实，积极参与战后民主改革，其思想学说影响及于各方面。主要著作有《日本政治思想史研究》《日本的思想》《现代政治的思想与行动》《战中与战后之间》等。

佐伯彰一（1922— ） 评论家、比较文学研究者。1943年东京帝国大学英文科毕业。曾任东京大学、中央大学教授。著作有《日本人的自传》《物语艺术论》《自传的世纪》等。

山口昌男（1931— ） 文化人类学家。北海道生人。1955年东京大学国史学科毕业。曾任东京外国语大学教授、札幌大学校长。著作有《知识透视法》《文化诗学》《"败者"的精神史》《天皇制文化人类学》等。

亲鸾（1173—1261） 镰仓时代僧侣，净土真宗开山始祖。通过彻底贯彻念佛信仰，主张舍弃人之利欲而达到独自的信仰境界。在当时民生凋敝的下层社会其思想信仰被广泛接受。主要著作有《教行信证》《叹异抄》《三帖和赞》等。

伊藤仁斋（1627—1705） 江户时代前期儒学家。早年曾习朱子学，后对《大学》《中庸》等产生疑问，遂确立起直接从孔孟著作习得教义的古学。其学术思想的核心是仁。又于文学上强调传达真实的人情。主要著作有《论语古意》等。

日本自然主义文学 发源于19世纪后期的法国自然主义文学传入日本是在20世纪初，当时，小说家永井荷风等曾运用左拉的自然主义方法尝试创作，但成效不大。日俄战争以后，理性主义与个性解放受到重视，法国自然主义文学的客观描写与日本的浪漫主义个性张扬要求一拍即合，形成了日本独特的自然主义文学。该文学运动的主要理论倡导者是正宗白鸟、岛村抱月、德田秋声，小说创作上的实践者为岛崎藤村（《破戒》）和田山花袋（《棉被》）等。这一文学运动一直持续到20世纪30年代，在写实主义创作上取得了一定成就，但其末流"私小说"则拘于表现个人琐屑生活，文学的社会性大大削弱，曾引起批评界的非难和争议。

私小说 也称"心境小说"，日本现代小说的一种体裁。创作方法多在描写作者个人生活体验的同时展示其个人的心理境遇。此类小说创作发端于日本自然主义文学，至大正时期（1912—1926）达到全盛期。私小说虽与现代自然主义文学有关，但其源流可以追溯到由《方丈记》《徒然草》等所代表的日本中世文学传统。

第七章　文类之死灭

大冈升平（1909—1988）　小说家。东京生人。1932年京都帝国大学法文科毕业。大学时代曾从小林秀雄习法文，主要写作战争题材的小说，作品有《俘房记》《野火》《莱特岛战记》《武藏野夫人》《花影》等。

新井白石（1657—1725）　江户时代中期儒学家、政治家。旧东京江户生人。曾任江户幕府儒官，参与改革前朝政事，主要政绩在制定货币制度、改革对外国贸易等方面。著作有《新井白石日记》《读史余论》《西洋记闻》《折焚柴记》等。

石川啄木（1886—1912）　诗人。岩手县生人。早年曾为"明星派"浪漫主义诗人，后关注社会思想，志在改革传统的和歌，取口语入诗，创作了充满生活情感的短诗。主要著作有《一把沙土》《悲哀的玩具》《时代闭塞的现状》等。

第八章　书写语言与民族主义（1992）

铃木朗（1764—1837）　江户时代后期国学家。号离屋。名古屋生人。曾从师本居宣长，后任学堂明伦堂教授，其国语研究方面的成就显著，为世人所知。著作有《言语四种论》《雅语音声考》《希雅》《活语断续谱》等。

时枝诚记（1900—1967）　语言学家。东京生人。曾任京城大学（日本殖民时代朝鲜的大学）、东京大学、早稻田大学教授。其独创的语言学理论"语言过程说"在学术界有一定影响。主要著作有《国语学史》《国语学原论》《日本文法》等。

"近代的超克"　日语中"超克"一词含有战胜与克服两层含义。所谓"近代的超克"狭义上指1942年夏，由同人杂志《文学界》组织的一次座谈会。该座谈会上发表的论文在杂志上刊载后于次年以《近代的超克》为书名出版了单行本。这个座谈会情况复杂，参加者来自当时社会各阶层（《文学界》同人：龟井胜一郎、林房雄、三好达治、中村光夫、河上彻太郎、小林秀雄；音乐家诸井三郎；电影界人士津村秀夫；神学家吉满义彦；哲学家西谷启治、下村寅太郎；历史学者铃木成高；科学家菊地正士），其宗旨在于讨论日本知识人如何面对太平洋战争的时局，确立新的思想精神目标。其中反省明治以来追求现代化的思想路线，重新认识东洋哲学,以东洋精神文明克服和超越西洋物质文明带来的危机,乃是一个依稀可见的思想总倾向。并且这一倾向与当时发源于西欧的反思现代性思潮(如海德格尔等)不无关系。另一方面,如竹内好所指出:广义上,作为"思想"乃至日本知识人精神"象征"的"近代的超克"含有三方面的思想来源,即"文学界同人""日本浪漫派"和"京都学派"的理论思想。不管自觉与否,"近代的超克"之思想核心在于为日本的"大东亚战争"和对英美宣战(太平洋战争)提供理论论证。也因此,直到日本无条件投降的1945年,"近代的超克"仿佛咒语一般广为流行,其中既包含着那个时代知识人对历史和现实的思考,又具有明显的战争意识形态色彩。

京都学派 指由毕业于京都大学的学者或该大学在职教授所组成的学者团体。与东京大学具有培养政府官僚人才的性格相比,京都大学则因远离国家体制而形成了比较自由的学术传统。这种传统经过战争时期而延续至今。战前,该学派以西田几多郎为中心,其中一部分人如高坂正显、高山岩男等提出"世界的哲学"概念,认为"大东亚战争"是摧毁西洋的现代,形成新的"世界史"之必然现象,积极为日本军国主义侵略战争提供理论论证,战后受到进步知识界的批判。

译者后记（2002）

在翻译完这本《日本现代文学的起源》（以下简称《起源》）最后一章，接到作者发来的中文版序言后，我感到有必要向中国读者说明一下本书所处理的问题及其方法和历史语境，否则人们会难以理解这本薄薄的文学批评随笔何以能成为日本后现代批评的经典之作，甚至其影响超出日本而远及欧美和东亚。

美国学者本尼迪克特·安德森在远离西洋的东南亚（印度尼西亚）考察作为现代民族国家基础之民族主义的文化起源，结果意外地发现民族主义的形成与19世纪以来出版业的发达、大众传媒的出现，特别是国民文学的普及有着密不可分的联系。所谓民族国家的建立并非以血缘、亲族为基础，而是在共同的国语国民文学之上构筑起来的"想象的共同体"，其起源就在晚近的19世纪中叶，而非如民族主义者和浪漫派理论家所认为的古已有之。安德森的这一研究受到了广泛的关注，其理论冲击力大概来自两个方面：一个是在西洋（现代性发源地）的外部考察民族国家的形成历史，这有可能看到在西洋内部被深深隐蔽着而难以透视的现代性起源。另一个是揭示出国语国民文学以几近强制性的方式排除取代方言土语及传统固有的多样化文艺娱乐形式，而对民族主义的兴起起到了至关重要的作用。实际上文学与制度有着共谋关系，或者可以说国民（现代）文学本身就是一种制度。

日本批评家柄谷行人，在《起源》中所处理的问题与安德森有共通之处，即旨在从起源上考察现代文学的制度化性格及其与民族主义和现代国家的政治关系。当然，两者的历史语境是不同的。本书日文版成书于1980年，其中大部分章节写于1970年代后期。这一时期正是日本社会经历了50、60年代经济高速发展而渐次进入大众消费社会的转型期。这同时也意味着明治维新以来所形成的以文学为核心的现代性精英文化开始衰退而为后现代多元化的娱乐型文化所取代。作为成长于战后民主主义时代氛围下的青年，柄谷行人那时在憧憬"文学和政治"中度过了"新左翼运动"动荡的60年代。当发表《"意识"与"自然"——漱石试论》（1969）正式登上文坛并开始批评活动之际，他注意到新左翼运动的退潮及知识人反抗政府接受"日美安全保障协定"的运动失败后，很多与自己一同参加了运动的青年由政治幻灭而开始退回到所谓"内在自我"——文学中来。这个文学仿佛是与政治（外部）分庭抗礼的个人领域（内部）似的，但实际上退回文学这一行动本身正是对保守主义政治的默认。这促使柄谷行人开始认真思考文学与政治的关系，他注意到自现代文学出现以来，人们对其做过反思和批判，但从没有怀疑过文学之制度化性格。实际上日本现代文学形成于1890年代发生的"言文一致"运动，这正与明治国家体制——议会、法制、医疗、教育、征兵制度的确立同时期。而"言文一致"并非人们一般所理解是书面语与口语的统一，实为一种全新的文体、全新的认识范型和语言制度的创出。这个现代文学一经确立起来，其"起源"便被忘却了，忘却的结果使人们相信其中的基本观念如理性、主体、内在精神、个性自我、写实主义、浪漫主义等等都具有历史主义普世性并贯彻古今而不证自明，放之四海皆准。不证自明的霸权地位确立之后，则排斥一切非现代性的东西，语言被套上了表现"主体"和"告白"自我的枷锁。加之19世纪诞生于西洋的"历史学"将这个浪漫派所张扬的"主体"肆无忌惮地投射到遥远的古代，建立于其上的"文学史"亦对前现代的文学进行肆意的分割、颠倒和重组，就这样文学起源于并非遥远的19世纪中叶这一事实被隐蔽起来了。

以此文学为核心的现代性精英文化与民族国家一起诞生，但它常常表现出一种"反体制"、反政治的姿态，仿佛是与国家相抗衡的以"个人自我"为主体似的，其实它正是推动民族主义的兴起，构筑民族国家体制所不可或缺的重要因素，或者直白地说它就是国家制度的一个重要组成部分。那么，也就可以理解1970年代随着日本由生产型社会向消费型社会的转变为什么会引起这种以文学为主体的精英文化衰落的现象，因为大众消费社会的到来正意味着以独占资本为基础的现代民族国家制度的转型，与此制度为一体的文学失去昔日的辉煌也就成为自然而然的事了。反过来我们也可以说，消费社会中多元化娱乐型文化艺术的兴起正是对往昔现代文学的压抑与排斥的抗争和复权。问题是要对这种衰落现象给出一个历史性的解释，就必须从"起源"上对其现代性提出质疑！就是说通过对文学现代性的批判来解构现代性乃是历史所赋予批评家的课题。《起源》一书正是柄谷行人以批评家的敏感和才智对这一历史课题所作出的及时回应。

"文学"这个概念并非古已有之，福柯说它的起源就在19世纪中叶。欧洲浪漫主义运动的兴起是文学这一思想诞生的直接根源，而更深层的起源则在基督教文明。近代基督教基本上是一种病态的文化，它是通过笛卡尔以来的二元对立论思辨方式对事物进行一系列本末倒置的"颠倒"而逐渐建立起来的。比如仿佛是先有上帝而后有信仰上帝的主体，其实基督教的上帝乃是为了确立人的主体性而创造出来的；又比如，要告白不洁的自我就必须创造出一个可以自白的隐私，实际上这个自我隐私并非如基督教所宣扬的一开始就存在着。现代文学中一系列不证自明的普世性观念就是在这样的"颠倒"中建立起来的。那么，要从"起源"上对文学的现代性进行解构，颠覆其历史主义普世性，就需要通过谱系学式的溯本求源将被颠倒了的事物和观念重新"颠倒"过来。柄谷行人的批评方法正是这个所谓的"颠倒（inversion）"或曰"现象学还原"。即排除日常性的既成观念和先入之见，以现象直观把握事物本质，从根源上对文学的不证自明性提出质疑，在被颠倒的事物现象中观察其深深隐藏着的起源。他本人曾谈及《起源》一书的写作并没有受到胡塞尔、福柯、德里达以来的现象学及后结构主义的直接影响，这大概是真的。发源于法国经由美国的技术化处理而成为具有可操作性的后现代主义批评，其大举进入日本的时期大约是在20世纪70年代末，真正产生影响则在1980年代，这已是在《起源》一书出版之后了。况且《起源》一书是在"明治日本"这个特殊历史语境下展开论述的，而非如后期解构主义那样走向形式化的极端而消解掉文本的历史性和政治性。尽管如此，观《起源》对一切从根源上提出质疑及"现象学还原"式的思考方法，我们依然可以在总体上把此书归入广义的解构主义批评之下来理解。柄谷行人在本书日文文库版序言中说道：书中的主要篇章构思于1970年代中期渡美讲学的耶鲁大学，那正是后来大成气候的解构主义运动中耶鲁学派的大本营。在那里他与解构大师保罗·德曼结为好友并深受其思想启发,这亦透露出其中的消息。

柄谷行人所谓的"制度"或者文学的制度性包括两层含义:一个是如经济、法律、政治、教育等外在物质性的制度即国家机器;另一个是指人的意识思维中凝固不变的认识模式或范型即内在化的制度。《起源》一书主要以明治中期(1880—1900)前后的文学为对象,抓住"文言一致"这一语言变革运动与明治国家体制——议会、法制、医疗、教育、征兵制度的建立之同步关系,考察了文学在语言形式、思维方式、文体表现等方面全新的观念之生成过程(起源)。其中便包含了这样两层意义的文学制度性。

比如,风景的发现。作者把不曾存在的东西使之成为具有普世性的、仿佛从前就存在过似的东西这样一种颠倒称为"风景之发现"。当然,这是对现代的物质性装置(文学语言制度、认识范式)的一个讽喻。作者通过考察国木田独步《武藏野》等小说中的风景描写里突然出现的"内面的人(inner man)",发现现代文学与此前的文学不同,人之主体性开始成为风景描写——文学表现的核心。所谓写实主义的客观描写实际上是如绘画中透视法的采用导致人的视觉变革一样,不是固有的自然风景被人们发现了,而是个性觉醒和内在主体性的确立使人们以全新的认识范式将自我投影到客观"风景"中。在这个意义上,可以说现代文学中的风景乃是由于"言文一致"这一文学制度的确立而被创造出来的。

又比如,内面(相对于外部的内在性、自我精神或主体性)与自白。作者认为现代文学的一个主要特征是内在主体性的人之诞生,这个主体性的人以自白的方式出现在小说等文学样式中,逐渐占据了核心的地位,这是前现代文学中所不曾有的。可是人们却觉得这仿佛古已有之,而且相信是先有主体性的人之存在后产生自白这一表现方法的。柄谷行人则通过对明治时期基督教的传入与文学之关系的考察,发现自白(表现方法)这一文学制度起源于基督教的忏悔制度中。如基督教中的上帝和人的主体性是一个颠倒的关系一样,在文学中也是自白这一制度的确立促成了主体性的人之诞生。并且,明治文学中现代性自我(主体)的确立与"明治国家"制度的确立同时期,都是在 1890 年前后。这使我们注意到在西洋因历时久远而不易看到的文学与现代民族国家在起源上的同一性,及其相互补充强化的关系。《起源》还探讨了文学中作为隐喻出现的疾病和儿童问题;思维方式上透视法式的"深度"观念与小说结构力(叙事方式、虚构等)的关系;近世多种多样的"文"之类型的消失与以 19 世纪法国小说为模式的现代小说占据支配地位的关系等问题。这些分析都清晰地展现了柄谷行人独特的批评方法:通过"现象学还原",在被"颠倒"的事物、观念中洞察文学的起源,并对文学的制度性及其历史主义普世性原则进行解构式的批判。

1993年《起源》一书在美国出版英文本后，又相继在德国和韩国出了德文本和韩国语版，据悉目前法文本的翻译计划也在进行之中。一本薄薄的论述日本现代文学的随笔名副其实成了经典之作而受到世界性的关注，究其原因大概如上所述在其透过文学现代性的批判来解构现代性文化这一写作策略。当然，西欧和东亚的关注重心会有所不同。在欧美正如詹姆逊的英文版序言所述：《起源》以精彩的解构式分析透过明治时代中期文学诞生的历史，考察了在西洋至少经历了200年间而在日本只需一个世纪便创生出来的现代性起源，更使西方读者从"外部"观察到在"内部"因年深历久而被隐蔽起来的现代化本身所带有的问题（病症）。而对文学的制度化性格——与民族主义及现代民族国家在制度上的共谋关系之揭示，以及《起源》一书独特的文学批评风格，都会给西方以刺激与启发。这与稍后在美国出版的安德森《想象的共同体》所带来的冲击有异曲同工之妙。在东亚的韩国情况则又略有不同。日韩两国的现代史本身就具有难解难分的复杂关系，所以柄谷行人在韩国语版序言中干脆直白地说：日本现代文学的起源也正是"现代日韩关系的起源"。加之韩国现代文学本身的发展直接受到日本文学的影响和压制，韩国人大概会像读本国的历史一样来接受《起源》一书吧？另外，日韩两国战后同为美国保护下的同盟国，其经济的同步发展与大众消费社会的相继到来，以现代文学为核心的精英文化的衰落，这些社会文化上的同时代性也都会有助于对《起源》的接受理解吧。

那么，中国的情形会怎样呢？我无从知道。但是，在阅读翻译此书的过程中我确实常常想到中国的现代文学，即"五四"以来新文学的种种课题。比如，中国新文学与现代民族国家建制是怎样一种关系？作为新文学之制度性基础的"国语统一办法案"（1911年6月晚清政府中央教育会议通过的法案）的制定，国语白话文运动（1920年代），语言大众化运动（1930年代），民族形式问题的论争（1940年代），普通话制度的建立（1950年代）等等，是制度上的语言问题，还是新文学中的制度性问题？其与现代中国的民族救亡有着怎样的复杂关系？又比如，新文学中那个沉甸甸的"启蒙与救亡变奏"的主旋律；从《狂人日记》中的"孩子"到《寒夜》里的小公务员那一长串无辜死于"肺痨"——结核的人物名单，把身体（疾病）作为一种隐喻具有怎样的象征意义？还有，白话文与古文之争，新文学对俗文学的压迫，旧体诗之是否应该进入现代文学史的论争等等，这里是不是存在着作为制度上占支配地位的新文学对非现代性的文学语言的排除与压抑？对中国新文学的现代性需要在怎样的认识论基点上予以定位加以解构……不用说，日本与中国的现代史充满了异质性甚至有时是背道而驰的。然而，于现代性的发源地西洋之外试验现代化而构成各自的百年现代史这一点上则毫无疑问是相通的。另外，我还想到中国的经济发展据说至少晚日本30年，这正好与日本进入大众消费社会在1960年代而中国则要等到1990年代相吻合。1980年代末鲁迅研究中出现的对文学（研究）上意识形态化的反思，1990年代初京沪两地的"人文精神"讨论，以及稍后西方诸"后学"的大举进入大陆中国，以新文学为核心的精英文化的失落与通俗娱乐文化的兴起（还是复权？）……今天，我们是不是有必要进一步把"五四"新文学"历史化""对象化"，否则我们对20世纪90年代后的社会转型能给出一个合理满意的说法吗？正是在这样的历史语境下，柄谷行人的著作大概也会对中国的文学研究有所刺激和启发吧。我愿意译介《起源》一书其主要原因也正在于此。

当然，写作如《起源》这样一本出色的批评著作是需要智慧和才情的。柄谷行人（1941年生）作为日本战后特别是1970年代以来所谓后现代主义时期有影响的批评家和思想家，从1969年登上文学论坛以来始终不懈于思考不断有创新，至今已有文集20余种，其主要著作如《畏惧的人》（1972）、《意义之病》（1975）、《马克思及其可能性的核心》（1978）、《批评与后现代》（1985）、《探究》（1989）、《作为幽默的唯物论》(1993)、《透过"战前"思考》(1994)、《伦理21》(1999)、《跨越性批判——康德与马克思》(2002)等,都给日本的思想界带来过不同程度的冲击和影响。而出版于1980年的《起源》正是批评家柄谷行人走向成熟期的代表作,我期待中国的读者能够接受这部著作。

末了,对本书中文版翻译成书过程略作交代。2001年初在北京的朋友提议下产生译介《起源》一书的念头后,我便与作者取得了联系。承蒙柄谷行人先生厚意获得了该书中文版的翻译出版权,之后经过密切的合作翻译工作得以顺利进行。这里要感谢作者多次提出宝贵建议并欣然寄来"中文版序言"。《起源》中文版参照1993年Duke University Press英文版的内容,以1988年日本讲谈社的文库版为底本译出。讲谈社文库版原有六章,现在中文版的第7章是在出英文版时加上去的,而第8章"书写语言与民族主义"原系作者于1991年东京世界比较文学会议上的讲演内容,该演讲稿后来有一个中文译本(陈燕谷先生从英文译出,发表在《学人》杂志1996年第九辑),这次则按照作者的意见从日文底稿译出并收入本书作为第八章。书中各章节后面的"英文版补记",也是根据作者的提议一并收入本书的。而附录中的德文版和韩国语版序言,我觉得比较好地表达了作者对在西欧和东亚出版此书之意义的认识,便于读者参考，所以征得柄谷先生的同意也收了进来。对一般读者来说，《起源》一书涉及很多陌生的作家作品和批评概念，是需要随文做些译注的，不过考虑到该书并非一本正经的学术讲章而是思辨性强文体潇洒的随笔，我打消了随文注的念头，只在书后附录一篇"译者名词简释"，以供一般读者参考。以上是此书翻译成书过程，我相信在几种不同的语种版本中，这个中文本应该是最完善内容最丰富的一个版本了，但愿原作者满意，读者也能满意，而翻译质量上若有疏漏责任当然在我。最后，感谢汪晖、贺照田先生等，也感谢北京三联书店及舒炜先生对该书中文本出版的大力支持。

2002 年元旦于东京

译者重版后记（2013）

柄谷行人这部经典之作《日本现代文学的起源》，2003年由我翻译成中文在北京三联书店出版。这次征得作者本人同意，交由计划刊行柄谷行人著作系列的中央编译出版社重版。十年来，本书在汉语读书界产生了广泛而持久的影响，一如它在世界各地拥有强大的影响力那样。据我了解，书中有关现代文学的"风景之发现"，即认识论上的"颠倒"装置以及这个文学与现代民族国家建制同时发生并形成"共谋"关系等等思考，得到了汉语读书界的高度关注和高校在校博士生的广泛征引，直接影响到现当代文学研究思考方式和阐释构架的转变。2005年底，我曾就本书的多重内涵和作者本人认识的不断变化，发表过一篇题为"与柄谷行人一起重读《日本现代文学的起源》"（《博览群书》2005年第11期）的文章。现全文重录于下面，作为这次重版的译者后记，以期给汉语读者提供进一步的阅读参考。

一部名著往往可以包含多重的解读可能性，这不仅在读者就是在作者那里也是常有的事情。日本批评家柄谷行人的文艺随笔集《日本现代文学的起源》初版于1980年（东京：讲谈社。以下简称《起源》），至今历时25年，在日本包括原版、文库版和文集版已经印行了近30次。1993年于美国出版英译本之后，开始越出国境迅速传播到世界其他一些地区；继德文版（1995）韩文版（1997）之后，2003年中文版也由北京三联书店推出。这部诞生于东亚日本的批评著作，经过穿越北美、西欧的"旅行"之后，又绕回到包括韩国和中国的东亚来，在周游世界的过程中遇到不同语境不同文化背景的读者而发生多种多样的阅读可能性，乃是理所当然的事情。有意思的是，到了最近连作者本人对自己书中说了什么也有些动摇不定了。

2004年岩波书店出版了5卷本的《定本柄谷行人集》，其第1卷收录的便是这部早期代表作。作者借编辑文集的机会重读《起源》后，写下一篇《重读之后痛感"近代文学"已然终结》的随笔。文章不长，全文抄译如下。

> 我是不去读自己所写的东西的，因为觉得与其如此，不如去写新的作品。可是偶尔也有不得不重新阅读的时候，尤其是在《日本现代文学的起源》出版英文本之际。
>
> 简单说，我在此书中指出：我们觉得理所当

然不言自明的东西（如文学中的风景、言文一致运动、小说的自白等），都是某个特定时期（明治二十年，1890年）确立起来的现代文学装置而已。

这种想法是在1975年至1977年于耶鲁大学讲授明治文学时产生的。如果不是在那样的地方（外国），我恐怕不会有上述思考的。当初写作此书的时候完全没有想到要在美国出版，因为书中讨论的主要是与日本的文学状况相关的一般常识性事项。

所以，到了1983年有人要英译此书时，我便踌躇起来了。虽然最后同意他们去翻译，但附加了一个条件，就是要做一些修改。可是，后来译者那边一直杳无音讯，到了1990年前后英文翻译稿突然寄到我手上来，我真不知道如何是好了。要是坚持对原作加以修改的话，译者又要返工而多费周折的。考虑到这一点，我放弃了修改全书的计划，只补充一个新的章节，加了若干的注释并写了后记。

现在，我对自己的旧作很有些不满。原因之一，就是出版英文本的时候，我更多地考虑到文学特别是言文一致以后的小说，在现代民族国家形成过程中所发挥的重要作用问题。这恐怕是受到安德森《想象的共同体》或者90年代初学术思潮的影响所至。因此，在英文本序中，我特别强调了这一点。另外，在稍后《起源》被翻译成德文、韩文和中文之际，应译者的邀请我分别写了序言。面对未知的他者（各国读者），又让我不断思考起自己的著作究竟写了些什么。

然而，去年计划出版《定本柄谷行人集》，我又重读一遍《起源》，感到现在自己的关注重点与此前已大不相同，或者说我又回到最初写作此书的观点上去了。比如，当今的民族主义并不需要文学，新的民族之形成也不必文学参与。民族主义虽然没有结束，但现代文学已经终结。我深深感到，现代小说这东西实在是一段特殊历史下的产物。

这样想来，我在1970年代后期追问现代文学的"起源"时，实际上这个文学已在走向终结了。如果没有感到其"终结"的到来，何以会去追问它的"起源"呢？总之，我再次感到"作者很难读懂自己的著作"。（载2004年7月18日《朝日新闻》）

这篇文章里，柄谷行人虽然最终意在强调"作者很难读懂自己的著作"，但还是清晰地记述了他对《起源》一书，其自我认识的变化过程。他至少向读者暗示了阅读此书的两条可能的线索。一是从当初的写作意图来讲，他是在1970年代末于美国这一"外部"的场域获得了从"起源"上观察"日本现代文学"的视角，又在与保罗·德曼等耶鲁学派解构主义运动成员的交往中发现了颠覆"文学现代性"的方法。据此来分析成立于明治20年（1890）前后的"近代文学"，发现并证实了下面这样一些事实，即我们长期以来认为毋庸置疑的"现代""文学"等概念并非普世性的价值观念，现代文学的一些基本特征如客观描写、内心自白、言文一致的口语化书写语言等等，都是特定历史阶段的产物，即19世纪中期以来起源于西欧而逐渐扩散到世界各地的"现代性"文学的一种"装置"。发现了它的起源就意味着可以预见到其"终结"，《起源》一书当初就是要指出这个"现代文学"正在走向终结，如同现代性思想和社会已经在1970年代前后发生转型一样。这可以称之为从"文学与现代性关系"的视角来阅读的线索。二是进入1990年代以后，柄谷行人接受了安德森"想象的共同体"及民族国家理论的影响，觉得《起源》一书虽然当初没有自觉到，但实际上包含了文学在现代民族国家制度建设上所发挥作用的内容，是可以做新的阐发的。就是说，我们也可以从"文学与民族国家建制的共谋关系"这一视角来阅读此书。而且第二种阅读线索在整个1990年代都得到了作者的刻意强调，我们看柄谷行人所写的英文本、德文本、韩文和中文本的"序言"就可以明了这一点。

  一部具有原创性的名著，不同的读者可以有多样的解读，甚至原作者的认识也会发生变化，这些都不是什么新奇的事情。问题是原作者到了最近又对第二种解读线索表示了"不满",强调自己的认识回到了当初的写作宗旨上。作为中文本的译者,我感到应该对此有所交代,因为我的"译者后记"依据柄谷行人当时对第二种阅读线索的强调,而突出了《起源》一书在解构文学与民族国家建制上之共谋关系的一面。记得有一位同行朋友在看了那篇"译者后记"之后就曾对我笑曰:原作的意味很是丰富,虽然时有难解而不甚明了的地方,读了你的译后记就觉得问题很是清晰了然了。对于我们不懂原文的中国读者,你的解读可是至关重要呀。我当时没有马上反应过来这朋友的笑谈是在肯定还是否定。现在,读到上引柄谷行人的文章,才恍惚略有领悟。作为译者所提供的一种解读线索说不定会遮蔽原作本身所具有的丰富性呢。

  正因为如此,我在上面特意全文抄译了柄谷行人最近那篇随笔,希望能给中国的读者提供更多的解读《起源》的背景资料。不过,有一个翻译过程中的细节还是应该交代几句。当1999年前后我接受北京朋友的建议,开始与柄谷行人联系此书的中文本翻译事宜时,他就主动建议要把发表于1992年的《书写语言与民族主义》一文收入中译本。原因是,这篇批评雅克·德里达只局限于西方谈"语音中心主义",强调在18世纪的日本也出现过试图摆脱汉字文化压迫的日语语音中心主义的文章,与《起源》一书在内容上有密切联系。今天想来,这篇文章与英译本作者序（1991）的写作同时期，正是柄谷行人参照"想象的共同体"理论来重读自己的《起源》之时。到了1999年前后建议收此文于中译本，说明他依然期望读者从"文学与民族国家建制的共谋关系"这一阅读线索来理解该书。也因此，有了我那篇中译本"译者后记"。至于他对安德森"想象的共同体"理论产生"不满"则是在那之后。

2000年6月，本尼迪克特·安德森应邀来日本法政大学（柄谷执教的大学）与柄谷行人同台讲演。安德森的讲题是《被创造的"国民语言"——不存在自然生成的东西》（Nothing Comes Naturally：The Creation of "National Languages"），柄谷行人的发言则是《语言与国家》（两人的讲演同时刊载于《文学界》2000年10月号，东京）。我们仅从安德森的讲演题目就可以看到，时隔十几年之后，其思考的框架依然是文学语言与民族国家的关系问题。从内容上看也只是增加了有关泰国、菲律宾方面的资料，论证了国语与国家民族的语言未必一致，实际上是长期的政治斗争的结果。就是说，现代国语国民文学并非自然生成之物，而是民族国家形成过程中人工塑造出来的。作为民族国家"想象"的载体，国语保证了民族主义的兴起和发展。而柄谷行人则在上面提到的那篇《书写语言与民族主义》旧稿基础上增加有关现代资本主义"三位一体"（资本、国家、民族）牢固结合的自创理论（参见柄谷行人《跨越性批判——康德与马克思》,2001),实际上对安德森1983年所提出的"想象的共同体"理论表示了某种程度的"不满"和质疑。他认为这一理论单纯强调现代民族国家形成过程中的情感"想象"即"表象"的方面,而忽略了民族国家与"资本"结合所构成的"实体性"方面。虽然可以说明远离现代性中心的地域(印度尼西亚等)其民族主义兴起的基础和原因,但却无法解释为什么当今(20世纪90年代以后)新一轮的民族主义运动不再需要"文学"的参与而是与宗教原教旨主义等联系在一起。恐怕正是对文学与民族国家或者民族主义的关系有了这样一种新的认识,才导致柄谷行人在2004年重读《起源》时,开始强调自己"又回到最初写作此书的观点上去了"。

以上,我就《起源》问世25年来原作者对自身著作认识的变化过程做了简要的追溯和梳理。那么,所谓"两条可能的阅读线索"究竟哪一个更接近于原作呢?这就不是译者所能回答的了。其实,读者是尽可以放开视野去自由阅读的。如果上面提供的材料能够刺激汉语读书界读者的思考而作"积极阅读",那已经是喜出望外的了。另外,还有一个侧面值得我们留意,那就是柄谷行人在书里书外前言后记中给我们提示了许多值得进一步思考的问题。比如,2003年"中文版作者序"指出:"文学似乎已经失去了昔日那种特权地位。不过,我们也不必为此而担忧,正是在这样的时刻,文学的存在根据将受到质疑,同时文学也会展示出其固有的力量。"的确,无论在日本还是在中国,赋予文学以深刻意义的时代已经过去,但是文学向其固有力量的回归将是怎样一种状况呢?宣告了"近代文学"的终结,是否意味着诞生于 19 世纪中叶以小说为中心的国民文学,其意识形态的功能已然消失而会真正退出历史舞台呢?又比如,上面抄译的柄谷行人文章在谈论"文学与民族国家"关系时强调:"当今的民族主义并不需要文学,新的民族之形成也不必文学参与。民族主义虽然没有结束,但现代文学已经终结。"确实,观上世纪 90 年代以来冷战格局的解体和东西两大阵营的土崩瓦解之后,新一轮的民族独立和少数族群分离运动已不再依靠文学的力量。那么,曾经具有"想象"民族创生国家功能的文学将被宗教或者别的什么完全取代吗?今天的"文学"是否只剩下了"审美""娱乐""游戏"——消遣的功能?在民族国家还远未退出历史舞台的现在,"情感教育"——从感情上维系民族共同体的团结——是否还可能是文学的功能之一,虽然不必是以往那样唯一的功能?我想,这些也都是很有价值的课题,值得我们与柄谷行人一道去深入思考。

这次重版,我逐字逐句校对了 2003 年中文版译文,发现一些误译和作为汉语难以理解的地方,做了必要的修订。同时,从体例上考虑,抽掉了 2003 年版中美国批评家詹姆逊所著"英文版序"。我期待着,这一版能够成为与原作相般配的经典译文。最后,衷心感谢中央编译出版社领导和编辑对本书重版的大力支持!

赵京华
2013 年 1 月 3 日于北京太阳宫寓所

《柄谷行人文集》编后记

柄谷行人是当今东亚地区重要的理论批评家，他的著作在汉语读书界也有了多种译本，影响广泛。中央编译出版社根据大陆读者的期待计划出版其文集，是在 2007 年前后。如今十年已经过去，我们陆续出版了六种。此次统一格式，重新修订编校，隆重推出中文版柄谷行人文集，共六卷：

第一卷《日本现代文学的起源》

第二卷《作为隐喻的建筑》

第三卷《跨越性批判——康德与马克思》

第四卷《历史与反复》

第五卷《世界史的构造》

第六卷《哲学的起源》

以下，我简要介绍柄谷行人的生平思想、各卷著作的内容以及中文版文集的计划、翻译和编辑过程。

柄谷行人（Kojin Karatani），1941 年生于日本兵库县尼崎市。早年于东京大学就读经济学本科和英国文学硕士课程。毕业后先后任教于日本国学院大学、法政大学和近畿大学。一段时间里,曾担任过美国耶鲁大学东亚系和哥伦比亚大学比较文学客座教授。2006年荣休,但依然笔耕不缀而活跃于思想文化评论界,是享誉国际尤其在东亚地区具有思想影响力的日本著名理论批评家,至今已出版著述30余种。

作为日本后现代思想的主要倡导者和左翼马克思主义理论家,柄谷行人40余年来的文艺批评和理论实践,比较完整地反映了"后现代思想"发源于68革命,经过20世纪七八十年代的迅猛发展而于90年代逐步转向新的"知识左翼"批判的演进过程。特别是他倚重马克思的思想又借用解构主义的思考理路,从反思"现代性"的立场出发,对后现代思想的核心问题如"差异化""他者"与"外部"等观念以及整个20世纪人文科学领域中的"形式化"倾向所做出的独特思考,大大地丰富了日本后现代批评的内涵。另一方面,他始终坚信马克思思想对于资本主义制度的批判价值和认识世界的方法论意义,一贯致力于从各种不同的角度解读其文本,从中获取不尽的思想资源。而他从20世纪70年代侧重以解构主义方法颠覆各种体系化意识形态化的马克思主义并重塑文本分析大师的马克思形象,到20世纪90年代借助康德"整合性理念"和以他者为目的之伦理学而重返社会批判的马克思,并力图重建"共产主义"的道德形而上学理念,其发展变化本身既反映了他本人作为日本后现代主义批评家的独特思考路径,又体现出与"西方马克思主义"的共通性。

2000年前后,柄谷行人积极倡导并正式组织起"新联合主义运动"(New Associationist Movement,一种抵抗资本与国家并追求"可能的共产主义"的市民运动),通过重新阐发马克思政治经济学批判中的价值形态理论,提出从消费领域而非生产领域来抵抗资本主义的斗争原理。近年来,他则进一步推出独创的有关资本主义制度之批判理论——资本—民族—国家三位一体说,并在此基础上从交换方式的角度重新分析世界史的结构和"帝国"问题。同时,积极参与日本东北大地震后一系列反对核电站建设、维护和平宪法第九条等的市民运动。柄谷行人这些新的尝试包括遇到的理论与实践难关,对于我们理解马克思的思想在当今的理论价值,思考全球化新帝国主义时代资本制的内在结构和周期性危机的形态,激发人们超越资本主义世界体系的理论想象力等方面,都具有重要的参考价值。

柄谷行人一生的理论批评工作,有着清晰的内在逻辑和思想发展脉络。我们这次编选他的中文版著作集,按照编年的顺序从各时期的著作中选出最能显示其思想发展过程、也最有代表性的六种。

第一卷《日本现代文学的起源》,日文版初版于1980年。如今,作为柄谷行人早期解构主义批评的代表作，已经成为闻名世界的经典。其中，以一切从根源上提出质疑的现象学还原方法，来反思明治维新以来日本文学的现代性及其与民族国家建构之共谋关系的方法论，已经得到广泛的认知和理解。而有关现代文学之风景的发现、内在的人、自白制度、疾病的隐喻、儿童的发现、文学的装置等一系列独创性的分析概念，也得到了广泛关注并成为不同地区和国家的人们讨论在地的现代文学之"起源"时的重要参考。这些概念的提出和精彩的分析，清晰地展现了柄谷行人独特的批评方法，即在被"颠倒"的事物和观念中洞察文学的起源，对文学的制度性及其历史主义普世原则进行解构式的批判。自1993年该书在美国刊行英译本以来，又相继出版了德文版、韩文版、中文版和土耳其文版。可以说，一本薄薄的论述日本现代文学的随笔集名副其实成了经典之作。究其原因，大概就在于其透过文学现代性的批判来解构现代性本身这一写作策略。该书透过明治时代中期文学诞生的历史，考察了在西洋至少经历200年而在日本只需一个世纪便创生出来的现代性起源。

第二卷《作为隐喻的建筑》，日文本初版于1983年。1992年刊行英文本和2003年编入岩波书店版《定本柄谷行人集》之际，作者又对其内容做了比较大的修订和改编。可以说，这是一部有关解构主义问题的理论著作，集中反映了20世纪80年代身处后现代思潮旋涡之中的柄谷行人，在日本语境下对"解构"问题的独特思考。所谓"日本语境",即在作为非西方国家而没有形而上学传统之思想重压的日本,如何在确认了解构的对象之后推动解构主义批评的发展。柄谷行人当时采取的战略是一人扮演"两重角色":先建构,再解构。他认为,"解构只有在彻底结构化之后才能成为可能"。因此,该书首先从古希腊以来西方哲学家强固的"对于建筑的意志"即构筑形而上学体系的欲望入手,考察20世纪人文科学领域中普遍存在的"形式化"倾向,以逻辑学之罗素、哲学之胡塞尔、语言学之索绪尔、数学之哥德尔乃至人类文化学之列维·斯特劳斯等试图挣脱形而上学束缚却最终没有走出"形式化"逻辑为例,证实"形式主义"的革命不仅没能真正颠覆传统形而上学,反而使种种思想努力落入了"结构"的死胡同之中。在此,受到萨义德"世俗批评"的启发,柄谷行人转而从西方知识界找到另一个反形而上学的思想家系列,通过对维特根斯坦和马克思的创造性阐发,提炼出"相对的他者"和"社会性的外部"等重要概念,为解构主义批评乃至后现代思想建立了稳固的理论基础。这对日本知识界从根源上认识和理解发源于西方的作为批判理论的解构主义,做出了重要贡献。今天看来,该书无疑也已然成为日本批评史上里程碑式的作品。

第三卷《跨越性批判——康德与马克思》,日文版初版于2001年。无论从理论深度还是从现实批判的意义上,该书都可以称为柄谷行人后期主要的代表作之一。首先,20世纪90年代东西方冷战格局的解体和马克思主义所面临的从未有过的危机,是柄谷行人重新思考马克思的起点。对于资本主义国家中的左翼知识分子来说,苏联东欧社会主义阵营的土崩瓦解不仅是作为实体的社会主义制度的消失,更意味着作为乌托邦理念的共产主义信仰的破灭。制度可以改变和另建,但作为理念即有关世界革命和人类解放的道德形而上学观念,共产主义是否可以重建?柄谷行人认为,不仅可以而且需要这种重建。其次,要重建共产主义的道德形而上学,就需要重新回到马克思思想本身并恢复其固有的批判精神——《资本论》之政治经济学批判。在此,他引入康德并与马克思的著作对照阅读,在康德那里看到了其"形而上学批判"背后试图重建作为实践和道德命令之形而上学的意图。这触发他以康德的"整合性理念"来理解"共产主义"。第三,在柄谷行人看来,作为道德形而上学理念的共产主义之所以破灭,主要是因为19世纪以来世界社会主义运动逐渐偏离了将其视为乌托邦理念的方向,把生产领域的斗争和对抗国家的运动作为扬弃资本主义制度之革命的主要目标。结果是共产主义变成了"建构性理念",革命成了建设现代民族国家的工具。因此,重新恢复马克思的政治经济学批判,也便是要坚持从资本的逻辑出发分析资本主义社会及其生产关系和意识形态,而对20世纪社会主义革命和制度建设的经验教训，则需要深刻反思。第四，马克思在世期间未能就国家问题提出完整的理论阐述，今天我们要对此加以认真思考。在此，柄谷行人一个重大的理论贡献，是提出了资本—民族—国家三位一体说。他认为，分别基于不同的交换原理的资本、民族、国家在从封建社会向资本主义社会演进过程中逐渐联结成三环相扣的圆环。这个圆环十分坚固，任何扬弃资本主义制度的革命如果只是针对其中的一项或两项都不能解决问题。因此，他提倡从消费领域抵抗资本的自我增殖，同时强调"自上而下"来抑制国家并警惕民族主义泛滥的必要性，认为唯此方可期待"世界同时革命"的到来。

第四卷《历史与反复》日文版初版于2004年，是为岩波书店版《定本柄谷行人集》新编的一卷，大部分内容写于1989年前后。实际上，这是一部尝试运用马克思《路易·波拿巴的雾月十八日》的历史分析方法透视世界近代史，通过文学文本的解读来观察日本明治维新以来的现代化历程和思想话语空间的著作。柄谷行人认为，马克思的《雾月十八日》并非针对法国当下历史事件的新闻记事性的著述，而是关于国家即政治过程的原理性阐释。如果说《资本论》是对于近代经济学的批判，那么《雾月十八日》则是对近代政治学的批判。之所以能够达成这种原理性的"批判"，在于马克思对历史现象采取了"结构性"分析的方法，由此看到了历史的结构性反复。所谓"历史的反复"大概有以下几种情况,如马克思最早在《资本论》中分析经济危机周期性循环时采用了10年一个周期的短期波动说,这是一种结构性反复的类型。又如,《雾月十八日》阐发了1848年革命到波拿巴登上皇帝宝座的过程,乃是对60年前拿破仑通过第一次法国大革命而当上皇帝的历史重演,这是另一个历史周期反复的类型。柄谷行人在该书中主要依据60年一个周期的模式,来观察世界现代史上19世纪70年代进入帝国主义时代、20世纪30年代转向法西斯主义和20世纪90年代进入全球化新帝国主义时代的历史重叠现象,同时也考察了从"明治维新"(19世纪70年代)到"昭和维新"(20世纪30年代)再到"昭和时代的终结"(1989年)这一历史时间的巧合和诸多事件的惊人相似性,试图从中发现结构性反复的规律。而其重要的方法论思考在于:历史的反复是存在的,但反复的并非事件而是结构。

第五卷《世界史的构造》,日文版初版于2010年。该书是柄谷行人对《跨越性批判——康德与马克思》(2001)和《迈向世界共和国》(2006)两书的观念与未来展望,进行全面体系化的一部理论著作。21世纪,人类正面临着种种困惑和危机。而最大的危机在于两百多年来工业革命所构筑起来的资本主义体系已然山穷水尽。资本的逻辑渗透到世界的每一个角落,而人类关系也完全被商品交换关系所覆盖。资本主义果真已经不存在其"外部"了吗？此刻，需要我们凝聚理论的想象力和思想的创造性，去发现新的"外部"——超越资本主义体系并展现人类未来可能性的全新图景。《世界史的构造》正是这样一部关乎资本主义结构性危机和人类未来发展前景的思想性著作。马克思主要从经济基础即"生产方式"的维度考察了社会构成体的历史，而视国家和民族为观念性的上层建筑。柄谷行人则认为，这种思考的维度存在一定的缺陷，无法充分说明资本主义社会的现状。因此，他在该书中试图从"交换方式"的角度来考察人类社会构成体的历史，从而对资本主义结构性危机和人类发展前景，分别给出了自己的批判和预测。

第六卷《哲学的起源》日文版初版于2012年，是柄谷行人近来的一部新作。真正的思想家，应该是那些勇敢面对某一时代人类社会的核心议题或思想危机而做出独特思考的人们。柄谷行人认为，当今人类社会的思想危机，莫过于建基在现代资本主义体系之上的意识形态即自由—民主主义的全面危机了。20世纪70年代以后，哈贝马斯、汉娜·阿伦特等西方思想家曾通过康德再解读而试图回归希腊民主政治的源头，以重温市民社会的制度原理和道德准则。然而，后来各国的新自由主义并没有从根本上拯救资本主义，社会民主主义也遭遇到前所未有的困境。《哲学的起源》则重点讨论希腊哲学本身，从而发现了被西方近代哲学遮蔽的另一个传统，即伊奥尼亚自然哲学中的 Isonomia——自由人联盟（建立在个人契约之上而没有统治与被统治关系）的民主思想。他认为，这个民主思想传统经过我们的重新钩沉和阐发，可以用来反思和超越现代民主主义，从而找到解决资本主义政治危机——对自由与平等无法两全——的新途径。这无疑是具有原创性和冲击力的思考。作为东亚思想家，柄谷行人一贯注重理论和实践的密切关联。该书所讨论的问题发生在 2000 年前的古希腊，但问题的核心却直击我们的当下。他的结论是，自由—民主主义并非人类到达的最终形态，超越自由与平等难以两全的悖论，其思考的契机就隐含在古希腊另一个被忘却的思想传统——Isonomia 中。

柄谷行人近年来在汉语读书界越来越受到比较广泛的关注，他本人与中国知识界的交流实际上早在 20 世纪末就开始了。1998 年底，他借"中日知识共同体"对话会的机会第一次造访北京，与汪晖等中国学人就亚洲、全球化和马克思主义观察视角等问题展开交流。也就是在这之后的 2000 年左右，我与柄谷行人先生取得联系，争得他的同意翻译其早期著作《日本现代文学的起源》。2003 年，该书中文版由北京三联书店出版，得到中国学者和大学在校博士生的广泛征引，直接影响了中国现当代文学研究阐释架构的转变。2006 年，大陆和台湾又不约而同地推出柄谷行人的另外两部著作。一是中央编译出版社的《马克思,其可能性的中心》,一是台湾商务印书馆的《迈向世界共和国》。前者与《日本现代文学的起源》一样属于柄谷行人20世纪70年代的早期著作,而后者则是写于2006年反映了作者新近理论思考的书籍。可以说,至此日本理论批评家柄谷行人,在汉语学术界已经有了相当的知名度并正在扩大其影响。而我,也就是在这前后就产生了编译其文集的念头,并得到了中央编译出版社的积极响应。

2007年5月,应清华大学之邀柄谷行人再次访问北京,做题为"历史与反复"的讲演并与在京中国学者就"文学时代的终结"和"走向世界共和国"等话题进行了深入的讨论。这给文集编译出版的商谈提供了机会。记得那天晚上,闻讯而来的时任中央编译出版社总编室主任的邢艳琦和策划编辑高立志两位在万圣书园与柄谷行人会面,当得知中央编译出版社乃中国以编译马克思主义著作闻名的一家老资格出版机构后,柄谷先生十分高兴并表示愿今后多多合作。

2008年5月的一天,我借短期访学日本之机于细雨蒙蒙中再次拜访了位于东京郊外南大泽一片茂密丛林旁的柄谷行人宅第,时隔一年的重逢让柄谷先生有些滔滔不绝,他讲起未来自己的著作计划和思考方向,谈到退休后在市公民馆开设免费讲座与听众热议"迈向世界共和国"的理念……我印象中,柄谷先生思维依然敏捷,激情丝毫不减当年。当请求他为中文版文集作序时,他不仅满口答应而且坚持要每卷各写一篇,并热切期待中国读者能够接受他的著作。在告别后回住所的路上,依然是细雨蒙蒙中,我遐想这位身处资本主义国度中的左翼马克思主义批评家,其思想的力量和信念是不是正在于他大胆地把共产主义作为"整合性理念"而化作心中的道德命令呢?在今天这个缺少理念和想象力的贫乏时代,我在感谢柄谷先生为中文版作序并提供各种翻译上帮助的同时,还想由衷表达我的一份敬意。

这就促成了我们编辑出版柄谷行人文集中文版的最初计划。而在 2007 年前后,我们还只是有一个三卷本的出版计划,即《作为隐喻的建筑》《跨越性批判——康德与马克思》和《历史与反复》。到了 2012 年柄谷行人第三次造访中国,客座清华大学讲授《世界史的构造》之际,我们又配合其授课而推出了《世界史的构造》中译本,并征得其同意将此前三联版的《日本现代文学的起源》中文版也交由中央编译出版社出版。与此同时,还将最新的《哲学的起源》也列入到出版计划之中。这样,才有了今天这个《柄谷行人文集》六卷本的规模。

最后,我要特别感谢一起合作承担了第二卷《作为隐喻的建筑》、第四卷《历史与反复》和第六卷《哲学的起源》翻译工作的三位译者——应杰先生、王成先生和潘世圣先生。我个人虽然负责了《文集》一半的翻译工作,但如果没有这三位的通力合作,也是无法完成此翻译出版计划的。三位都在北京和上海的高校工作，教学任务十分繁重。为了这项翻译工作不惜挤压自己宝贵如生命的时间，而且如约出色地完成任务，在统一译文的概念术语、格式体例方面相互切磋彼此配合，更让我感到了未曾有过的协同作战的快乐。同时，也向中央编译出版社历届领导和几任责编——冯章先生、陈琼女士和朱瑞雪小姐对《文集》出版的大力支持和辛苦工作，表示深深的谢忱！

赵京华
2017 年 9 月 7 日
于北京太阳宫寓所三杨斋